國家社科基金重大委托項目“《子海》整理與研究”成果

山東省社科規劃重大委托項目成果

子海精華編

主編 王承略 副主編 聶濟冬

博物志

（晋）張華 著 唐子恒 點校

鳳凰出版社

圖書在版編目（CIP）數據

博物志 / （晉）張華著 ; 唐子恒點校. -- 南京 : 鳳凰出版社, 2017.10
（子海精華編 / 王承略主編）
ISBN 978-7-5506-2673-7

Ⅰ. ①博… Ⅱ. ①張… ②唐… Ⅲ. ①筆記小說－小說集－中國－晉代 Ⅳ. ①I242.1

中國版本圖書館CIP數據核字(2017)第245756號

書　　名　博物志
著　　者　(晉)張華 著　唐子恒 點校
責任編輯　吳　瓊
出版發行　鳳凰出版社(原江蘇古籍出版社)
　　　　　發行部電話025-83223462
出版社地址　南京市中央路165號,郵編:210009
出版社網址　http://www.fhcbs.com
照　　排　江蘇鳳凰製版有限公司
印　　刷　南通印刷總廠有限公司
　　　　　南通市通州經濟開發區朝霞路180號,郵編:226300
開　　本　890×1240毫米　1/32
印　　張　6.25
字　　數　135千字
版　　次　2017年10月第1版　2017年10月第1次印刷
標準書號　ISBN 978-7-5506-2673-7
定　　價　40.00圓

國家社科基金重大委託項目"《子海》整理與研究"成果之一

《子海精華編》

執行編纂(按姓氏筆畫排列)：

王成厚　王　娜　尹思琦　曲娟娟　李　兵　宋恩來

苗　露　柏　雲　柳湘瑜　張雨霏　賈　兵　蘇運蕾

編　　務：張　櫻　劉　端　孫紅苑　沈　虎

本書審稿專家：鄭慶篤

《子海精華編》出版説明

“子海”，即“子書淵海”的簡稱。“《子海》整理與研究”課題係國家社科基金重大委托項目、山東省社科規劃重大委托項目。該課題分《珍本編》、《精華編》、《研究編》、《翻譯編》四個版塊，力圖把子部珍稀文獻、精華文獻進行深層次的整理、研究和譯介，挖掘子部文獻的價值，促進子學研究的發展。

山東大學向來以文史見長。古籍整理與子學研究，是其中的傳統研究方向。“《子海》整理與研究”，是在山東大學前輩學者高亨先生積30年之力陸續做成的《先秦諸子研究文獻目録》的基礎上，由已故著名古籍整理與研究專家董治安先生參與策劃、設計的大型綜合研究課題。課題立項後，得到了中宣部、教育部、財政部、山東省政府和山東大學的大力支持，學界同仁踴躍參與。《精華編》的整理研究團隊近200人，來自海内外48所高校和研究機構。在組織管理上，《精華編》努力探索傳統文化研究協同創新的新體制、新機制，現已呈現出活力和實效。

華夏文明是由多元文化構築而成的。中國古代子部典籍，以歷代士人個性化作品的形式，系統性地展示了華夏民族的世界觀和方法論，立體性地反映了中華民族對世界文明發展的貢獻。其中，無論是宏篇大論，還是叢殘小語，都激蕩著歷史的聲音,閃爍著智慧的光芒,構成中國古代思想、藝術、科技和生活方式的主體内容。《精華編》通過對子部最优秀的典籍的整理,一方面擷英取粹,爲華夏文明的傳播提供可靠的資源和文本;另一方面以古鑒今,爲當下社會的發展提供智力支持和精神支撑。并希望進而梳理中華傳統文化的多元結構,繼承中華優秀傳統文化的一貫文脈。

根據漢代以後子學發展和子部典籍的實際情況,參照官私目録的分類與著録,《精華編》選取先秦諸子、儒學、兵家、法家、農家、醫家、曆算、術數、藝術、雜家、小説家、譜録、釋道、類書等十四個類目的要籍幾百種,編爲目録,作爲整理的依據,而在成果展現上則不出現具體的類目。爲統一體例,便於工作,《精華編》編有詳細的《整理細則》,并有簡明的《整理要則》,供整理者遵循使用。

《精華編》整理原則是,對每種子書的整理,突出學術性、資料性和創新性,力求吸納已有的整理成果,推出更具參考價值、更方便閱讀的整理文本。所採用的整理方式,大體有三種:一、部頭較大且前人未曾整理者,採用標點、校勘的方式整理;二、前人曾經標點、校勘者,或採用抽换更好或别具學術特色底本的方式整理,或採用集校、集注的方式整理,或採用校箋、疏證的方式整理,或綜合使用以上方式;三、前人已有較好的注本者,則採用集注、彙評、補正等方式整理。

《精華編》採用五次校審、遞進推動的管理程式,即:一、初校全稿。子海編纂中心組織碩、博研究生,修改文稿錯别字,規範異體字,調整格式,發現并標明校點中的不妥之處。二、初審文稿。子海編纂中心的編纂人員根據情況,解決初校時發現的問題,并判斷書稿的整體質量。三、匿名評審。

聘請資深教授通審全稿，全面進行學術把關，消滅硬傷，寫出審稿意見。四、修改文稿。子海編纂中心及時把專家審稿意見反饋给整理者。整理者根據審稿意見修改，做出新文稿。五、終審文稿。待新文稿返回子海編纂中心後，總編纂作最後的學術質量把關。五步程序完成後，將文稿交付出版社。

五次校審的目的是爲了保證學術質量，提高整理水平，減少錯訛硬傷。但校書如掃塵埃落葉，隨掃隨有，《精華編》雖經多道程序嚴加把關，仍難免有錯，懇請方家不吝指教。子海編纂中心將及時總結經驗，吸取教訓，把工作做得更好，以實現課題設計的初衷。

目　録

整理説明

《博物志》十卷，晋張華撰。張華（232—300）字茂先，范陽方城（今河北涿州）人。《晋書》本傳説他“少孤貧，自牧羊”，“學業優博，辭藻温麗，朗贍多通，圖緯方技之書莫不詳覽”，且“少自修謹，造次必以禮度，勇於赴義”，受到同郡盧欽等人器重。西晋建立後，拜黄門侍郎，封關内侯。

西晋初，晋武帝與羊祜謀伐吴，群臣中多人反對，而張華則竭力支持，並受命任伐吴度支尚書。吴滅後，他因功受到武帝詔令嘉獎。幾年後，拜中書令，後又加散騎常侍。

晋武帝向張華詢問托付後事的人選，張華推薦武帝之弟齊王司馬攸，而齊王攸不合武帝心意，於是張華被委派持節都督幽州諸軍事，領護烏桓校尉、安北將軍。後在侍中馮紞等人詆毁下，晋武帝徵張華爲太常，後又因故免官，只以列侯身份朝見。

惠帝即位，張華爲太子少傅。楚王司馬瑋殺太宰王亮、太保衛瓘等，朝廷混亂。張華向惠帝獻計除掉司馬瑋，因功拜右光禄大夫、開府儀同三司、侍中、中書監，後官至司空。

惠帝賈后欲廢愍懷太子司馬遹，張華反對。司馬遹被廢後，東宫左衛督司馬雅、常從督許超等與趙王司馬倫密謀廢賈后。永康元年（300）四月二日晚，趙王倫遣司馬雅聯合張華舉事,張華拒绝。次日趙王倫兵變,張華被拘於殿前處死,夷三族。次年,齊王司馬冏、成都王司馬穎、長沙王司馬乂起兵殺趙王倫。齊王冏上奏爲張華雪冤。太安二年(303)惠帝下詔云:"華之見害,俱以奸逆圖亂,濫被枉賊。其復華侍中、中書監、司空公、廣武侯及所没財物與印綬符策,遣使吊祭之。"

張華博聞強記,識多見廣,又酷愛讀書、藏書。《晋書》本傳説他"身死之日,家無餘財,惟有文史溢於机篋。嘗徙居,載書三十乘。秘書監摯虞撰定官書,皆資華之本以取正焉。天下奇秘,世所希有者,悉在華所。由是博物洽聞,世無與比"。

張華又好交往士人,獎掖後進,"至於窮賤候門之士有一介之善者,便咨嗟稱詠,爲之延譽"。名士陸機兄弟原本自視甚高,初入洛,看不起中原人士,但與張華一見如故,欽佩其道德風範。張華死後,陸機還爲他作誄,並作《詠德賦》以悼之。

《晋書》本傳中還記載了一些近乎神奇的傳説。例如,晋惠帝年間,有人得到了三丈長的鳥毛,張華見到後立刻認出"此謂海凫毛也,出則天下亂矣";陸機曾請賓客吃腌魚,張華認出是"龍肉",以苦酒濯之,"既而五色光起";封閉之武庫中有雉鳴,張華斷言"此必蛇化爲雉",開門檢驗,雉旁果然有蛇蜕;吴郡臨平河岸崩塌,出一石鼓,槌之無聲,張華云用蜀中桐材做成魚形鼓槌,槌之則鳴,如其言,果然聲聞數里;等等。還有一個關於張華的傳説在世間流傳很廣:晋滅吴前,斗宿、牛宿間常有紫氣,吴滅後愈甚。張華邀豫章人雷焕登樓觀察,雷焕以爲此乃寶劍之精上徹於天,劍在豫章豐城。張華即補雷焕爲豐城令,雷焕到任,掘縣獄房基尋得雙劍,並有題刻,一曰龍泉,一曰太阿。雷焕將一劍送張華,一劍自佩。張華被殺,其劍不知去向。雷焕死後,其子雷華爲州從事,帶劍經延平津,劍突然自腰間躍起入水。下水打撈的人只見兩條龍,各長數丈,光彩照水,波浪驚沸,雙劍從此不知所終。

後世的筆記、小説中也杜撰了不少關於張華的神奇傳説。如東晋干寶《搜神記》卷十八有燕昭王墓前多年斑狐幻化爲一書生造訪張華,談書論道,被張華識破的故事。元伊世珍《瑯環記》卷上則云:張華曾於"瑯環福地"一洞宫中遇仙,看到其中陳書滿架,歷觀諸室藏書,皆漢以前事,多未聞者,"華後著《博物志》,多瑯環中所得"。這些傳説雖涉荒誕,卻從一個側面反映出張華的特點,即通曉衆物,識多見廣,由此才會産生這樣神乎其神而富有浪漫色彩的傳説。

《晋書·張華傳》對《博物志》的具體寫作時間没有記載。晋王嘉《拾遺記》卷九云:"(張華)造《博物志》四百卷,奏於武帝。"這樣看來,《博物志》在晋武帝朝,即公元 290 年以前就已成書。然而此説恐不足信,因爲《博物志》卷四中有"武帝泰始中武庫火"的記載,對司馬炎稱"武帝",應在武帝去世以後,則《博物志》之成書當不早於公元 290 年。也有人因《晋書·惠帝紀》中有"(五年)冬十月,武庫火,焚累代之寶"的記載,認爲《博物志》成書應當在晋惠帝元康五年(公元 295)之後(王媛《〈博物志〉的成書、體例與流傳》,《中國典籍與文化》2006 年第 4 期,第 58—67 頁)。《晋書》之《張華傳》、《五行志》均記載了惠帝元康五年閏月庚寅武庫的火災。而《博物志》所説"武帝泰始中"的武庫火災,在《晋書》中卻找不到記載,其原因蓋有兩種可能:一是張華誤記,或《博物志》在流傳過程中產生訛誤，使“元康中”誤爲“武帝泰始中”，如此，則《博物志》的成書就只能在公元 295 至公元 300 這幾年間。二是《博物志》所記不錯，而史書失載。如此則《博物志》成書就有可能早一些。

張華博覽群書，發現傳世文獻中對山川地理以及與此相關的風土物産等的記載十分粗略。《博物志》開頭有一段話：

> 余視《山海經》及《禹貢》、《爾雅》、《説文》、《地志》，雖曰悉備，各有所不載者，作《略説》。出所不見，粗言遠方，陳山川位象，吉凶有徵。諸國境界，犬牙相入。春秋之後，並相侵伐。其土地不可具詳，其山川地澤，略而言之，正國十二。博物之士，覽而鑒焉。

由此可見，張華對這種情況感到遺憾，要通過著述補充傳世文獻的不足，這可以看作是他撰《博物志》的直接目的。《博物志》的内容十分廣泛，除山川地理之外，各地物産異俗、人物軼聞、罕見之飛禽走獸草木蟲魚、神話傳説等均有涉及，是研究古代傳統文化及自然科学等的寶貴資料。

《晋書·張華傳》載《博物志》十卷，歷代史書中《經籍志》、《藝文志》以及晁公武《郡齋讀書志》、馬端臨《文獻通考》、陳振孫《直齋書録解題》等著録也均爲十卷，與今本相合。但《三國志》裴注等古注，賈思勰《齊民要術》、李時珍《本草綱目》等典籍，《藝文類聚》、《太平御覽》、《太平廣記》等類書都引用了不少《博物志》的材料，而這些材料卻不見於今本，这説明該書的流傳過程很複雜。《四庫全書總目提要》甚至認爲：今本《博物志》“或原書散佚，好事者掇取諸書所引

《博物志》而雜采他小説以足之,故證以《藝文類聚》、《太平御覽》所引,亦往往相符。其餘爲他書所未引者,則大抵剽掇《大戴禮》、《春秋繁露》、《孔子家語》、《本草經》、《山海經》、《拾遺記》、《搜神記》、《異苑》、《西京雜記》、《漢武内傳》、《列子》諸書餖飣成帙,不盡華之原文也”。此説是否確鑿,尚難完全肯定,但今本《博物志》並非張華原本,而是經過了删削或補綴,這一點是没有問題的。

關於對《博物志》的删削,典籍中有兩條記載很引人注目。一條是東晋王嘉《拾遺記》卷九載:

(張華)造《博物志》四百卷,奏於晋武帝。帝詔詰問:“卿才綜萬代,博識無倫,遠冠羲皇,近次夫子。然記事采言亦多浮妄,宜更删翦,無以冗長成文。昔仲尼删《詩》、《書》,不及鬼神幽昧之事以言怪力亂神。今卿《博物志》,驚所未聞,異所未見,將恐惑亂於後生,繁蕪於耳目。可更芟截浮疑,分爲十卷。”即於御前賜青鐵硯……賜麟角筆……側理紙萬番……帝常以《博物志》十卷置於函中,暇日覽焉。

若按此説,則《博物志》在張華手中即由四百卷删減爲十卷。但後人多懷疑王嘉説法的可靠性。清姚際恒《古今僞書考》云:“魏晋間人何嘗有著書四百卷者?且從中選得十卷,不知當若何佳,今乃爾耶?”余嘉錫《四庫全書總目提要辨證》云:“王嘉《拾遺記》所記之事,杜撰無稽,殆無一語實録。《提要》亦謂其言荒誕,證以史傳皆不合(見《總目》本卷),故用入詞賦,取增華藻,固無不可;若竟認爲信史,資以論古,則未免爲有識所譏。”

《魏書·常景傳》載:“景所著述數百篇,見行於世,删正晋司空張華《博物志》及撰《儒林》、《列女傳》各數十篇。”《北史·常景傳》也有類似記載。常景爲北魏人,卒於公元550年。如果《博物志》經過他的删正,今本可能即常景删本,而且其删本與原本並存過一段時間,那麽今本《博物志》存在很多佚文的現象就可以得到解釋,近人丁國鈞《補〈晋書·藝文志〉》卷三即持這種觀點。范寧先生也認爲“宋時張華舊本及常景删本尚並存”,今本即常景删本:“鄭樵《通志》藝文略雜家類載《博物志》十卷,又别出《博物志》十卷,當是繁簡二本。晁公武《讀書志》云:‘周、盧注《博物志》十卷,盧氏注六卷,兩本前六卷略同,無周氏注者稍多而無後四卷。’因知周、盧注《博物志》十卷乃常氏之簡本,即今本所出。”(范寧《博物志校證·後記》,中華書局1980年1月,第162頁)王媛則云:“今本《博物志》是否就是常景删節的本子,也很有疑問,因爲我們無法考知常景删本在流傳過程中是否有所脱落。唐宋古注類書中引用不見於今本《博物志》的材料,有可能是據常景未删之本,也有可能是常景删本在流傳過程中脱落的部分。”(《〈博物志〉的成書、體例與流傳》,《中國典籍與文化》2006年第4期,第58—67頁)筆者以爲這個説法更加穩妥,因爲古書經過千百年流傳,發生各種複雜的情況都是有可能的。

今本《博物志》不僅文字衍脱錯訛嚴重,甚至有語不成句之處,而且不同版本之間各條材料的排列順序差别甚大。從材料排列體例來看,今傳《博物志》的版本大致可以分爲兩個系統。一個系統是明弘治乙丑(十八年,1505)賀志同刻本、明吴琯刻《古今逸史》本、明商氏半野堂《稗海》刻本,清康熙戊申（七年，1668）汪士漢校刻的《秘書二十一種》本則根據《古今逸史》本。《文淵閣四庫全書》本，《總目》云出“内府藏本”，文字與《稗海》本十分接近，其材料編排體例也屬於這一系統。另一個系統是清嘉慶九年（1804）黄丕烈士禮居刊本系統，黄氏刊本云出自“連江葉氏”，清道光年間錢熙祚編輯校刻之《指海》本即以黄氏刻本爲底本，後來中華書局《叢書集成初編》本則根據《指海》本。經核查，兩個系統的版本所包含的材料數量大致相同，所不同的，一是個别字句不盡相同，二是分條有差别（一個系統分爲兩條者，另一個系統可能合爲一條，同一個系統内士禮居刊本與《指海》本分條亦有差别），三是各條材料的排列順序在同一個系統内基本相同，而在兩個系統間則差别很大。

此次整理工作，校勘以《古今逸史》本爲底本，校以黄丕烈士禮居刊本（簡稱“士禮居本”）、《指海》本、《文淵閣四庫全書》本（簡稱“四庫本”）及典籍引文。范寧《博物志校證》以《秘書二十一種》本爲底本，校以賀志同本等十幾種版本，並廣搜博引，正訛釋疑，輯佚補缺，是目前資料最爲完備的整理本之一。此次整理，對范本（簡稱“范氏校證”）中的校勘考證成果亦酌情收録，對其中的個别錯誤加以改正（如 3.4 條“其一雄死于九真”，范氏校證云《藝文類聚》卷八十五引“一雄”作“一雌”，今檢此條在《藝文類聚》卷九十五《獸部》，而非卷八十五）。

博物志第一

晉張華撰

1.1 余視《山海經》及《禹貢》、《爾雅》、《説文》、《地志》，雖曰悉備，各有所不載者，作《略説》。出所不見，粗言遠方，陳山川位象，吉凶有徵。諸國境界，犬牙相入。春秋之後，並相侵伐，其土地不可具詳，其山川地澤，略而言之，正國十二。博物之士，覽而鑒焉。①

地理略，自魏氏目已前，②夏禹治四方而制之。

1.2《河圖括地象》曰：地南北三億三萬五千五百里。③地部之位起形高大者有昆侖山，從廣萬里，高萬一千里，神物

---

① “余視”至“鑒焉”八十八字，指海本、士禮居本均在下小標題“地理略自魏氏目已前夏禹治四方而制之”之下。

② 目，原作“日”，形近而誤。范氏校證：“案魏氏日當作魏氏目。此指魏秘書郎鄭默所制《中經》。下云夏禹，即指《禹貢》。地理略乃《中經》内目録分類之一。”《隋書・經籍志》序：“魏氏代漢，采掇遺亡，藏在秘書中、外三閣。魏秘書郎鄭默始制《中經》，秘書監荀勖又因《中經》更著《新簿》，分爲四部，總括群書。”

③ 南北三億三萬五千五百里，《太平御覽》（以下簡稱《御覽》）卷三十六《地部一》引《河圖括地象》：“八極之廣，東西二億三萬三千里，南北二億三萬一千五百里。”

之所生,聖人仙人之所集也。① 出五色雲氣,五色流水,其泉南流入中國,名曰河也。② 其山中應于天,最居中,八十城布繞之,中國東南隅居其一分,是奸城也。③

1.3 中國之域,④左濱海,右通流沙,方而言之,萬五千里。⑤ 東至蓬萊,西至隴右,右跨京北,前及衡岳,⑥堯舜土萬里,時七千里,⑦亦無常,⑧隨德劣優也。

---

① 部,士禮居本、指海本並作"祁"。范氏校證以爲"部"當作"坻"。"從"底本無此字。《御覽》卷三六《地部一》引《博物志》:"地氏之位起形於昆侖,從廣萬里,高萬一千里,神物之所生,聖人仙人之所集。昆侖之東北,地轉下三千六百里,有八玄幽都,方二十餘萬里。下有四柱,柱廣十萬里。地有三千六百軸,互相牽制也。"又卷三八《地部三》引《博物志》"廣萬里"上亦有"從"字。此據補。

② 泉南,指海本作"白水東南",當據改。《御覽》卷三八《地部三》引《博物志》:"五色流水,其白水東南流入中國,名爲河也。"范氏校證:"《離騷》云:'朝吾將濟於白水兮。'洪興祖《補注》引《河圖》云:'其白水入中國,名爲河也。'據此,則本文當依《御覽》所引改正。"

③ 奸城,士禮居本作"好城"。好城,《四庫全書》:"好城,在建昌縣境内。《十六國春秋・前燕録》:'慕容皝築好城於乙連東。'"四庫本好"好城"作"偏城"。《稗海》本作"姦城",方以智《通雅》亦引作"姦城"。无論"好城"、"奸城"("姦城"),俱难释意,姑保留之。

④ 域,原作"城",據四庫本改。《御覽》卷三六《地部一》引《博物志》亦作"域"。

⑤ "五千里"下,《御覽》卷三六《地部一》引有"面二千五百里"六字。

⑥ 右跨,四庫本、《御覽》卷三六《地部一》並作"後跨",士禮居本、指海本作"后跨"。京北,《御覽》卷三六《地部一》引作"荆北"。"衡岳"下,《御覽》卷三六《地部一》引有"若計共四隅有三億之餘降朝鮮岷山東治可西也隴川以南及北海之國此是"三十一字,指海本據補。

⑦ "堯舜土"下,《御覽》卷三六《地部一》引有"及"字。"時"上,四庫本有"三代"二字,《御覽》卷三六《地部一》引有"湯"字,指海本有"及湯"二字,錢熙祚校云:"及湯二字依《御覽》補。"

⑧ "無常"上,《御覽》卷三六《地部一》引有"此後"二字,指海本亦有"此後"二字,係據《御覽》補。

1.4 堯别九州，[①]舜爲十二。[②]

1.5 秦，前有藍田之鎮，後有胡苑之塞，[③]左崤函，右隴蜀，西通流沙，險阻之國也。

1.6 蜀漢之土，與秦同域。南跨邛笮，北阻褒斜，西即隈礙。[④] 隔以劍閣，窮險極峻，獨守之國也。

1.7 周在中樞，[⑤]西阻崤谷，東望荆山，南面少室，北有太岳。[⑥] 三河之分，雷風所起，[⑦]四險之國也。[⑧]

1.8 魏，前枕黄河，背漳水，瞻王屋，望梁山，有藍田之寶、浮池之淵。[⑨]

1.9 趙，東臨九州，[⑩]西瞻恒岳，有沃瀑之流，飛壺、井陘

---

① 堯别九州，傳説堯時洪水泛濫，舜薦禹治水，禹治水后分天下爲九州：冀、兖、青、徐、揚、荆、豫、梁、雍。詳見《尚書·禹貢》。

② 舜爲十二，《尚書·舜典》："肇十有二州。"孔傳："肇，始也。禹治水之後，舜分冀州为幽州、并州，分青州为營州，始置十二州。"

③ 後，《史記·曹相國世家》張守節正義引《博物志》作"北"。胡苑，胡人園囿，指胡人地域。《史記·留侯世家》："南有巴蜀之饒，北有胡苑之利。"張守節正義："上郡、北地之北與胡接，可以牧養禽獸，又多致胡馬，故謂胡苑之利也。"

④ 隈礙，深曲險阻之地。

⑤ 樞，四庫本作"區"。

⑥ 有，四庫本作"背"。崤谷，崤山山谷。太岳，古山名，即霍山。

⑦ 雷風，《御覽》卷一五八《州郡部四》引《博物志》作"風雨"。三河，當指黄河、洛水、伊水。

⑧ "四險之國"下，《御覽》卷一五八《州郡部四》引無"也"字，有"武王克殷定鼎郏鄏以爲東都"十二字。武王定都於鎬。《左傳·宣公三年》載王孫滿語："成王定鼎於郏鄏，卜世三十，卜年七百，天所命也。"杜預注："郏鄏，今河南也。武王遷之，成王定之。"

⑨ 藍田之寶，指美玉。古時藍田以出産美玉著名。浮池，未詳。

⑩ 東臨九州，范氏校證："《趙策》二：'蘇秦從燕之趙，始合縱，説趙王曰："趙地……西有常山，南有河漳，東有清河，北有燕國。"'據此，趙東無'九州'。案《史記·趙世家》云：'武靈王出九門，爲野臺以望齊中山之境。''九州'或爲'九門'之誤。"

之險，①至于穎陽、涿鹿之野。②

1.10 燕，却背沙漠，進臨易水，西至君都，③東至於遼。④長蛇帶塞，險陸相乘也。⑤

1.11 齊，南有長城、巨防、陽關之險，⑥北有河、濟，⑦足以爲固。越海而東，通于九夷。西界岱嶽，配林之險，坂固之國也。⑧

1.12 魯，前有淮水，後有岱嶽，蒙、羽之向，⑨洙、泗之流。大野廣土，曲阜尼丘。

---

① 飛壺，四庫本作"飛狐"。范氏校證："狐與壺通，字當作瓠。"《漢書·酈食其傳》："願足下急復進兵……距飛狐之口，守白馬之津，以示諸侯形制之勢。"顔師古注引臣瓚曰："飛狐在代郡西南。"

② 穎，指海本、四庫本作"潁"。

③ 君都，四庫本作"軍都"。《漢書·地理志下》："燕地……西有上谷、代郡、雁門。"又："上谷郡……縣十五：沮陽，莽曰沮陰。泉上，莽曰塞泉。潘，莽曰樹武。軍都，温餘水東至路，南入沽。"范氏校證："'君'、'軍'同部同音，二字古通用，此'君都'當即'軍都'。"

④ 遼，指遼河。今東北地區南部大河。

⑤ 乘，相乘，相繼。

⑥ 長城，指齊長城。巨防，戰國時齊地防門。《韓非子·初見秦》："齊之清濟、濁河，足以爲限；長城、巨防，足以爲塞。"陳奇猷《集解》引王先謙曰："《水經注·濟水》：'平陰城南有長城，東至海，西至濟。河道所由，名防門，去平陰三里。齊侯塹防門即此也。其水引濟，故瀆尚存。'……巨防，即防門。"陽關，未詳。疑即錦陽關，齊長城重要關隘，位於今山東章丘文祖鎮與萊蕪上游鎮之間。

⑦ 河，黄河。濟，古水名。古四瀆之一。《尚書·禹貢》："導沇水，東流爲濟，入於河，溢爲滎，東出於陶丘北，又東至於菏，又東北會於汶，又北東入於海。"孔傳："發源爲沇，流去爲濟，在温西北平地。"

⑧ 配林之險坂固之國也，士禮居本、指海本作"配林之峻坂險之國也"，四庫本作"配林之坂險固之國也"。范氏校證："疑當作'配林之峻，險固之國也'。"配林，山名，在泰山西南。

⑨ 蒙、羽，二山名。《尚書·禹貢》："蒙、羽其藝。"孔傳："二山已可種藝。"

1.13 宋,北有泗水,[1]南迄睢、濄。[2] 有孟諸之澤,碭山之塞也。[3]

1.14 楚,後背方城,前及衡岳,左則彭蠡,右則九疑。有江、漢之流,實險阻之國也。

1.15 南越之國,與楚爲鄰。五嶺已前至于南海,負海之邦,交趾之土,謂之南裔。

1.16 吴,左洞庭,右彭蠡,後濱長江,南至豫章,水戒險阻之國也。[4]

1.17 東越通海,處南北尾閭之間。[5] 三江流入南海,通東治,[6]山高海深,[7]險絶之國也。

---

① 有,《御覽》卷一五九《州郡部五》引《博物志》作"至"。

② 睢濄,士禮居本作"睢過",指海本作"睢過",四庫本、《御覽》卷一五九《州郡部五》引《博物志》作"睢濄"。按,此言宋國地,當以"睢濄"爲是。《左传・成公十五年》"出舍於睢上"杜預注:"睢,水名。"楊伯峻注:"睢水本蒗蕩渠支津,舊自河南杞縣流經睢縣北,又東流經寧陵與商丘市南,又東經夏邑縣北,然後東南流。今上游僅睢縣附近有一支入惠濟河,餘皆湮塞。"

③ 塞,《御覽》卷一五九《州郡部五》引作"基"。

④ 水戒,范氏校證:"案'戒'當作'界'","魏泰《東軒筆録》卷十三云:'戒身即寺之戒壇也。'《東京夢華録》卷二作'界身',是其比"。

⑤ 尾閭,古代傳説中泄海水之處。《莊子・秋水》:"天下之水,莫大於海,萬川歸之,不知何時止而不盈;尾閭泄之,不知何時已而不虚。"成玄英疏:"尾閭者,泄海水之所也。"《文選・嵇康〈养生论〉》"泄之以尾閭"李善注引司馬彪曰:"尾閭,水之從海水出者也,一名沃燋,在東大海之中。尾者,在百川之下故稱尾。閭者,聚也,水聚族之處,故稱閭也。"

⑥ 東治,未詳。四庫本作"東甌"。疑此"治"或爲"冶"字形近之誤。東冶,古地名,在今福建福州。漢高帝五年(202)立無諸爲閩越王,都東冶,即此。

⑦ 山高,原作"嵩",據四库本改。范氏校證:"疑'嵩'乃'山高'二字的合文,《子書百家》本作'山高'是也。"

1.18 衛，南跨于河，北得洪水，[①]南過漢上，[②]左通魯澤，右指黎山。[③]

1.19 贊曰：地理廣大，四海八方。遐遠别域，略以難詳。侯王設險，守固保疆。[④] 遠遮川塞，近備城埠。司察奸非，禁禦不良。勿恃危阨，恣其淫荒。無德則敗，有德則昌。安屋猶懼，[⑤]乃可不亡。進用忠直，[⑥]社稷永康。教民以孝，舜化以彰。

地

1.20 天地初不足，故女媧氏煉五色石以補其闕，斷鼇足以立四極。[⑦] 其後共工氏與顓頊爭帝而怒，觸不周之山。折天柱，絶地維，故天後傾西北，日月星辰就焉，地不滿東南，故

---

① 洪水，范氏校證："《格致》本、浦江周氏紛欣閣刊本'洪'均作'淇'。案《詩經·衛風·竹竿》云：'泉源在左，淇水在右。'《水經·淇水注》云：'武王以殷之遺民封紂子武庚於兹邑，分其地爲三：曰邶、鄘、衛，使管叔、蔡叔、霍叔輔之，爲三監。叛，周討平以封康叔爲衛。……地居河、淇之間。'此云'衛南跨於河，北得洪水'，正與《竹竿》及《淇水注》暗合，故'洪'乃'淇'之形訛。"

② 漢上，范氏校證："衛有濮上，無漢上，疑'漢'亦'濮'字之誤。"濮上，古衛地。指濮水之濱。濮爲古水名。《左傳·哀公二十七年》："(齊師)及濮，雨，不涉。"杜預注："濮水自陳留酸棗縣傍河，東北經濟陰至高平入濟。"楊伯峻注："濮水有二，一在今山東菏澤縣北，一在今河南滑縣與延津縣境。此指後者，今皆湮。"

③ 魯澤，士禮居本、指海本並作"黎澤"。范氏校證："衛地無'魯澤'，亦無'黎澤'，只有'阿澤'。《左襄十四年傳》曰'孫氏追之，敗公徒於阿澤'是也。"魯澤、黎山均未詳。阿澤爲古澤名。《左傳·襄公十四年》"阿澤"杜預注："濟北東阿縣西南有大澤。"

④ 固，四庫本作"國"。疆，士禮居本、指海本作"強"。

⑤ 屋，范氏校證疑爲"居"字之誤。

⑥ 直，士禮居本作"險"，蓋誤；四庫本作"良"。

⑦ "天地初"至"四極"，《列子·湯問》："然則天地亦物也，物有不足，故昔者女媧氏煉五色石以補其闕，斷鼇之足以立四極。"《淮南子·覽冥訓》："往古之時，四極廢，九州裂，天不兼覆，地不周載"；"於是女媧煉五色石以補蒼天，斷鼇足以立四極"。《楚辭·天問》："鼇戴山抃，何以安之?"王逸注："《列仙傳》曰：有巨靈之鼇，背負蓬萊之山而抃舞。"洪兴祖補注："《玄中記》云：即巨龜也。一云：海中大鼈。"

百川水注焉。①

1.21 昆侖山北，地轉下三千六百里，②有八玄幽都，方二十萬里。③ 地下有四柱，四柱廣十萬里。④ 地有三千六百軸，犬牙相舉。⑤

1.22 泰山一曰天孫，言爲天帝孫也，主召人魂魄。東方萬物始成，知人生命之長短。⑥

1.23《考靈耀》曰：地有四游，⑦冬至地上北而西三萬里，

---

① "其後"至"注焉"，《列子·湯問》："其後共工氏與顓頊爭爲帝，怒而觸不周之山，折天柱，絶地維。故天傾西北，日月星辰就焉，地不滿東南，故百川水潦歸焉。"《淮南子·天文訓》："昔者共工與顓頊爭爲帝，怒而觸不周之山，天柱折，地維絶。天傾西北，故日月星辰移焉，地不滿東南，故水潦塵埃歸焉。"共工，《淮南子·墬形训》："共工，景風之所生也。"高誘注："共工，天神也。人面蛇身，離爲景風。"

② 山北，指海本作"山之東北"，《御覽》卷三十六《地部一》引《博物志》作"之東北"。

③ "二十"下，《御覽》卷三引有"餘"字。幽都，北方之地。《尚書·堯典》："申命和叔宅朔方，曰幽都。"孔傳："北稱幽，則南稱明，從可知也。都，謂所聚也。"蔡沈集傳："朔方，北荒之地……日行至是，則淪於地中，萬象幽暗，故曰幽都。"

④ 地下有四柱，四柱廣十萬里，《御覽》卷三十六引作"下有四柱，柱廣十萬里"。

⑤ 犬牙相舉，士禮居本作"犬牙相牽"，指海本作"互相牽制"，《御覽》卷三十六引作"互相牽制也"。

⑥ 此條又見於下文 1.36 條。士禮居本、指海本在卷六爲獨立之一條，又在卷一《援神契》條内。指海本卷六錢熙祚校云："此《援神契》文，已見前第一卷。"魂魄，《御覽》卷三十九《地部四》引《博物志》、卷八八六《妖異部二》載《博物志》引《援神契》均無"魄"字。"東方萬物始成知人生命之長短"十三字，士禮居本卷一、《御覽》卷三十九《地部四》引《博物志》"成"下"知"上有"故"字；《御覽》卷八八六《妖異部二》載《博物志》引《援神契》無"成"字，"知人"作"故主人"。

⑦ 四游，《禮記·月令》題解孔穎達疏引鄭玄注《考靈耀》云："地與星辰俱有四游升降。四游者，自立春地與星辰西游，春分西游之極。地雖西極，升降正中，從此漸漸而東，至春末復正。自立夏之後北游，夏至北游之極。地則升降極下，至夏季復正。立秋之後東游，秋分東游之極。地則升降正中，至秋季復正。立冬之後南游，冬至南游之極。地則升降極上，冬季復正。此是地及星辰四游之義也。"

夏至地下南而東三萬里，春、秋二分其中矣。地常動不止，[1]譬如人在舟而坐，舟行而人不覺。[2] 七戎、[3]六蠻、九夷、八狄，形總而言之，[4]謂之四海，言皆近海。海之言晦，昏無所睹也。[5]

1.24 地以名山爲輔佐，[6]石爲之骨，川爲之脉，草木爲之毛，[7]土爲之肉。三尺以上爲糞，[8]三尺以下爲地。[9]

山

1.25 五岳：華、岱、恒、衡、嵩。

1.26 按北太行山而北去，不知山所限極處，亦如東海不知所窮盡也。[10]

---

① 常，士禮居本、指海本作"恒"。

② "譬如"二句，《文選·張華〈勵志〉詩》："大儀斡運，天迴地游。"李善注引《河圖》："地有四游：冬至地上行，北而西三萬里；夏至地下行，南而東三萬里；春秋二分，是其中矣。地常動不止，而人不知，譬如閉舟而行，不覺舟之運也。"可與此條相互參考。

③ 自"七戎"起，士禮居本、指海本另起一條。"七戎"上，《初學記》卷六《地部中》引《博物志》有"天地四方皆海水相通地在其中蓋無幾也"十七字。指海本據補。

④ 形總而言之，《初學記》卷六引"形"下有"類不同"三字，指海本據補。

⑤ 海之言晦，《爾雅·釋地》"九夷、八狄、七戎、六蠻，謂之四海"邢昺疏引孫炎曰："海之言晦，晦暗於禮義也。"

⑥ "爲"下，《御覽》卷三十六《地部一》引《博物志》、指海本有"之"字。

⑦ 之毛，《御覽》卷三十六引作"其毛"。

⑧ 糞，范氏校證："《太平經》卷四十五第八曰：'今天不惡人有室廬也，乃其(《三洞珠囊》卷一引"其"作"惡人"二字)穿鑿地太深，皆爲創傷，或得地骨，或得地血。何謂也？泉者地之血，石者地之骨也，良土地之肉也。……凡鑿地動土，入地不過三尺爲法。一尺者陽所照，氣屬天也；二尺者物所生，氣屬中和也；三尺者及地身，氣屬陰，過錯而下，傷地形，皆爲凶也。'據此，疑'糞'字是'氣'字之誤，'氣'初以音近誤作'糞'，後又因形近訛作'糞'。"

⑨ "地"下，《御覽》卷三十六引有"重陰之性也"五字，指海本據補。

⑩ 《御覽》卷四十《地部五》引《博物志》"按"下無"北"字，"不知山"上有"亦"字，"所窮"下無"盡也"二字。"所窮盡"，士禮居本無"所"字。

1.27 石者,金之根甲。石流精以生水,[1]水生木,木含火。

水

1.28 漠北廣遠,[2]中國人鮮有至北海者。漢使驃騎將軍霍去病北伐單于,至瀚海而還,有北海明矣。周日用曰:余聞北海,言蘇武牧羊之所,去年德甚邇,秖一池,號北海。蘇武牧羊,常在於是耳。此地見有蘇武湖,非北溟之海。[3]

1.29 漢使張騫渡西海,[4]至大秦。[5] 西海之濱有小昆侖,高萬仞,方八百里。東海廣漫,未聞有渡者。

1.30 南海短狄,[6]未及西南夷以窮斷。今渡南海至交趾者不絶也。[7]

1.31《史記·封禪書》云:[8]威、宣、燕昭遣人乘舟入海,[9]

---

① 流精,士禮居本作"精流"。

② 漠,原作"漢",據四庫本改。范氏校證:"周心如校云:'"漢"字應作"漠".'案快閣本、《子書百家》本正作'漠'。"范説是,與下文義合。

③ 四庫本"年德"作"部落","常在"作"當在"。"蘇武湖",士禮居本、指海本作"蘇武廟"。

④ 西海,《漢書·李廣利傳》:"賴天之靈,從泝河山,涉流沙,通西海,山雪不積,士大夫徑度,獲王首虜,珍怪之物畢陳於闕。"

⑤ 大秦,《後漢書·西域傳·大秦》:"(大秦國)以在海西,亦曰海西國","其人民皆長大平正,有類中國,故謂之大秦"。范氏校證:"洪興祖《離騷補注》引'大秦'下有'大秦之西鳥遲國,鳥遲國之西,復言有海'十七字,當據補。"

⑥ 短狄,疑爲古代少數民族名,因其人身材矮小,故稱。

⑦ "以窮斷今渡南海"七字,四庫本作"以窮攜家渡南海"。

⑧《史記·封禪書》:"自威、宣、燕昭使人入海求蓬萊、方丈、瀛洲。此三神山者,其傅在勃海中,去人不遠;患且至,則船風引而去。蓋嘗有至者,諸仙人及不死之藥皆在焉。其物禽獸盡白,而黄金銀爲宫闕。未至,望之如雲;及到,三神山反居水下。臨之,風輒引去,終莫能至云。"《漢書·郊祀志》亦有類似記載。可與此條參考。

⑨ 威、宣,指齊威王與齊宣王。指海本作"齊宣"。茂先此引《史記·封禪書》,而今本《史記·封禪書》及《漢書·郊祀志》均作"威宣",當依《史記》。

有蓬萊、方丈、瀛州三神山，神人所集。欲采仙藥，蓋言先有至之者。其鳥獸皆白，金銀爲宫闕，悉在渤海中，去人不遠。①

1.32 四瀆：②河出昆侖墟，江出岷山，濟出王屋，淮出桐柏。

1.33 八流亦出名山：渭出鳥鼠，漢出嶓冢，③洛出熊耳，涇出少室，④汝出燕泉，泗出涪尾，⑤沔出月台，⑥沃出太山。⑦

---

① "不遠"下，士禮居本、指海本有"也"字。

② 四瀆，《爾雅·釋水》："江、河、淮、濟爲四瀆。四瀆者，發原注海者也。"《史記·殷本紀》："東爲江，北爲濟，西爲河，南爲淮，四瀆已修，萬民乃有居。"

③ 漢，《藝文類聚》卷八《水部上》引《博物志》作"漾"。《水經注·漾水》："漾水出隴西氐道縣嶓冢山，東至武都沮縣，爲漢水。"鳥鼠，山名，鳥鼠同穴山之省稱。《尚書·禹貢》："導渭自鳥鼠同穴。"孔傳："鳥鼠共爲雌雄，同穴處此山，遂名山曰鳥鼠，渭水出焉。"嶓冢，山名。在今甘肅天水與禮縣之間。

④ 涇，《藝文類聚》卷八引作"潁"。《水經注·潁水》："潁水出潁川陽城縣西北少室山。"范氏校證："案涇水所出，《淮南·墬形訓》高注及《海内東經》郭注並稱出雞頭山，非少室也。"熊耳，山名。《尚書·禹貢》："導洛自熊耳。"孔傳："在宜陽西。"

⑤ 涪，士禮居本、指海本、四庫本、《水經注·泗水》引、《藝文類聚》卷八引並作"陪"。《尚書·禹貢》："熊耳、外方、桐柏，至于陪尾。"孔傳："四山相連，東南在豫州界，洛經熊耳，伊經外方，淮出桐柏，經陪尾。"《史记·夏本纪》作"負尾"。《博物志》此説之陪尾當指今山東泗水東，泗水所出之陪尾山。汝，古水名。燕泉，未詳。當爲河南境内山名。

⑥ 沔，《藝文類聚》卷八引作"淄"。《水經注·沔水上》："沔水出武都沮縣東狼谷中。"范氏校證："《淮南·墬形訓》云：'淄出目飴。''目飴'一作'月台'。《左襄四年傳》云：'邾人莒人伐鄫，臧紇救鄫侵邾，敗於狐駘（《郡国志》駘作台）。''狐駘'，《檀弓》作'壺駘'，洪亮吉謂即'目飴'，故疑'月台'當作'胡台'，月是胡之缺體。"胡台，未詳。當爲山東境内山名。

⑦ 沃，四庫本作"汶"，《藝文類聚》卷八引作"沂"。《水經注·汶水》："汶水出朱虛縣泰山。"又《沂水》："沂水出泰山蓋縣艾山。"《水經注·河水三》："中陵水又北分爲二。一水東北流，謂之沃水。"是古沃水在今山西省境内，故"出太山"者非沃水，"沃"字誤，而"汶"、"沂"二字未詳孰是。

水有五色，有濁有清，[①]汝南有黄水，華山有黑水。[②] 濘水淵或生明珠，而岸不枯，[③]山澤通氣以興雷雲，氣觸石膚寸而合，不崇朝以雨。[④]

1.34 江河水赤，名曰泣血，[⑤]道路涉駭，於河以處也。[⑥]

山水總論

1.35 五岳視三公，四瀆視諸侯，諸侯賞封内名山者，[⑦]通靈助化，位相亞也。故地動，臣叛；名山崩，王道訖；川竭，神

---

① “有清”下，《御覽》卷五十九《地部二四》引《博物志》有“河淮濁江濟清南陽有清冷之水丹水泉水”十七字。指海本據補。

② 華山有黑水，《御覽》卷五十九引“華山”下有“南”字，“黑水”下有“天下之水皆類五色今載其名也”十三字。指海本據補。

③ “濘水”下，《御覽》卷五十九引有“不流”二字。“淵或生明珠，而岸不枯”，語當出自《荀子·勸學》：“玉在山而草木潤，淵生珠而崖不枯。”

④ “膚寸”二句，語出《公羊傳·僖公三十一年》：“觸石而出，膚寸而合，不崇朝而遍雨乎天下者，唯泰山爾。”阮福《膚寸而合解》：“所謂膚寸而合者，如雲出山，散而不合，則不得雨。今膚寸而合，如人以兩手之四指平鋪，先分兩處向下覆之，由分而合，漸肖雲合之狀，合之甚易，故云膚寸而合，不崇朝而雨遍天下。”膚寸，古長度單位，一指寬爲寸，四指寬为膚。《公羊传·僖公三十一年》何休注：“側手爲膚，案指爲寸。”崇朝，终朝，崇，通“終”。《詩經·鄘风·蝃蝀》：“朝隮于西，崇朝而雨。”毛傳：“崇，終也。從旦至食時爲終朝。”

⑤ 名曰泣血，《後漢書·五行志三》“是時鄧太后猶專政”劉昭注引《博物記》：“江河水赤。占曰泣血，道路涉蘇，於何以處。”據此則“名”當爲“占”。

⑥ 道路涉駭，於河以處，四庫本作“道路驚駭山河爲墟”。“涉駭”、“於河”，意義難解。若依《後漢書·五行志三》劉昭注引《博物記》，此當作“道路涉蘇於何以處”。范氏校證：“案此可釋爲‘草莽塞路，於何以居’。”

⑦ “五岳”三句，語出《禮記·王制》：“天子祭天下名山大川：五岳視三公，四瀆視諸侯。諸侯祭名山大川之在其地者。魯人祭泰山，晋人祭河是也。”鄭玄注：“視，視其牲器之數。”《史記·封禪書》：“天子祭天下名山大川，五岳視三公，四瀆視諸侯，諸侯祭其疆内名山大川。”“五岳”二句謂天子祭五岳時所用牲器祭品比照三公宴饗之數，祭四瀆則比照諸侯宴饗之數。“諸侯賞”句，范氏校證：“案‘賞’訓‘祭’，於古無徵，疑是‘饗’字之訛。又‘名山’下當有‘大川’二字，宜補。”賞，范氏校證疑爲“饗”字之誤。饗，祭祀。

去,國隨已亡。[①] 海投九仞之魚,流水涸,國之大誠也。澤浮舟,川水溢,臣盛君衰。百川沸騰,山冢卒崩,高岸爲谷,深谷爲陵,[②]小人握命,君子陵遲,白黑不别,大亂之徵也。

1.36《援神契》曰:五岳之神聖,四瀆之精仁。[③] 河者水之伯,上應天漢。太山,天帝孫也,主召人魂。東方萬物始成,故知人生命之長短。[④]

五方人民

1.37 東方少陽,日月所出,山谷清,其人佼好。[⑤]

1.38 西方少陰,日月所入,其土窈冥,其人高鼻、深目、多毛。[⑥]

1.39 南方太陽,土下水淺,其人大口多傲。[⑦]

1.40 北方太陰,土平廣深,其人廣面縮頸。

---

① 已,四庫本作"以",士禮居本作"也"。指海本作"已",注云:"已即以字。"

② "百川"四句,出《詩經·小雅·十月之交》。卒,今本《詩經》、四庫本作"崒"。毛傳:"沸,出。騰,乘也。山頂曰冢。""言易位也。"鄭箋:"崒者,崔嵬。百川沸出相乘陵者,由貴小人也。山頂崔嵬者崩,君道坏也。""易位者,君子居下,小人處上之謂也。"

③ "五岳"二句,《文選·王儉〈褚淵碑文〉》"公稟川岳之靈暉,含珪璋而挺曜"李善注引《孝經援神契》曰:"五岳之精雄聖,四瀆之精仁明。"

④ "太山"以下,見上1.22條。

⑤ 山谷清,其人佼好,《御覽》卷三六三《人事部四》引《博物志》"清"下有"朗"字,"佼"作"姣"。指海本"清"下有"朗"字,校云:"此字依《御覽》三百六十三補。"

⑥ 深目,多毛,范氏校證:"案隋蕭吉《五行大義》卷五論人配五行引《春秋文耀鉤》作'面多毛',疑'深目'下脱一'面'字。"

⑦ "土下"二句,《御覽》卷三六三《人事部四》引《博物志》"淺"作"沃",無"多傲"二字。大口多傲,《淮南子·墬形訓》:"南方,陽氣之所積,暑濕居之,其人修形兑上,大口決眦。"

1.41 中央四析，①風雨交，山谷峻，其人端正。

1.42 南越巢居，北朔穴居，避寒暑也。

1.43 東南之人食水産，西北之人食陸畜。食水産者，龜蛤螺蚌以爲珍味，不覺其腥臊也。② 食陸畜者，狸兔鼠雀以爲珍味，不覺其膻也。③

1.44 有山者采，有水者漁。山氣多男，澤氣多女。平衍氣仁，高凌氣犯，叢林氣躄，④故擇其所居。居在高中之平、下中之高，則産好人。

1.45 居無近絶溪，群冢狐蠱之所近，此則死氣陰匿之處也。

1.46 山居之民多癭腫疾，由於飲泉之不流者，今荆南諸山郡東多此疾。瘇，由踐土之無鹵者，⑤今江外諸山縣偏多此病也。盧氏曰：不然也。在山南人有之，北人及吴楚無此病。蓋南出黑水，水土然也。如是不流泉井界尤無此病也。⑥

---

① 析，士禮居本作"折"，《御覽》卷三六三《人事部四》引《博物志》作"抄"，均未詳何義。范氏校證以爲"析"當作"戰"，云："《韓非子・初見秦篇》：'趙氏中央之國也。'《史記・樂毅傳》云：'趙四戰之國也。'是'中央'有'四戰'之義。《後漢書・荀彧傳》云：'彧謂父老曰："潁川四戰之地也。"'章懷太子李賢注云：'四面通也。'是其比。"

② 腥臊，四庫本無"臊"字。

③ "膻"下，士禮居本有"燋"字，指海本有"焦"字。

④ "山氣"五句，可參考《淮南子・墬形訓》："土地各以其類生，是故山氣多男，澤氣多女，障氣多喑，風氣多聾，林氣多癃，木氣多傴，岸下氣多腫，石氣多力，險阻氣多癭，暑氣多夭，寒氣多壽，谷氣多痹，丘氣多狂，衍氣多仁，陵氣多貪。"

⑤ "由"下，四庫本有"於"字。

⑥ "如是不流泉井界尤無此病也"十二字，士禮居本、指海本無"界"字，四庫本作"今處不流泉之界者固無此病也"。

物産

1.47 地性含水土山泉者,[1]引地氣也。山有沙者生金,有穀者生玉。名山生神芝,不死之草,上芝爲車馬,[2]中芝爲人形,下芝爲六畜。[3] 土山多雲,鐵山多石。五土所宜,黄白宜種禾,黑墳宜麥黍,[4]蒼赤宜菽芋,下泉宜稻,得其宜則利百倍。

1.48 和氣相感則生朱草,山出象車,[5]澤出神馬,陵出黑丹,阜出土怪,江出大貝,[6]海出明珠。仁主壽昌,[7]民延壽命,天下太平。

1.49 名山大川,孔穴相内,[8]和氣所出,則生石脂、玉膏,食之不死。神龍靈龜行於穴中矣。

1.50 神宫在高石沼中,有神人,多麒麟,其芝神草。[9] 有英泉,飲之眠三百歲乃覺,[10]不死。去瑯琊四萬五千里。

---

① 水土山泉,士禮居本、指海本作"水山土泉"。

② "車馬"下,指海本、《御覽》卷九八六《藥部三》引《博物志》有"形"字。

③ "六畜"下,指海本、《御覽》卷九八六引有"形"字。

④ 黑墳,《尚書·禹貢》:"厥土黑墳,厥草惟繇。"孔傳:"色黑而墳起。"陸德明《釋文》引馬融曰:"(墳)有膏肥也。"

⑤ 象車,《宋書·符瑞志下》:"象車者,山之精也,王者德澤流洽四境則出。"

⑥ 出,原作"南",據四庫本改。

⑦ 仁,四庫本作"人"。

⑧ 内,四庫本作"納"。范氏校證:"《北堂書鈔》卷五、洪興祖《天問補注》引'相内'並作'相通'。"

⑨ 其,四庫本作"靈"。

⑩ 眠,原作"服",蓋因形近而誤。此據四庫本改。

1.51 三珠樹生赤水之上。[①]

1.52 員丘山上有不死樹，食之乃壽。有赤泉，飲之不老。多大蛇，爲人害，不得居也。

---

① 珠，四庫本作"株"。《山海經·海外南經》："三株樹在厭火北，生赤水上，其爲樹如柏，葉皆爲珠。"郝懿行《山海經箋疏》："《初學記》二十七卷引此經作'珠'，《淮南·墬形訓》及《博物志》同。"整理者按：陶淵明《讀〈山海經〉》詩："燦燦三珠樹，寄生赤水陰。亭亭淩風桂，八榦共成林。"字作"珠"。又據《海外南經》"葉皆爲珠"（《御覽》卷九六四《木部四》引《山海經》作"葉實皆爲珠"），則作"珠"義長。

博物志第二

晉張華撰

外國

2.1 夷海内西北有軒轅國，①在窮山之際，其不壽者八百歲。② 渚沃之野鸞自舞，民食鳳卵，飲甘露。③

2.2 白民國有乘黄，狀如狐，背上有角，乘之壽三千歲。④

---

① 夷，四庫本作“西”。

② “夷海”三句，《山海經·海外西經》：“軒轅之國，在窮山之際，其不壽者八百歲。”

③ “渚沃”三句，《太平廣記》(以下簡稱《廣記》)卷四八〇《軒轅國》引《博物志》“渚沃之野鸞自舞”作“諸夭之野和鸞鳥舞”。《山海經·海外西經》：“諸夭之野，鸞鳥自歌，鳳鳥自舞。鳳皇卵，民食之；甘露，民飲之。”郝懿行《山海經箋疏》：“夭野，《大荒西經》作沃野，是此經之夭，乃沃字省文……諸夭，《藝文類聚》九十九卷引作清沃，《博物志》作渚沃，《淮南·墬形訓》有沃民。又云‘西方曰金丘，曰沃野’，高誘注云：‘沃猶白也，西方白，故曰沃野。’案高説非也，沃野直謂其地沃饒耳。”《山海經·大荒西經》：“有沃之國，沃民是處。沃之野，鳳鳥之卵是食，甘露是飲。”

④ 此條可參考《山海經·海外西經》：“白民之國，在龍魚北，白身被髮。有乘黄，其狀如狐，其背上有角，乘之壽二千歲。”

2.3 君子國人衣冠帶劍，使兩虎，①民衣野絲，好禮讓，不爭。土千里，②多薰華之草，③民多疾風氣，故人不番息。④好讓，故爲君子國。

2.4 三苗國，昔唐堯以天下讓於虞，三苗之民非之。帝殺，有苗之民叛，浮入南海，爲三苗國。⑤

2.5 驩兜國，其民盡似仙人。⑥帝堯司徒驩兜民。⑦常捕海島中，人面鳥口，去南國萬六千里，盡似仙人也。⑧

---

① "君子"二句，《後漢書·東夷傳》"至有君子、不死之國焉"李賢注引《山海經》："君子國衣冠帶劍，食獸，使二文虎在旁。"《淮南子·墬形訓》"東方有君子之國"高誘注："東方木德仁，故有君子之國，其人衣冠帶劍，食獸，使二文虎也。"據此，"虎"上當脱"文"字。

② 土千里，范氏校證："案《藝文類聚》卷二十一引《山海經》、卷八十九引《玄中記》、《事類賦》卷二十四引《括地圖》'土'下並有'方'字，當據補。"

③ "之草"下，指海本有"朝生夕死"四字，錢校云："此句原本誤在條末，首多'董花'二字，並依《山海經·海外東經》文删正。郭注：'薰一作董。''董花'即'薰華'之異文，俗本遂以此句别爲一條，誤甚。"按，士禮居本此條下有"董花朝生夕死"一句，在下條之首。古今逸史本爲獨立之一條，見4.35。《山海經·海外東經》："君子國在其北，衣冠帶劍，食獸，使二大虎，在旁，其人好讓不爭。有薰華草，朝生夕死。"

④ 番，士禮居本、指海本、四庫本並作"蕃"。

⑤ 此條可參考《山海經·海外南經》"三苗國在赤水東"郭璞注："昔堯以天下讓舜，三苗之君非之，帝殺之，有苗之民叛入南海，爲三苗國。"據此則"之民"當作"之君"，指海本作"之君"。殺，四庫本作"征之"，與《海外南經》不同。"殺"下，指海本有"之"字。

⑥ 盡，指海本作"畫"，錢注云："'畫'，原作'盡'，下同。《山海經·海外南經》注不誤。"《山海經·海外南經》"海外自西南陬至東南陬者"袁珂注："《山海經》海外各經已下文字，意皆是因圖以爲文，先有圖畫，後有文字，文字僅乃圖畫之説明。故郭注此，屢云'畫似仙人也'(《海外南經》)，'畫亦似仙人也'(《海外南經》)。"

⑦ "民"下，四庫本有"之後"二字。

⑧ 盡，指海本作"畫"。

2.6 大人國,其人孕三十六年,生白頭,其兒則長大,[1]能乘雲而不能走,蓋龍類。去會稽四萬六千里。

2.7 厭火國民,火出口中,形畫似猿猴,黑色。[2]

2.8 結胸國有滅蒙鳥。[3] 奇肱民善爲拭扛以殺百禽。[4] 能爲飛車,從風遠行。湯時西風至,吹其車至豫州。湯破其車,不以視民。[5] 十年東風至,[6]乃復作車遣返。而其國去玉門關四萬里。[7]

2.9 羽民國,民有翼,飛不遠。多鸞鳥,民食其卵。去九疑四萬三千里。[8]

2.10 穿胸國,昔禹平天下,會諸侯會稽之野,防風氏後到,殺之。夏德之盛,二龍降之。[9] 禹使范成光御之,行域

---

① "其人"三句,《御覽》卷三六〇《人事部一》引《括地圖》作"其民孕三十六年而生兒,生兒長大"。又卷三七七《人事部一八》引《括地圖》作"孕三十六年而生,生兒白首長丈"。

② 二"火"字,原均作"光";"畫"原作"盡"。此均據指海本改。又《山海經·海外南經》:"厭火國在其國南,獸身黑色,生火出其口中。"郭璞注:"言能吐火。畫似獼猴而色黑也。"《御覽》卷七九〇《四夷部一一》引《山海經》:"厭火國其獸身黑色,火出其口中。"均是其證。

③ "結胸"句,《山海經·海外西經》:"滅蒙鳥在結匈國北。"郝懿行《山海經箋疏》:"《博物志·外國》云'結匈國有滅蒙鳥',本此。"指海本據此將此句列爲單獨一條,與下文分開。

④ "奇肱"句,《廣記》卷四八二《蠻夷三》"奇肱"下有"國其"二字,"拭扛"作"機巧"。《山海經·海外西經》"奇肱之國"條郭璞注:"其人善爲機巧以取百禽。"范氏校證:"案'拭扛'不辭,作機巧是也。"

⑤ 視,通"示"。《山海經·海外西經》"奇肱之國"條郭璞注:"湯時德之於豫州界中,即壞之,不以示人。"《廣記》卷四八二"奇肱"條:"湯破其車,不以示民。"

⑥ "十年"上,《山海經·海外西經》"奇肱之國"條郭璞注、《廣記》卷四八二"奇肱"條並有"後"字。

⑦ 而,士禮居本、指海本無此字。

⑧ 疑,四庫本作"嶷"。

⑨ 降之,四庫本作"降庭"。

外，既周而還至南海。經房風，①房風之神二臣以塗山之戮，見禹使，怒而射之。② 迅風雷雨，③二龍升去。二臣恐，以刃自貫其心而死。禹哀之，乃拔其刃，療以不死之草，④是爲穿胸民。

2.11 交趾民在穿胸東。⑤

2.12 孟舒國民，⑥人首鳥身。其先主爲雪氏，訓百禽，⑦夏后之世，始食卵。孟舒去之，鳳皇隨焉。⑧

異人

2.13《河圖玉板》云：⑨龍伯國人長三十丈，生萬八千歲而死。⑩ 大秦國人長十丈，中秦國人長一丈，臨洮人長三丈

---

① 房風，《御覽》卷九三〇《鱗介部二》引《博物志》、四庫本並作“防風”，下句同。

② “房風之神”三句，范氏校證：“‘之神’，《廣漢魏叢書》本作‘氏之’；‘使’士禮居本作‘便’，於義均較當。”使，四庫本亦作“便”。整理者按：若作“便”，則其下不當點斷。

③ 迅風雷雨，《御覽》卷九三〇引作“迅雷風雨”，士禮居本無“雨”字。

④ “草”下，《御覽》卷九三〇引有“而皆活”三字。

⑤ 民，士禮居本、指海本並作“足交”。此條可參考《山海經・海外南經》：“交脛國在其東，其爲人交脛，一曰在穿胸東。”

⑥ 孟舒國，指海本錢校：“《事類賦》注十八引《括地圖》‘舒’作‘虧’，下同。”《事類賦》卷十八引《括地圖》：“孟虧人首鳥身，其先爲虞氏，馴百禽。”

⑦ “其先”二句，指海本“雪”作“虞”，錢校：“‘虞’原誤‘雪’，依《事類賦》注改。又賦注‘訓’作‘馴’，二字古通。”訓，四庫本亦作“馴”。

⑧ 皇，四庫本、指海本作“凰”。“隨焉”下指海本錢校：“葉本誤於此分段。”整理者按：指海本此下有“止於丹山此山多竹長千仞鳳食其實去九疑萬八千里”二十二字，與上文聯爲一條。古今逸史本則有“止些山多竹長千仞鳳食其實去九疑萬八千里”，見 3.30 條。

⑨《河圖玉板》，漢代讖緯書，已佚，黄奭《黄氏逸書考》有輯録。

⑩ “龍伯”二句，《列子・湯問》“其國人猶數十丈”張湛注引《河圖玉板》“三十”作“四十”，“而死”作“始死”。

五尺。①

2.14 禹致宰臣於會稽,②防風氏後至,戮而殺之。其骨專車。③ 長狄喬如,身横九畝,長五丈四尺,或長十丈。

2.15 秦始皇二十六年,有大人十二見于臨洮,長五丈,足迹六尺。東海之外,大荒之中,有大人國僬僥氏,長三丈,④《詩含神霧》曰:"東北極人長九寸。"⑤

2.16 東方有螗螂、沃焦。⑥ 防風氏長三丈。短人處九寸。⑦ 遠夷之名:雕題、⑧黑齒、穿胸、檐耳、⑨大竺、⑩岐首。

---

① "三丈",四庫本作"二丈"。

② 宰臣,《國語·魯語下》載孔子語作"群神",韋昭注:"群神,謂主山川之君,爲群神之主,故謂之神也。"案,作"群神"似當是,四庫本"宰"作"群"。

③ "骨"下,《國語·魯語下》載孔子語有"節"字。《國語·魯語下》:"吴伐越,墮會稽,獲骨焉,節專車。"韋昭注:"骨一節,其長專車。專,擅也。"據此,有"節"字似當是。

④ "有大人"二句,"三丈"疑當爲"三尺"。《國語·魯語下》載孔子語:"僬僥氏長三尺,短之至也。"《山海經·大荒東經》:"有波谷山者,有大人之國。"郭璞注:"準斯以言,則此大人之長短,未可得限度也。"

⑤ "詩含"以下,原作"時含神霧日東北極人長九丈",且"日東北極人長九丈"另作一條。此依指海本。士禮居本"九丈"亦作"九寸"。《山海經·大荒東經》:"有小人國,名靖人。"郭璞注引《詩含神霧》:"東北極有人長九寸。"

⑥ 螗螂、沃焦,均傳説中人。焦,士禮居本作"燋"。

⑦ 處,四庫本作"身"。

⑧ 名,四庫本作"民"。

⑨ 檐,四庫本作"儋",士禮居本、指海本並作"擔"。范氏校證:"案《文選》卷四十四司馬長卿《喻巴蜀檄》李注引《論語比考讖》云:'穿胸儋耳,莫不供職。'《吕氏春秋·任數篇》云:'北懷儋耳。'《山海經·大荒北經》云:'有儋耳之國。'注云:'其人耳大下儋,垂在肩上。'據此是'檐'當作'儋'。'擔'乃'儋'之俗體,其本字應作'聸'。《説文》云:'聸,垂耳也。'"

⑩ 大竺,四庫本作"大足"。士禮居本、指海本並作"天竺",誤。蓋"足"先誤爲"竺",後人又改"大"爲"天"。范氏校證:"'竺'爲'足'之音訛。疑'大足'是'交趾'之脱誤。"

2.17 柔利國人一手二足，拳反曲。①

2.18 無啓民居穴食土，②無男女，死埋之，其心不朽，百年還化爲人。③ 細民其肝不朽，④百年而化爲人。皆穴居處，二國同類也。⑤

2.19 蒙雙民，昔高陽氏有同産而爲夫婦，帝放之此野，⑥相抱而死，神鳥以不死草覆之，七年，男女皆活，同頸二頭四手，是蒙雙民。⑦

2.20 有一國亦在海中，純女無男。又説得一布衣，從海浮出，⑧其身如中國人衣，兩袖長二丈。⑨ 又得一破船，隨波出在海岸邊，⑩有一人項中復有面，生得，⑪與語不相通，不食而死。其地皆在沃沮東大海中。

---

① 柔，原作"子"，此據指海本改。又《山海經・海外北經》："柔利國在一目東，爲人一手一足，反膝，曲足居上。""二足"，士禮居本、指海本並作"一足"。

② 啓，《御覽》卷八八八《妖異部四》引《博物志》作"脊"。《山海經・海外北經》有"無脊之國"。是"啓"似當作"脊"。居穴，《御覽》卷八八八引作"穴居"。

③ "無男女"四句，《山海經・海外北經》"爲人無脊"郭璞注："無男女，死即薶之，其心不朽，死百廿歲乃復更生。"

④ "細民"下，四庫本有"國"字。

⑤ 二國，士禮居本、指海本並作"三國"。錢校云："上止二國，必有脱簡，俗本遂改此句'三'字爲'二'字矣。《御覽》三百七十六引《博物志》云：'繆民其肺不朽，百年復生。'當是此條逸文。"

⑥ 此野，四庫本作"北埜"。

⑦ "是"下，四庫本有"爲"字。

⑧ "海"下，《三國志・魏・東夷傳》有"中"字。

⑨ 二丈，《異苑》卷一、《三國志・魏・東夷傳》、《後漢書・東夷傳》均作"三丈"。

⑩ "波"下，《異苑》卷一有"流"字。

⑪ "得"下，《異苑》卷一、《三國志・魏・東夷傳》並有"之"字。

2.21 南海外有鮫人，水居如魚，不廢織績，其眼能泣珠。①

2.22 嘔絲之野有女子，②方跪據樹而嘔絲。③ 北海外也。

2.23 江陵有貙人，④能化爲虎。俗又曰虎化爲人，⑤好著紫葛衣，⑥足無踵。⑦

2.24 日南有野女，群行見丈夫，⑧狀晶目，⑨裸袒無衣襌。

---

① 眼，原誤作“眠”，據士禮居本、指海本、四庫本等改。《御覽》卷八〇三《珍寶部二》引《博物志》：“鮫人從水出，寓人家，積日賣絹。將去，從主人索一器，泣而成珠，滿盤，以與主人。”指海本據此於“能泣珠”下補“從水出”至“與主人”二十八字。

② 嘔，《廣記》卷四八〇《蠻夷一》引《博物志》作“歐”，下同。《山海經·海外北經》：“歐絲之野在大踵東，一女子跪據樹歐絲。”郭璞注：“言啖桑而吐絲，蓋蠶類也。”有，士禮居本卷八、指海本卷八均無此字，四庫本作“其”。按，此條内容士禮居本卷十、指海本卷十重出，二本重出條“野”下“女子”上均有“有”字。

③ 方，士禮居本卷八作“乃”，卷十作“方”，四庫本作“端”。

④ “江陵”句，《御覽》卷八八八《妖異部四》引《博物志》“江陵”作“江漢”。貙，原作“猛”，此據《御覽》卷八八八引《博物志》改。又《爾雅·釋獸》：“貙，似貍。”郭璞注：“今貙虎也，大如狗，文如貍。”《文选·左思〈吴都赋〉》：“其下則有梟羊麖狼，猰貐貙象。”劉逵注：“貙，虎屬也。或曰能化爲人。”《搜神記》卷十二：“江漢之域有貙人。其先，禀君之苗裔也。能化爲虎。”又：“或云：‘貙虎化爲人，好著紫葛衣，其足無踵。虎有五指者，皆是貙。’”均其證。

⑤ “俗又”句，《御覽》卷八八八引無“又”字，“曰”作“云”，“虎”上有“貙”字。四庫本“曰”亦作“云”。

⑥ “好著”句，《御覽》卷八八八引無“紫”字。“衣”，原誤作“人”，依士禮居本、指海本、四庫本、《御覽》等改。

⑦ 足無踵，《御覽》卷八八八引“足”上有“其”字，“踵”下有“有五指者皆貙也越隍之國老者時化爲虎寧州南見有此物”二十四字，指海本均據補。

⑧ 見丈夫，四庫本作“若丈夫”，蓋誤；指海本作“覓夫”，似當是。錢校云“依《御覽》七百九十改”，今本《御覽》作“不見夫”，案“不見”當爲“覓”字之訛。

⑨ 狀晶目，士禮居本作“狀晶自”，指海本據《御覽》七九〇引《博物志》作“其體晶白”，似當是。

異俗

2.25 越之東有駭沐之國，[①]其長子生則解而食之，謂之宜弟。父死則負其母而棄之，[②]言鬼妻不可與同居。周日用曰：既其母爲鬼妻，則其爲鬼子，亦合棄之矣。是以而蠻夷於禽獸犬豕一等矣。禽獸犬豕之徒猶應不然也。[③]

2.26 楚之南有炎人之國，[④]其親戚死，朽之肉而棄之，[⑤]然後埋其骨，乃爲孝也。[⑥]

2.27 秦之西有義渠國，其親戚死，聚柴積而焚之，[⑦]熏之即煙上，[⑧]謂之登遐，然後爲孝。[⑨] 此上以爲政，下以爲俗，中國未足爲非也。[⑩] 此事見《墨子》。周日用曰：此事庶幾佛國之法且如是乎？中國之徒亦如此也。[⑪]

2.28 荆州極西南界至蜀，諸民曰獠子，[⑫]婦人妊娠七月

---

① “越之”句，《廣記》卷四八〇《蠻夷一》引《博物志》無“之”字，“駭沐”作“輆沐”。士禮居本“駭沐”作“駭沭”，《列子・湯問》作“輒木”，《墨子・節葬下》作“輆沭”。

② “父死”句，《列子・湯問》、《墨子・節葬下》“父”、“母”上均有“大”字。

③ 而，士禮居本、指海本作“如”。

④ 炎，四庫本作“啖”，《墨子・魯問》：“楚之南有啖人之國者，其國之長子生，則解而食之。”有，《御覽》卷七九〇《四夷部一一》引《博物志》無此字。

⑤ 朽之肉，指海本作“刳其肉”，《列子・湯問》作“死”，《御覽》卷七九〇引《博物志》作“刳肉”，四庫本“之”作“其”。

⑥ “孝”下，士禮居本、指海本並有“子”字。

⑦ “積”下，《墨子・節葬下》作“薪”。

⑧ 熏之即煙上，《墨子・節葬下》作“燻上”，《列子・湯問》作“燻即煙上”。

⑨ 爲孝，《列子・湯問》作“成爲孝子”。

⑩ “中國”句，士禮居本“中國”作“東國”；未足为非也，《列子・湯問》作“而未足爲異也”。

⑪ 士禮居本、指海本“如此”作“多此”。四庫本“且”作“宜”，“亦如此”作“不如是”。案四庫本義長。

⑫ “荆州”二句，《御覽》卷三六一《人事部二》引《博物志》作“蜀郡諸山夷名曰獠子”。

而産，臨水生兒，便置水中，浮則取養之，沈便棄之，然千百多浮。[①] 既長，皆拔去上齒牙各一，[②]以爲身飾。

2.29 毌丘儉遣王頎追高句麗王宫，[③]盡沃沮東界。問其耆老，[④]言國人常乘船捕魚，遭風吹數十日，[⑤]東得一島，上有人，言語不相曉。其俗常以七夕取童女沈海。[⑥]

2.30 交州夷名曰俚子。[⑦] 俚子弓長數尺，箭長尺餘，以燋銅爲鏑，塗毒藥於鏑鋒，中人即死，不時斂藏，即膨脹沸爛，[⑧]須臾燋煎都盡，[⑨]唯骨耳。[⑩] 其俗誓不以此藥法語人。[⑪] 治之，飲婦人月水及糞汁，時有差者。唯射猪犬者無他，[⑫]以

---

① "婦人"六句，《御覽》卷三六一引作"婦人妊身七月生，時必須臨水，兒生便置水中，浮即養之，沉便遂棄也"。取，指海本作"收"。

② "既長"二句，《御覽》卷三六一引作"至長，皆拔去其上齒後狗牙各一"。

③ 王頎，原誤作王領，據《三國志·魏·毌丘儉傳》、又《東夷傳》改。宫，古高句麗國王名。《三國志·魏·毌丘儉傳》，又《東夷傳》載，毌丘儉曾任幽州刺史兼度遼將軍，討伐高句麗，遣玄菟太守王頎追擊高句麗王宫，至北沃沮縣東界，後刻石記功。

④ "耆老"下，《廣記》四八〇《蠻夷一》引《博物志》有"海東有人不耆老"七字，《三國志·魏·東夷傳》有"海東復有人不耆老"八字。

⑤ "風"下，《廣記》四八〇《蠻夷一》引、《三國志·魏·東夷傳》並有"見"字。

⑥ "其俗"句，《廣記》四八〇《蠻夷一》引"常"作"嘗"，"夕"作"月"。《三國志·魏·東夷傳》"夕"作"月"。"沈海"下，士禮居本有"又言有一國亦在海中純女無男又説布衣從海浮出其身如中國人衣兩袖長二丈又得一破船隨波出在海岸邊有一人項中復有面生得與語不相通不食而死其地皆在沃沮東大海中"七十四字，指海本、《廣記》四八〇《蠻夷一》引、《三國志·魏·東夷傳》略同。案古今逸史本上述内容單列一條，在本卷 2.20 條。

⑦ "交州"下，《御覽》卷三五〇《兵部八一》引《博物志》有"山"字。

⑧ 膨，士禮居本、指海本並作"胮"，四庫本作"腹"。胮，脹大貌。

⑨ 燋煎，四庫本作"肌肉"。

⑩ "骨"下，《御覽》卷三五〇引有"在"字。

⑪ 法，原作"治"，蓋涉下文"治之"之"治"而誤，此據士禮居本、指海本、四庫本、《御覽》卷三五〇引改。

⑫ "犬者"下，四庫本有"則"字。他，士禮居本、指海本作"佗"，四庫本作"恙"。

其食糞故也。焦銅者，故燒器。其長老唯别焦銅聲，以物杵之，徐聽其聲，得焦毒者，偏鑿取以爲箭鏑。①

2.31 景初中，蒼梧吏到京，②云：廣州西南接交州數郡，桂林、晋興、寧浦間人有病將死，便有飛蟲大如小麥，或云有甲，在舍上，人氣絶，③來食亡者。雖復撲殺有斗斛，而來者如風雨，前後相尋續，不可斷截，肌肉都盡，唯餘骨在，便去盡。④貧家無相纏者，或殯殮不時，皆受此弊。有物力者，則以衣服布帛五六重裹亡者。此蟲惡梓木氣，即以板障防左右，并以作器，⑤此蟲便不敢近也。入交界更無，⑥轉近郡亦有，⑦但微少耳。

異産

2.32 漢武帝時，弱水西國有人乘毛車以渡弱水來獻香者。帝謂是常香，非中國之所乏，不禮其使。留久之，帝幸上林苑，西使干乘輿聞，⑧并奏其香。帝取之看，大如燕卵，⑨三枚，與棗相似。帝不悦，以付外庫。後長安中大疫，宫中皆疫病，帝不舉樂。西使乞見，請燒所貢香一枚，以辟疫氣。帝不

① 偏，四庫本作“便”。

② 《御覽》卷九五一《蟲豸部八》引《博物志》“吏”作“刺史”，“京”下有“師”字。

③ “在舍”二句，《太平寰宇記》卷一六六引《博物志》作“嘗伺病者，居舍上，候人氣絶”。

④ 便，原作“更”，據四庫本、士禮居本、指海本、《御覽》卷九五一引改。

⑤ 器，指棺材。

⑥ 更，四庫本作“便”。

⑦ 轉，四庫本作“鄰”。

⑧ 干，士禮居本作“千”，四庫本作“至”。案“千”當爲“干”字之誤。干，干謁。聞，四庫本作“間”。

⑨ 燕，士禮居本作“燕”，四庫本作“鸞”。鸞，疑爲“燕”之訛。

得已，聽之，宫中病者登日並差。① 長安中百里咸聞香氣，芳積九月餘日，②香由不歇。③ 帝乃厚禮發遣餞送。

2.33 一説漢制獻香不滿斤不得受，④西使臨去，乃發香氣如大豆者。⑤ 拭著宫門，香氣聞長安數十里，⑥經數日乃歇。⑦

2.34 漢武帝時，西海國有獻膠五兩者。⑧ 帝以付外庫，餘膠半兩，西使佩以自隨。後從武帝射於甘泉宫，⑨帝弓弦斷，從者欲更張弦。西使乃進，乞以所送餘香膠續之。座上左右莫不怪。⑩ 西使乃以口濡膠爲以住斷弦，⑪兩頭相連注，弦遂相著。帝乃使力士各引其一頭，⑫終不相離。西使曰："可以射。"終日不斷。帝大怪，左右稱奇，因名曰續弦膠。

---

① 登，四庫本作"即"。

② 月，四庫本作"十"。

③ 由，士禮居本、指海本、四庫本並作"猶"。"由"、"猶"古通用。《墨子·兼愛下》："爲彼者由爲己也。"畢沅校注："由同猶。"

④ "不得受"三字，原無，致使句義不全。此據《御覽》卷九六一《香部一》引《博物志》補。

⑤ "乃發"句，《御覽》卷九六一引"乃"作"又"，"氣"作"器"。四庫本"氣"作"物"。

⑥ "香氣"句，《御覽》卷九六一引"長安"下有"四面"二字，"里"下有"中"字。

⑦ "經數"句，《御覽》卷九六一、法雲《翻譯名義集·衆香》並引《博物志》無"數"字，"日"作"月"。四庫本"日"作"月"。

⑧ 五兩，舊題東方朔《海内十洲記》云"四兩"，《文選·陸倕〈新刻漏銘〉》"風雲律吕"李善注引《十洲記》亦云"四兩"。

⑨ 甘泉宫，《海内十洲記》云"華林園"。

⑩ 座上左右，四庫本無"座"字。士禮居本、指海本"上"並作"中"。

⑪ 濡膠爲以住斷弦，四庫本作"濡膠爲水注斷弦"。

⑫ "力士"下，士禮居本、指海本並有"人"字。

2.35《周書》曰：西域獻火浣布，①昆吾氏獻切玉刀。火浣布污則燒之則潔，②刀切玉如臈。③ 布，漢世有獻者，④刀則未聞。

2.36 魏文帝黄初三年，武都西都尉王褒獻石膽二十斤。⑤ 四年，獻三斤。

2.37 臨邛火井一所，⑥從廣五尺，⑦深二三丈，井在縣南百里。⑧ 昔時人以竹木投以取火。諸葛丞相往視之，後火轉盛熱。執盆蓋井上，⑨煮鹽得鹽。⑩ 入以家火即滅，訖今不復

---

① 西域，范氏校證："案《列子・湯問篇》云：'西戎獻錕鋙之劍、火浣之布。其劍長尺有咫，練鋼赤刃，用之切玉如切泥焉。'張湛注引《河圖》曰：'瀛洲多積石，名昆吾，可爲劍。'東方朔《十洲記》曰：'流州多山川，積石名爲昆吾，冶其石成鐵作劍。'梁吴均《咏寶劍》詩云：'我有一寶劍，出自昆吾溪。照人如照水，切玉如切泥。'《初學記》卷二十二引《十洲記》云：'西戎所獻昆吾刀，切玉如切泥。'據此，知'域'乃'戎'之誤。"

② "火浣"句，《御覽》卷三四五《兵部十六》引《博物志》作"浣布污燒之則絜"。

③ "刀切"句，《御覽》卷三四五引作"切玉刀切玉如泥"，注云："一云'切玉如蝺蜜'。"四庫本"臈"作"脂"，士禮居本作"蝺"。指海本"刀"上亦據《御覽》補"切玉"二字，"臈"作"蝺"。臈，同"臘"。整理者按："切玉如臈"不辭，疑當爲"蠟"，因形音相近而訛爲"臘"，又傳寫爲"臈"。蝺，同"蠟"，見《廣韻》。

④ 布漢世有獻者，《御覽》卷三四五引"漢"下有"魏"字。

⑤ "武都"句，《御覽》卷九六七《藥部四》引《博物志》"西"下有"部"字。士禮居本"二十斤"作"三十斤"。石膽，膽礬的别名，可入藥。《本草經・玉石部・石胆》："石膽，味酸小寒。主明目，目痛金創諸癇痙。"《本草綱目・石四・石膽》："石膽出蒲州山穴中，鴨觜色者爲上，俗呼膽礬。"

⑥ "臨邛"句，《御覽》卷一八九《居處部一七》引《博物志》"火"上有"有"字，無"一所"二字。

⑦ 從，《御覽》卷一八九引作"縱"。從，"縱"的古字。

⑧ 井，士禮居本作"有"，《御覽》卷一八九引、指海本無此字。

⑨ 執，原作"熱"，此據士禮居本、指海本改。

⑩ "煮鹽"，范氏校證："《後漢書・郡國志》蜀郡下引《蜀都賦》注曰：'取井火還，煮井水，一斛水得四五斗鹽，家火煮之，不過二三斗耳。'據此，'煮鹽'應作'煮水'，'煮鹽'下應有'多'字也。"

燃也。[①] 酒泉延壽縣南山名火泉,火出如炬。[②]

2.38 徐公曰:西域使王暢説石流黄出足彌山,[③]去高昌八百里有石流黄數十丈,[④]從廣五六十畝。有取流黄,晝視孔中上狀如煙,而高數尺,[⑤]夜視皆如燈,[⑥]光明高尺餘。暢所親見之也。言時氣不和,皆往保此山。[⑦]

---

① "入以"二句,四庫本"以"作"于",《御覽》卷一八九引作"後以燭火投井中即滅迄今不復也",又卷一六六《州郡部一二》引《博物志》作"後人以家火投之火即滅至今不然"。

②《三國志·郡國志五·蜀郡》劉昭注引《博物記》云:"(臨邛)有火井,深二三丈,在縣南百里。以竹木投取火,後人以火燭投井中,火即滅絶,不復然。"所引當即此條,但文字與今本差别較大。

③ "西域"句,《御覽》卷九六七《藥部四》引《博物志》"使"下有"至"字,"足"作"且"。士禮居本"足"作"疋"。

④ "數十丈"上,《御覽》卷九六七引有"高"字。

⑤ "有取"三句,義頗難解,當有脱誤。《御覽》卷九六七引作"有取流黄孔穴,晝視其孔上,狀如青煙,常高數尺"。

⑥ "燈"上,《御覽》卷九六七引有"燃"字,指海本同。

⑦ "言時"二句,《御覽》卷九六七引作"且彌人言是時氣不和皆往保此山毒氣自滅"。和,士禮居本誤作"知"。

博物志第三

晋張華撰

異獸

3.1 漢武帝時，大苑之北胡人有獻一物，大如狗，[①]然聲能驚人，雞犬聞之皆走，名曰猛獸。帝見之，怪其細小。及出苑中，欲使虎狼食之。虎見此獸，即低頭著地。帝爲反觀，見虎如此，欲謂下頭作勢，[②]起搏殺之。而此獸見虎甚喜，舐唇摇尾，徑往虎頭上立，因搦虎面。虎乃閉目低頭，匍匐不敢動，搦鼻下去，下去之後，虎尾下頭去。此獸顧之，虎輒閉目。[③]

---

① “大苑”二句，可參考舊題東方朔《海内十洲記》：“又献獸一頭，形如五六十日犬子，大似狸，而色黄。命国使將入呈帝見之，使者抱之，似犬。”

② 欲謂，四庫本作“謂欲”。

③ “因搦”八句，《海内十洲記》：“獸入苑，徑上虎頭，溺虎口，去十步已來。顧視虎，虎輒閉目。”范氏校證：“《十洲記》‘搦’作‘溺’，‘面’作‘口’，是也。下文‘搦鼻’，字亦當作‘溺畢’。”四庫本“頭去”作“頭起”，於義爲長。

3.2 後魏武帝伐冒頓，[①]經白狼山，逢師子。[②] 使人格之，殺傷甚衆。王乃自率常從軍數百擊之。[③] 師子哮吼奮起，[④]左右咸驚。王忽見一物從林中出，如狸，起上王車軛。師子將至，此獸便跳起，上師子頭上。即伏不敢起，[⑤]於是遂殺之。得師子一。還，來至洛陽，三千里雞犬皆伏，無鳴吠。[⑥]

3.3 九真有神牛，[⑦]乃生溪上，黑出時共鬥，即海沸；黄或出鬥，[⑧]岸上家牛皆怖。[⑨] 人或遮則霹靂，[⑩]號曰神牛。

3.4 昔日南貢四象，各有雌雄。其一雄死于九真。[⑪] 乃至南海百有餘日，[⑫]其雌塗土著身，[⑬]不飲食，空草。長史問

---

① 范氏校證："周心如云：'此條疑同上係一則，故起句有"後"字。'案周説是也。"士禮居本卷三、指海本卷三此條即與上條相連爲一則。又，士禮居本卷十、指海本卷十又重出此條，與上條不相連，文字與此略異。冒頓，士禮居本、指海本並作"蹋頓"。

② 師子，《水經注・大遼水》引《博物志》作"獅子"，下同。

③ 常，四庫本作"嘗"。常從軍數百，《水經注・大遼水》、《廣記》卷四四一《畜獸八》並引《博物志》作"常從健兒數百人"。

④ 奮起，《水經注・大遼水》引作"奮越"，《廣記》卷四四一引作"奮迅"。

⑤ "即伏"上，四庫本、《水經注・大遼水》引復有"師子"二字。

⑥ "得師"至"鳴吠"，《水經注・大遼水》引作"得獅子而還，未至洛陽四十里，洛中雞狗皆無鳴吠者也"。《廣記》卷四四一引"三千"作"三十"。據此，"來"似當作"未"，"千"似當作"十"。

⑦ 九真，漢郡名。

⑧ "乃生"至"出鬥"，此數句當有訛誤，以至義頗費解。《御覽》卷八九九《獸部一一》引《博物志》作"生溪上里，時時共鬥，即海沸，而昏，或出鬥"。

⑨ "岸上"下，《御覽》卷八九九引有"人"字。

⑩ "人或"句，《御覽》卷八九九引"遮"下有"捕"字，"則"作"即"。霹靂，言牛發出霹靂般吼叫。

⑪ 一雄，《藝文類聚》卷九十五《獸部下》引《博物志》作"一雌"。按《藝文類聚》所引此條"雌"、"雄"二字位置均與此相反。《御覽》卷八九〇《獸部二》引《博物志》"一雄"亦作"一雌"，下文"其雌"則作"其雄"。

⑫ 乃，四庫本作"及"。

⑬ 塗，《藝文類聚》卷九五《獸部下》、《御覽》卷八九〇並引作"泥"。

其所以,①聞之輒流涕。②

3.5 越儁國有牛,③稍割取肉,牛不死,經日肉生如故。④

3.6 大宛國有汗血馬,天馬種,漢魏西域時有獻者。

3.7 犬戎文馬,⑤赤鬣身白,目若黄金,⑥名古黄之乘。⑦復薊之露犬也,⑧能飛食虎豹。

3.8 蜀山南高山上有物如獼猴,⑨長七尺,能人行,健走,名曰猴玃,一名馬化,⑩或曰猳玃。同行道婦女有好者,⑪輒

---

① "不飲食"三句,四庫本"空"作"莝"。《藝文類聚》卷九十五《獸部下》、《御覽》卷八九〇引並作"獨不飲酒食肉長吏問其所以"。范氏校證:"不飲食空草長史問,'空',《稗海》本作'莝'。'史問',弘治本、《格致》本並作'中間'。'草長史',日本刻本作'卧草人'。……案空、莝當是'坐'誤,此句疑當作'坐卧草中,問',於義較當。"

② "流涕"下,士禮居本、四庫本有"矣"字,《御覽》卷八九〇引有"若有哀狀"四字。

③ 儁,四庫本、士禮居本、指海本及《御覽》卷一六六《州郡部一二》引《博物志》並作"嶲"。

④ "牛不"二句,《御覽》卷一六六引無"牛不死"三字,"肉生"作"必復生"。

⑤ "犬戎"二字原無,此據士禮居本、指海本補。《山海經·海内北經·犬戎國》:"有文馬,縞身朱鬣,目若黄金,名曰吉量,乘之壽千歲。"郭璞注:"《周書》曰:'犬戎文馬,赤鬣白身,目若黄金,名曰吉黄之乘。'"今本《周書·王會解》"吉"作"古"。《説文·馬部》:"駁,馬赤鬣縞身,目若黄金,名曰駁,吉星之乘,周文王時犬戎獻之。"均其證。

⑥ 目,原作"似",據士禮居本、指海本改。

⑦ "名古"句,四庫本作"即古之乘黄"。

⑧ "復薊"句,四庫本作"今謂之露犬也",蓋誤。"露犬"與上"文馬"當爲二物,指海本"復薊"以下另立一條。范氏校證:"《逸周書·王會解篇》曰:'渠叟以有鼩犬。鼩犬者,露犬也,能飛食虎豹。''復薊'之義難解,疑是'渠叟'之誤。'渠叟',《禹貢》作'渠搜',《穆天子傳》作'巨搜',《山海經》作'㹇狻',或因形近致訛。"

⑨ 蜀山,《御覽》卷九一〇《獸部二二》引《博物志》作"蜀中",指海本同。

⑩ "馬"字原無,此據《御覽》卷九一〇、羅願《爾雅翼·釋獸》引《博物志》補。又晋干寶《搜神記》卷十二:"蜀中西南高山之上,有物與猴相類,長七尺,能作人行,善走逐人。名曰'猳國',一名'馬化',或曰'玃猨'。"

⑪ 同,《爾雅翼·釋獸》引《博物志》作"伺",指海本同,錢校云:"伺,原誤同,依《寰宇記》改。"

盜之以去，人不得知。行者或每遇其旁，[①]皆以長繩相引，然故不免。此得男女氣自死，故取男也。[②]取去爲室家，其年少者終身不得還。[③]十年之後，形皆類之，意亦迷惑，不復思歸。有子者輒俱送還其家。産子皆如人，有不食養者，其母輒死，故無敢不養也。及長，與人不異，皆以楊爲姓，故今蜀中西界多謂楊率皆猳玃馬化之子孫，[④]時時相有玃爪者也。[⑤]

3.9 小山有獸，[⑥]其形如鼓，一足如蠡。[⑦]澤有委蛇，[⑧]狀如轂，長如轅，見之者霸。[⑨]

3.10 猩猩若黄狗，人面能言。

---

① 遇，四庫本作“過”，《御覽》卷九一〇引作“經過”。

② “此得”二句，四庫本“男女”作“男子”，“取男”作“取女”。整理者按：上文云“婦女有好者輒盜之以去”，則可知“取男”當作“取女”，因而可知“男女”作“男子”。指海本則據《太平寰宇記》改作“此能别男女氣臭，故取女不取男也”，《御覽》卷九一〇引同，亦通。

③ 年少，士禮居本作“生子”，指海本據《太平寰宇記》作“無子”。

④ “多謂楊”下，指海本有“姓者”二字，校云“依《御覽》補”，案今本《御覽》卷九一〇引無此二字。“率”下，士禮居本復有一“率”字。“馬”字原無，據《御覽》卷九一〇所引補，説見本條上文“一名馬化”注。

⑤ 時時相，四庫本作“大約皆”。

⑥ “小山”句，士禮居本脱“獸”字，《御覽》卷八八六《妖異二》引《博物志》作“山有夔”，指海本據以删補。

⑦ “一足”句，范氏校證：“《説文》云：‘夔，如龍，一足。’故‘蠡’當是‘龍’之誤。”

⑧ 委蛇，士禮居本作“委邪”。

⑨ 見之者霸，可參考《莊子·達生》：“委蛇，其大如轂，其長如轅，紫衣而朱冠。其爲物也，惡聞雷車之聲，則捧其首而立。見之者殆乎霸。”

異鳥

3.11 崇丘山有鳥,[①]一足一翼一目,相得而飛,[②]名曰蝱。[③] 見則吉良,[④]乘之壽千歲。[⑤]

3.12 比翼鳥一青一赤,在參嵎山。

3.13 有鳥如烏,文首,白喙,赤足,曰精衛。[⑥] 故精衛常取西山之木石以填東海。[⑦]

3.14 越地深山有鳥,如鳩,青色,名曰冶鳥。穿大樹作巢

---

① 崇丘山有鳥,《御覽》卷九二七《羽族部一四》引《博物志》作"崇吾之山有鳥焉"。《山海經·西山經》亦有"崇吾之山"。

② 而,《御覽》卷九二七引、《山海經·西山經》並作"乃"。

③ 蝱,《御覽》卷九二七引作"鶼鶼",指海本同;《山海經·西山經》作"蠻蠻"。郭璞注:"比翼鳥也,色青赤,不比不能飛,《爾雅》作鶼鶼鳥也。"《爾雅·釋地》:"南方有比翼鳥焉,不比不飛,其名謂之鶼鶼。"郭璞注:"似鳧,青赤色,一目一翼,相得乃飛。"

④ 吉良,《御覽》卷九二七引作"天下大水",《山海經·西山經》同。指海本據此於"見則"下"吉良"上補"天下大水"四字,"吉良乘之千歲"六字則單列一條。錢校云:"原本脱此四字,而以'見則'二字誤連下條。"整理者按:指海本當是。吉良爲傳説中神馬名,後又泛指駿馬。《山海経·海外西経》"乘文馬"郭璞注:"文馬即吉良也。"《新唐書·兵志》:"又以尚乘掌天子之御,左右六閑:一曰飛黄,二曰吉良。"吉良既爲馬名,故云"乘之壽千歲",若是鳥則不應言"乘"。

⑤《山海經·西山經》曰:"崇吾之山……有鳥焉,其狀如鳧,而一翼一目,相得乃飛,名曰蠻蠻。見則天下大水。"又《海内北經》曰:"犬戎國……有文馬,縞身朱鬛,目若黄金,名曰吉量(一作"良"),乘之壽千歲。"對照可知《博物志》此條似是《山海經》二條合成。

⑥ "曰"上,《御覽》卷九二五《羽族部一二》、《廣記》卷四六三《禽鳥四》引《博物志》並有"名"字,《山海經·北山經》同。

⑦ "故精衛"上,《御覽》卷九二五引有"昔赤帝之女名女媱往游於東海溺死而不反其神化爲精衛"二十四字。《廣記》卷四六三《禽鳥四》引"媱"作"娙",《山海經·北山經》作"娃"。

如升器，①其户口徑數寸，周飾以土堊，赤白相次，②狀如射侯。伐木見此樹，即避之去。或夜冥，人不見鳥，鳥亦知人不見己也，鳴曰“咄咄去”，明日便宜急上樹去；“咄咄下去”，明日便宜急下。③ 若使去，④但言笑而不已者，可止伐也。⑤ 若有穢惡及犯其止者，⑥則虎通夕來守，人不知者即害人。此鳥白日見其形，鳥也；夜聽其鳴，人也。時觀樂便作人悲喜，⑦形長三尺，澗中取石蟹，就人火間炙之，不可犯也。⑧ 越人謂此鳥爲越祝之祖。

異蟲

3.15 南方有落頭蟲，其頭能飛。⑨ 其種人常有所祭祀，

---

① “升”上，干寶《搜神記》卷十二有“五六”二字。

② “周飾”二句，指海本“土”作“上”，蓋誤。士禮居本、指海本無“赤”字。案有“赤”字當是，下言“相次”，則應不止一種顏色。《周禮・考工記・畫繢》：“畫繢之事，雜五色，青與白相次也，赤與黑相次也，玄與黄相次也。”鄭玄注：“此言畫繢六色所象，及布采之第次。”

③ “鳴曰”四句，四庫本“咄咄去”作“咄咄上去”字。案有“上”字是，與下文“咄咄下去”相對。又四庫本“急下”下有“樹去”二字。

④ “使”上，干寶《搜神記》卷十二有“不”字，於義爲長。

⑤ 止，四庫本作“往”。

⑥ “若有”句，四庫本“及”作“乃”。“止”作“樹”。

⑦ 觀，范氏校證：“案‘觀’疑是‘歡’字。”范説是，四庫本正作“歡”。悲喜，偏義複合詞，此專指喜。

⑧ 犯，指海本作“伐”。

⑨ “南方”二句，《御覽》卷三六六《人事部七》、又卷七九〇《四夷部一一》、《廣記》卷四八二《蠻夷三》引《博物志》“蟲”作“民”，指海本同。整理者按，下文云“其種人”云云，又云“吴時往往得此人”，則似當以作“民”爲是。

號曰蟲落，[1]故因取之焉。[2] 以其飛因服便去，[3]以耳爲翼，將曉還，復著體，吴時往往得此人也。[4]

3.16 江南山谿中水射上蟲，[5]甲類也，[6]長一二寸，口中有弩形，氣射人影，[7]隨所著處發瘡，不治則殺人。今鸜螋蟲溺人影，[8]亦隨所著處生瘡。盧氏曰：以雞腸草搗塗，經日即愈。周日用曰：萬物皆有所相感。愚聞以霹靂木擊鳥影，其鳥應時落地。雖未嘗試，以是類知必有之。[9]

3.17 蝮蛇秋月毒盛，無所蜇螫，嚙草木以泄其氣，草木即死。人樵采，設爲草木所傷刺者，[10]亦殺人，毒治於蝮嚙，[11]謂之蛇迹也。[12]

3.18 華山有蛇，名肥遺，六足四翼，見則天下大旱。

3.19 常山之蛇名率然，有兩頭。觸其一頭，頭至；觸其

---

① “號曰”句，四庫本作“其蟲即至”。

② 取之，《御覽》卷七九〇引作“取名”，似當是。

③ “以其”句，四庫本作“其飛因晚便去”，《御覽》卷七九〇引“飛”上有“頭”字，“服”作“眼”，指海本同。案“服”不辭，作“眼”亦難解，四庫本作“晚”，與下文“將曉還”義相合，似當是。

④ 此人，四庫本作“此蟲”。

⑤ “江南”句，《御覽》卷九五〇《蟲豸部七》引《博物志》“中水”作“水中”，“射”上有“有”字，“射上”作“射工”。指海本同。案“中水”作“水中”是，四庫本亦作“水中”。“射上”當作“射工”，四庫本、士禮居本並作“射工”。

⑥ “甲”下，《御覽》卷九五〇引有“蟲之”二字，指海本同。

⑦ “氣”上，《御覽》卷九五〇引有“以”字，指海本同。

⑧ 鸜，四庫本作“蠼”。

⑨ 類知，四庫本作“類推”，士禮居本作“類之”。

⑩ “爲”下，《御覽》卷九三四《鱗介部六》引《博物志》有“此”字。

⑪ 治於，四庫本作“甚于”。

⑫ 范氏校證：“《爾雅翼》卷三十二引云：‘又吐口中涎沫於草木上，著人身瘇成瘡，卒難主療，名曰蛇漠瘡。’今本脱，宜據補。”

中，則兩頭俱至。孫武以喻善用兵者。①

異魚

3.20 南海有鰐魚，狀似鼉。② 斬其頭而乾之，去齒而更生，③如此者三乃止。

3.21 東海有牛體魚，④其形狀如牛，⑤剥其皮懸之，潮水至則毛起，潮去則毛伏。⑥

3.22 東海蛟錯魚，⑦生子，子驚還入母腸，⑧尋復出。

3.23 吴王江行，食鱠有餘，⑨棄於中流，化爲魚。今魚中有名吴王鱠餘者，⑩長數寸，大者如箸，⑪猶有鱠形。

---

① "孫武"句，《孫子·九地》："故善用兵者，譬如率然。率然者，常山之蛇也。擊其首則尾至，擊其尾則首至，擊其中則首尾俱至。"

② 鼉，《御覽》卷九三八《鱗介部一〇》引《博物志》作"黿"。

③ 去齒，《御覽》卷九三八《鱗介部一〇》引作"豥去齒"，《廣記》卷四六四《水族一》引作"椓去其齒"。

④ 牛體魚，"牛"，原誤作"半"，據士禮居本、指海本、四庫本、《初學記》卷三〇《鱗介部》、《御覽》卷六八《地部三三》引《博物志》改。又《初學記》卷三〇《鱗介部》、《御覽》卷六八《地部三三》引無"體"字，指海本同。案此條士禮居本、指海本重出，一在卷九，一在卷十。士禮居本卷十此條亦無"體"字。

⑤ "其形"句，《初學記》卷三〇《鱗介部》引《博物志》云："目似牛形，如犢子。"

⑥ 潮去，四庫本"潮"下有"水"字，士禮居本卷十作"潮退"。

⑦ "東海"句，《御覽》卷九三八《鱗介部一〇》引《博物志》作"東海中有鮫鯖魚"。

⑧ "生子"二句，《御覽》卷九三八《鱗介部一〇》引"生"上有"既"字，"腸"作"腹"。

⑨ 鱠，指海本作"膾"，下同。

⑩ "棄於"至"餘者"，《御覽》卷八六二《飲食部》引《博物志》作"弃之於中流，化而爲異魚，今呼王餘魚"。又卷八八八《妖異部》引作"棄於中流，化而爲魚，今魚有名王餘者"。

⑪ 者，《御覽》卷八六二《飲食部》、卷八八八《妖異部》引均無此字。

3.24 廣陵陳登食膾作病，華佗下之，①膾頭皆成蟲，尾猶是膾。②

3.25 東海有物，狀如凝血，從廣數尺，方員，名曰鮓魚，③無頭目處所，内無藏，衆蝦附之，隨其東西。人煮食之。④

異草木

3.26 太原晉陽以北生屏風草。⑤

3.27 海上有草焉，⑥名篩。其實食之如大麥，七月稔熟，⑦名曰自然穀，⑧或曰禹餘糧。篩音師。

3.28 堯時有屈佚草，生於庭。佞人入朝，則屈而指之，一名指佞草。⑨

---

① 佗，士禮居本、指海本並作“他”。

② 《三國志·魏·方技傳·華佗》：“廣陵太守陳登得病，胸中煩懣，面赤不食。佗脉之曰：‘府君胃中有蟲數升，欲成内疽，食腥物所爲也。’即作湯二升，先服一升，須臾盡服之。食頃，吐出三升許蟲，赤頭皆動，半身是生魚膾也，所苦便愈。”

③ “從廣”至“鮓魚”，《御覽》卷九四三《鱗介部》引張茂先《博物志》作“廣數尺，正方圓，名曰水母”。員，通“圓”，士禮居本、指海本並作“圓”。

④ “無頭”至“食之”，《御覽》卷九四三《鱗介部》引“處所”作“所處”，“東西”下有“南北”二字，“人”作“可”。“内無藏”，指海本作“内無腹藏”，注云：“腹字依《御覽》補。”“人煮食之”，指海本作“越人煎食之”，注云：“越字依《御覽》補。”

⑤ 以北，原作“以化”，據士禮居本、指海本、四庫本改。《御覽》卷九九四《百卉部》引《博物志》作“已北”。

⑥ 海上，《齊民要術》卷十《五穀一》引《博物志》、《後漢書·郡國志·廣陵郡》劉昭注引《博物記》、《御覽》卷八三七《百穀部》引《博物志》均作“扶海洲上”。《御覽》卷七七四《百卉部》引與《古今逸史》本同。

⑦ “其實”句，《齊民要術》卷十引無“食之”二字。“七月”句，《齊民要術》卷十、《御覽》卷八三七引“七”上有“從”字。《齊民要術》卷十引無“稔”字。“熟”下，《齊民要術》卷十、《御覽》卷八三七引有“民斂穫至冬乃訖”七字。

⑧ “名”上，四庫本有“俗”字。穀，原作“谷”，據士禮居本、指海本、四庫本改。

⑨ 一，四庫本作“又”。

3.29 右詹山帝女化爲詹草,[1]其葉鬱茂,其華黄,實如豆,服者媚於人。

3.30 止些山多竹,[2]長千仞,鳳食其實。去九疑萬八千里。

3.31 江南諸山郡中,大樹斷倒者,[3]經春夏生菌,謂之椹。食之有味,而忽毒殺。[4] 人云此物往往自有毒者,[5]或云蛇所著之。[6] 楓樹生者啖之,令人笑不得止,治之飲土漿即愈。[7]

---

① "右詹"句,四庫本作"右詹山草帝女所化"。指海本依《山海經》改"右詹山"爲"姑媱山",改"詹草"爲"䔄草"。《山海經·中山經》:"又東二百里,曰姑媱之山。帝女死焉,其名曰女尸,化爲䔄草,其葉胥成,其華黄,其實如菟丘,服之媚於人。"

② 止些山多竹,指海本連於"孟舒國民,人首鳥身,其先主爲虞氏訓百禽,夏后之世始食卵,孟舒去之,鳳凰隨焉",云"止於丹山,此山多竹"。

③ 樹,《御覽》卷九九八《百卉部》引《博物志》作"木"。

④ 忽,四庫本作"每"。"毒"上,《御覽》卷九九八引有"有"字。

⑤ 有毒,四庫本作"生毒"。

⑥ "著之"下,四庫本有"物"字。

⑦ 即,士禮居本、指海本、《御覽》卷九九八引並作"多"。

博物志第四

晉張華撰

物性

4.1 九竅者胎化，八竅者卵生，[①]龜鼈皆此類，[②]或卵生影伏。[③]

4.2 白鷁雄雌相視則孕，或曰雄鳴上風則雌孕。[④]

---

① “九竅”二句，《御覽》卷九二八《羽族部》引《博物志》“胎化”作“胎生”，又卷九三二《鱗介部》引作“胎化”。《莊子·知北游》：“而萬物以形相生，九竅者胎生，八竅者卵生。”

② 龜，指海本作“鼈”。皆此類，《御覽》卷九二八引作“諸授類”，又卷九三二引作“此諸類”。

③ 或，士禮居本、指海本並作“咸”。《御覽》卷九二八、卷九三二引並作“皆”。

④ “白鷁”二句，范氏校證：“《北户録》卷一、《御覽》卷九百二十、陸佃《埤雅》卷七《釋鳥》、《廣韻》卷五入聲‘鷁’字下並引作‘或曰雄鳴上風，雌鳴下風，亦孕’。《莊子·天運篇》云：‘夫白鶂之相視，眸子不運而風化，蟲雄鳴於上風，雌應於下風而風化。’《淮南·泰族篇》云：‘螣蛇雄鳴於上風，雌鳴於下風而化成形，精之至也。’《列子·天瑞篇》曰：‘河澤之鳥，視而生曰鶂。’據此，知白鶂相視與螣蛇(蟲)競鳴乃二事，故疑‘或曰’下脱‘蟲’字，‘則雌孕’應作‘雌鳴下風則孕’。至諸家作‘鶂’作‘鷁’，本爲一字。《爾雅翼》卷十五《釋鳥》三云：‘鶂，水鳥也，字或作鷁。’《春秋穀梁傳》‘六鶂退飛過宋都’，《左傳》、《公羊》並作‘鷁’，是其證。”

4.3 兔舐毫望月而孕，口中吐子，[①]舊有此説，余自所見也。[②]

4.4 大腰無雄，龜鼉類也。無雄，與蛇通氣則孕。[③] 細腰無雌，蜂類也。[④] 取桑蠶則阜螽子，[⑤]咒而成子。《詩》云“螟蛉之有子，蜾蠃負之”是也。[⑥]

4.5 蠶三化，先孕而後交。不交者亦産子，子後爲監，[⑦]皆無眉目，易傷，收采亦薄。

4.6 鳥雌雄不可别，翼右掩左，雄；左掩右，雌。二足而翼謂之禽，四足而毛謂之獸。[⑧]

4.7 鵲巢門户背太歲，[⑨]得非才智也。[⑩]

---

① “兔舐”二句，《御覽》卷九〇七《獸部》引《博物志》作“兔望月而孕兔吐子”。

② 自所見，四庫本作“目所未見”，《御覽》卷九〇七引作“目所見”。

③ “則孕”下，《初學記》卷三十《鱗介部》引《博物志》有“龜鼉皆卵生”五字。

④ 古今逸史本、士禮居本、指海本均於此分條，以下另起一條。《御覽》卷九五〇《蟲豸部》引《博物志》：“細腰無雌，蜂類也。無雌，取桑蚕或負螽子所見抱而成己子。《詩》云：‘螟蛉有子，蜾蠃負之。’”據文意，此處不當分條，此依《御覽》所引合爲一條。

⑤ “蜂類也”下“取桑蠶”上，四庫本有“無雌則負别蟲於空木中七日而化蓋”十五字。“則”，士禮居本、指海本、《御覽》卷九五〇引並作“或”，四庫本作“即”。按：作“或”義長。阜螽，蝗之幼蟲。

⑥ 今本《詩經·小雅·小宛》：“螟蛉有子，蜾蠃負之。”

⑦ 監，士禮居本、指海本並作“蠶”。

⑧ 《爾雅·釋鳥》：“鳥之雌雄不可别者，以翼右掩左，雄；左掩右，雌。”又：“二足而羽謂之禽，四足而毛謂之獸。”

⑨ 門户，《初學記》卷三十《鱗介部》、《御覽》卷九二一《羽族部》引《博物志》並作“開口”。背，范氏校證：“白居易《禽蟲十二章》云：‘燕違戊己鵲避歲。’自注云：‘鵲巢口常避太歲。’案《論衡·難歲篇》云：‘移徙法曰：徙抵太歲凶，負太歲亦凶。抵太歲名曰歲下，負太歲名曰歲破，故皆凶也。’據此，是背太歲，不吉利，實非才智，故‘背’應作‘避’。鄧士龍《事類捷録》卷九《飛禽部》引正作‘避’。”

⑩ 得非才智也，《初學記》卷三十《鱗介部》引作“此非才智任自然之得也”，《御覽》卷九二一《羽族部》引作“此非才智任自然也”，《廣記》卷四六一《禽鳥》引《博物志》作“此非才智任自然”。

4.8 鸐雉長毛,[1]雨雪,惜其尾,栖高樹杪,[2]不敢下食,往往餓死。時魏景初中天下所説。[3]

4.9 鸛,水鳥也。伏卵時,[4]卵冷則不沸,[5]取礜石周繞卵,[6]以時助燥氣。[7] 故方術家以鸛巢中礜石。[8]

4.10 山鷄有美毛,自愛其色,[9]終日映水,目眩則溺死。

4.11 龜三千歲游于蓮葉,巢于卷耳之上。[10]

4.12 屠龜,[11]解其肌肉,唯腸連其頭,[12]而經日不死,猶能嚙物。鳥往食之,則爲所得。漁者或以張鳥,[13]神蛇復續。[14]

4.13 螃蟦以背行,快於足用。[15]

---

① 毛,《藝文類聚》卷九十《鳥部》、陸佃《埤雅·釋鳥》引《博物志》作"尾"。

② 高樹杪,《御覽》卷九一七《羽族部》引《博物志》作"高樹之上"。

③ "時魏"句,四庫本作"聞魏景初中時人所説"。

④ "卵時"下,《御覽》卷五十二《地部》,又卷九二五《羽族部》引《博物志》有"數入水"三字,指海本據補。

⑤ 沸,《御覽》卷九二五引作"孕"。按:作"孕"當是,作"沸"難解。

⑥ 周,指海本、四庫本作"用"。

⑦ "以時"句,《御覽》卷九二五引無"時"字,"燥"作"暖"。

⑧ "故方"句,按此句義未完。《御覽》卷九二五引"巢中礜石"下有"爲真物"三字,指海本據補。

⑨ 色,《御覽》卷九一八《羽族部》引《博物志》作"毛"。

⑩ "龜三"二句,指海本、士禮居本、《御覽》卷九三一《鱗介部》引《博物志》並作"龜三千歲旋于卷耳之上",《御覽》卷七二八引作"龜三千歲游于卷耳之上"。范氏校證:"案陸佃《埤雅》卷十五《釋草》引舊説云:'千歲之龜,巢於蓮葉,游於卷耳之上。'據此,則本句應作'巢于蓮葉,游于卷耳'。《御覽》卷九百三十引《抱朴子》及《説郛》本《陸氏要覽》並云:'千歲龜五色,額上骨起如角,巢于蓮葉之上。'曹子建《七啓》云:'寒芳蓮之巢龜,鱠西海之飛鱗。'均稱龜巢于蓮葉上,是其證。"

⑪ 龜,《御覽》卷九三二《鱗介部四》引《博物志》作"黿"。

⑫ 其,《御覽》卷九三二引作"於"。

⑬ 張,四庫本作"取"。"鳥"下,《御覽》卷九三二引有"雀"字。

⑭ 神蛇復續,指海本此四字另作一條。"神"上,四庫本有"遇"字。

⑮ 快於足用,《御覽》卷九四八《蟲豸部五》引《博物志》作"駛於用足也"。四庫本、指海本"足用"作"用足"。

4.14《周官》云："狢不渡汶水，鸜不渡濟水。"[①]魯國無鸜鵒，來巢，記異也。[②]

4.15 橘渡淮北化爲枳。[③] 今之江東，甚有枳橘。

4.16 百足，一名馬蚿，[④]中斷成兩段，各行而去。[⑤]

物理

4.17 凡月暈，隨灰畫之，[⑥]隨所畫而闕。《淮南子》云：未詳其法。

4.18 麒麟鬥而日蝕，鯨魚死則彗星出，嬰兒號婦乳出。[⑦]

---

① "周官"三句，《周禮・考工記》："鸜鵒不逾濟，狢逾汶則死。"《水經注・江水一》："此峽多猿，猿不生北岸，非惟一處。或有取之放著北山中，初不聞聲，將同狢獸渡汶而不生矣。"《周官》，即《周禮》。狢，同"貉"，四库本正作"貉"，獸名。"鸜"下，四庫本有"鵒"字。范氏校證："陸佃《埤雅》卷四《釋獸》引《南方異物志》'鸜'下有'鵒'字。案《列子・湯問篇》、《周禮・冬官・考工記》、《左昭二十五年傳》、《淮南・原道篇》並有'鵒'字，當據補。"鸜鵒，亦作"鴝鵒"。鳥名，即八哥。

② "魯國"三句，《春秋・昭公二十五年》："有鸜鵒來巢。"杜預注："此鳥穴居，不在魯界。故曰來巢。非常，故書。"

③ 淮，原作"江"。《周禮・考工记序》："橘逾淮而北爲枳。"《晏子春秋・内篇雜下・楚王欲辱晏子指盜者爲齊人晏子對以橘》："嬰聞之，橘生淮南則爲橘，生于淮北則爲枳，葉徒相似，其實味不同。"據此，"江"當爲"淮"。枳，亦稱枸橘、臭橘，果小，味酸苦不能食，可入药。

④ "百足"二句，《御覽》卷九四八《蟲豸部五》引《博物志》作"馬蚿一名百足"。百足，亦稱馬陸、馬蚿、馬蚰，蟲名。參閲明李時珍《本草綱目・蟲四・馬陸》。

⑤ "中斷"二句，《御覽》卷九四八引作"中斷則頭尾異行而去"。

⑥ "凡月"二句，范氏校證："《淮南・覽冥篇》云：'畫隨灰而月運(暈)闕。'《山堂四考》宫集卷三引'隨灰'作'蘆灰'。《樂府詩集》卷二十六簡文帝《江南思》云：'月暈蘆灰缺秋還懸炭枯。'亦作蘆灰。按《淮南・覽冥篇》高誘注云：'以蘆草灰隨牖下月光中令圜，畫缺其一面，則月運(暈)亦缺于上也。'疑'隨'字是'墮'字之訛，蓋言灰墮牖下月光中耳。若云隨灰，則不辭甚矣。"

⑦ "嬰兒"句，四庫本"婦"作"而母"二字，"出"下有"蠶咡絲而商弦絶"七字。《淮南子・覽冥訓》："蠶咡絲而商弦絶，或感之也。"高誘注："老蠶上下絲於口，故曰咡絲。"

4.19《莊子》曰[1]:“地三年種蜀黍,[2]其後七年多蛇。”

4.20 積艾草三年後燒,津液下流成鉛錫,[3]已試,有驗。

4.21 煎麻油,水氣盡,無煙,不復沸則還冷,可內手攪之。[4] 得水則焰起散,卒不滅。[5] 此亦試之,有驗。

4.22 庭州灞水以金銀鐵器盛之皆漏,[6]唯瓠葉則不漏。

4.23 龍肉以醢漬之,[7]則文章生。

4.24 積油滿萬石,[8]則自然生火。武帝泰始中武庫火,[9]積油所致。

物類

4.25 燒鉛錫成胡粉,[10]猶類也。

---

① “莊子曰”,《齊民要術》卷十、《御覽》卷八四二《百穀部六》、卷九三四《鱗介部六》引《博物志》均無此三字。今本《莊子》亦無下所記二句。

② 蜀黍,高粱之一種。“蜀黍”之名最早見於此。

③《御覽》卷八一二《珍寶部十一》引《博物志》作“積草三年燒之津液下流成錫”,無“鉛”字。

④ 内,四庫本作“以”。

⑤ “得水”二句,士禮居本“焰”作“艷”,誤。《御覽》卷八六四《飲食部二二》引“散”上有“飛”字。

⑥ “以”下,士禮居本衍“含”字。

⑦ 醢,《藝文類聚》卷九十六《鱗介部上》、《御覽》卷八六六《飲食部二四》引《博物志》並作“醯”。醢,肉醬或醬。醯,醋。《晋書・張華傳》:“陸機嘗餉華鮓,於時賓客滿座,華發器,便曰:‘此龍肉也。’衆未之信。華曰:‘試以苦酒濯之,必有異。’既而五色光起。”此“苦酒”即醋之别稱,可見上句中“醢”當作“醯”。

⑧ “積油”句,《藝文類聚》卷八十《火部》引《博物志》作“積紬萬匹”,下文“積油所致”亦作“積紬所致”。士禮居本“萬”作“百”。

⑨ 火,士禮居本作“災”。

⑩ 胡粉,鉛粉。用於傅面或繪畫。《釋名・釋首飾》:“胡粉:胡,餬也,脂合以塗面也。”

4.26 燒丹朱成水銀，則不類。物同類異用者。[①]

4.27 魏文帝所記諸物相似亂者：[②]武夫怪石似美玉；[③]蛇牀亂蘼蕪；薺苨亂人參；[④]杜衡亂細辛；雄黄似石流黄；[⑤]鯿魚相亂，以有大小相異；[⑥]敵休亂門冬；百部似門冬；[⑦]房葵似狼

---

① 物同類異用者，此句似未完整。指海本據《御覽》卷九十九於“物”下補“有”字，“類”下補“而”字，且自“物有同類而異用者”另起一條，與下文“烏頭天雄附子一物”等等相連。

② “魏文帝”上，底本原有一圓圈標記，下有一“石”字，“石”下有一空格，看似小標題，但上下均無與之並列之標題，故此將圓圈及“石”字連同空格一并删除。“亂”下，四庫本有“真”字，似當是。

③ 武夫，即碔砆。似玉的美石。《戰國策・魏策一》：“白骨疑象，武夫類玉，此皆似之而非者也。”

④ 蛇牀，一年生草本植物，果實卵圆形，可入药，称蛇床子。《淮南子・泛論训》：“夫亂人者，芎藭之與藁本也，蛇牀之與麋蕪也，此皆相似者。”李時珍《本草綱目・草三・蛇牀》：“蛇虺喜卧于下食其子，故有蛇牀、蛇粟諸名。其葉似蘼蕪，故曰墻蘼。”蘼蕪，草名。芎藭的苗、葉有香气。詳見李時珍《本草綱目・草三・蘼蕪》。薺苨，藥草名。又名地參。根味甜，可入藥。李時珍《本草綱目・草一・薺苨》(集解)引陶弘景曰：“薺苨根莖都似人参，而葉小異，根味甜絶，能殺毒，以其與毒藥共處，毒皆自然歇，不正入方家用也。”

⑤ 雄，士禮居本、指海本作“雌”。流，士禮居本作“留”。杜衡，多年生草本植物，又名杜葵、马蹄香、土细辛、土卤等。詳見李時珍《本草綱目・草二・杜衡》。細辛，草名。又名少辛、小辛。詳見李時珍《本草綱目・草二・细辛》。雄黄，礦物名。橘黄色，可製造煙火、染料等，中醫用作解毒殺蟲藥。石流黄，亦作“石留黄”，即硫黄。

⑥ 鯿魚，古亦称魴，魚名。《文選・束皙〈補亡詩・南陔〉》：“淩波赴汩，噬魴捕鯉。”李善注：“《爾雅》曰：‘魴，魾也。’郭璞曰：‘今呼魴魚爲鯿。’”大小相異，謂不同類的鯿魚體形大小不同。

⑦ 敵休，未詳。似當爲草名。門冬，藥草名。麥門冬或天門冬之省稱。李時珍《本草綱目・草五・麥门冬》：“虋冬，秦名羊韭。俗作門冬，便于字也。”百部，藥草名，又稱野天門冬。

毒;鉤吻草與荇華相似;[①]拔揳與萆薢相似,一名狗脊。[②]

藥物

4.28 烏頭、[③]天雄、附子一物,[④]春秋冬夏采各異也。

4.29 遠志,[⑤]苗曰小草,根曰遠志。

4.30 芎藭,[⑥]苗曰江蘺,根曰芎藭。

---

① "鉤吻"句,士禮居本作"草"作"堇"。《御覽》卷九九〇《藥部七》引作"鉤吻草與堇菜相似",指海本據改。房葵,亦作"防葵",又稱"房苑",草名。見李時珍《本草綱目·草六·防葵》。狼毒,藥草名,有毒。李時珍《本草綱目·草六·狼毒》(集解)引馬志曰:"狼毒葉似商陸及大黄,莖葉上有毛,根皮黄,肉白。"鉤吻草,常绿灌木,纏繞莖,果實为蒴果,種子有毒,中醫入藥。参閲李時珍《本草綱目·草六·鉤吻》。荇,多年生水生草本植物,葉呈對生圓形,嫩時可食,亦可入藥。按"堇"爲藥名,即烏頭,有毒,據此"荇華"似當依《御覽》作"堇菜"。

② 拔揳,即菝葜,俗稱金剛刺、金剛藤。參閲李時珍《本草綱目·草七·菝葜》。萆薢,多年生纏繞藤本植物。李時珍《本草綱目·草七·萆薢》:"萆薢蔓生,葉似菝葜而大如碗,其根長硬,大者如商陸而堅。"狗脊,草名。《御覽》卷九九〇引《神農本草經》:"狗脊一名百丈,味苦平,生川谷,治要背。"李時珍《本草綱目·草一·狗脊》:"狗脊有二種:一種根黑色,如狗脊骨;一種有金黄毛,如狗形。皆可入藥。"

③ "烏頭"上,指海本依《御覽》卷九九〇補"物有同類而異用者"八字。范氏校證:"其'物有同類而異用者'八字,此本移至'燒丹朱成水銀'條下,大錯。"烏頭,堇草或附子之别名。根莖塊狀,有毒,可作鎮痛藥。《國語·晋語二》"驪姬受福,乃置鴆于酒,置堇于肉"韋昭注:"堇,烏頭也。"

④ 天雄,中藥名。李時珍《本草綱目·草六·天雄》:"天雄乃種附子而生出或變出。"附子,藥草名。葉莖有毒,根尤據,含烏頭鹹,性大熱,味辛。《本草綱目·草六·附子》:"其母名曰烏頭。初種爲烏頭,像烏之頭也,附烏頭而生者爲附子,如子附母也。"

⑤ 遠志,多年生草本植物,根入藥。南朝宋劉義庆《世説新語·排調》:"謝公始有東山之志,後嚴命屢臻,勢不獲已,始就桓公司馬。於時人有餉桓公藥草,中有遠志,公取以問謝,此藥又名小草,何一物而有二稱。"

⑥ 芎藭,多年生草本植物,葉似芹,秋開白花。或谓嫩苗未結根時名曰蘼蕪,既結根後乃名芎藭。根莖皆可入藥。以産於四川者为佳,故又名川芎。《山海經·西山經》:"又北百八十里,曰號山,其木多漆、椶,其草多葯、虈、芎藭。"郭璞注:"芎藭,一名江蘺。"

4.31 菊有二種,[①]苗花如一,唯味小異,苦者不中食。[②]

4.32 野葛食之殺人。[③] 家葛種之三年,不收,後旅生亦不可食。[④]

4.33《神仙傳》云:[⑤]"松脂入地千年化爲茯苓,茯苓化爲

---

① 菊有二種,《御覽》卷九九六《百卉部三》引《本草經》:"其菊有兩種:一種紫莖,氣香而味甘美,葉可作羹,爲真菊;一種青莖而大,作蒿艾氣,味苦不堪食,名薏,非真菊也。"

② 不中食,《御覽》卷九九六引《博物志》作"不宜服"。

③ 葛,《御覽》卷九七五《果部二》引《博物志》作"芋",下同。野葛,即鈎吻,根、莖、葉均有劇毒,不可食。按:野芋爲一种野生的芋。李時珍《本草綱目・菜二・芋》(附录):"弘景曰:'野芋形葉與芋相似,芋種三年不采成梠芋,并能殺人。誤食之煩悶垂死者,惟以土漿及糞汁、大豆汁飲之,則活矣。'陳藏器曰:'野芋生溪澗側,非人所種者,根、葉相似。又有天荷,亦相似而大。'"野芋似芋,易爲人誤食,故此條"葛"似當作"芋",於義爲長。

④ 旅生,野生,不種而生。《後漢書・光武帝纪上》"至是野穀旅生"李賢注:"旅,寄也,不因播種而生,故曰旅。"

⑤《神仙傳》,《御覽》卷九八九《藥部六》引《博物志》無"神"字。案,《神仙傳》爲晋葛洪撰,葛洪生於約公元 281 年,張華卒時,葛洪 20 歲左右,故張華當不能引葛洪之書。

琥珀。”[①]琥珀一名江珠。[②] 今泰山出茯苓而無琥珀,益州、永昌出琥珀而無茯苓。或云燒蜂巢所作。[③] 未詳此二説。[④]

4.34 地黄藍首斷心分根菜種皆生。[⑤] 女蘿寄生兔絲,兔絲寄生木上,[⑥]生根不著地。[⑦]

---

① “松脂”二句,《御覽》卷八〇八《珍寶部七》引《博物志》作“松脂淪入地中千年化爲茯苓,千年化爲琥珀”。“松”下原有“柏”字,此删,説見下。指海本“茯苓化爲琥珀”作“茯苓千年化爲琥珀”。范氏校證:“《法苑珠林》卷四十三、《一切經音義》卷二十七《音妙法蓮花經譬喻品》引、《太平御覽》卷九百八十九及法雲《翻譯名義集》卷三《七寶篇》注並引‘茯苓’下有‘千年’二字,是也。案韋應物《琥珀詩》:‘曾爲老茯苓,元是寒松液。蚊蚋落其中,千年從可覿。’蘇東坡《於程正輔游香積寺》詩:‘茯苓無人采,千歲化琥珀。’均有‘千歲’二字,是其佐證。至於今本《抱朴子·仙藥篇》‘千年’作‘萬歲’,必是誤文,因《意林》及《御覽》八百八十八引《抱朴子》,並作‘千年’,可證。”茯苓,寄生在松根上的菌類植物,狀如甘薯,皮黑褐色,内裹白色或粉紅色。中醫入藥。《淮南子·説山訓》:“千年之松,下有茯苓。”高誘注:“茯苓,千歲松脂也。”據此,“松”下當依《御覽》所引無“柏”字。琥珀,古代松柏樹脂的化石。色淡黄、褐或紅褐。摩擦带电。質優者用作裝飾品,質差者用于製造琥珀酸和各种漆。中醫入藥。琥珀産於松柏生長處,古人誤以爲是茯苓所化。

② 江珠,《一切經音義》卷二十七《音妙法蓮花經譬喻品》、《御覽》卷八〇八引《博物志》並作“紅珠”。

③ 巢,《御覽》卷八〇八引作“窠”。

④ “二説”下,《法苑珠林》卷四十三引《博物志》有“孰是”二字。

⑤ “地黄”句,四庫本“菜”作“復”。范氏校證:“《稗海》本‘菜’作‘萊’。此節文字,脱誤之處甚多。案《本草綱目》卷十六草部‘地黄’條下載:‘種地黄時,以壤土實葦席爲壇,乃以地黄根節多者寸斷之,蒔壇上,逐日灌水。’據此,疑此處當作‘地黄根節多者寸斷之,蒔種皆生’。即‘藍’與‘節’,‘首’與‘者’,‘心’與‘之’,‘多’與‘分’,‘菜’與‘蒔’,皆形近致訛。又脱‘存’字,復移‘根’字于‘種’字上,致成此不堪卒讀之句也。”

⑥ “女蘿”二句,《御覽》卷九九三《藥部一〇》引《博物志》作“女蘿菟絲寄草上”。女蘿,植物名,即松蘿。多附生在松樹上,成絲狀下垂。一説亦泛指菟絲子。《詩經·小雅·頍弁》:“蔦與女蘿,施於松柏。”毛傳:“女蘿,菟絲,松蘿也。”参阅《廣雅·釋草》、《本草綱目·木部四·松蘿》。兔絲,即菟絲子。

⑦ 生,《御覽》卷九九三引無此字。

4.35 堇花朝生夕死。①

藥論

4.36《神農經》曰：②"上藥養命，謂五石之練形，③六芝之延年也。④ 中藥養性，合歡蠲忿，萱草忘憂。⑤ 下藥治病，謂大黄除實，⑥當歸止痛。⑦ 夫命之所以延，性之所以利，痛之所以止，當其藥應以痛也。違其藥，失其應，即怨天尤人，設

---

① "堇花"句，四庫本"堇"作"槿"。指海本作"薰華之草朝生夕死"。堇花，即木槿花，又稱薰華、蕣華，《説文·艸部》："蕣，木堇，朝華莫落者。"《山海經·海外東經》："(君子國)有薰華草，朝生夕死。"郭璞注："(薰)或作堇。"郝懿行箋疏："木堇，見《爾雅·釋草》。堇一名蕣，與薰聲相近。《吕氏春秋·仲夏紀》云：'木堇榮。'高誘注云：'木堇朝榮莫落，是月榮華可用作蒸。雜家謂之朝生，一名蕣；《詩·有女同車》云"顔如蕣華"是也'。"

②《神農經》，或以爲即《神農本草經》之簡稱。

③ 五石，指五種石料，後被道教用以煉丹。葛洪《抱朴子·金丹》："五石者，丹砂、雄黄、白礬、曾青、慈石也。"

④ 六芝，當爲六種靈芝，所指未詳。古有"五芝"之説：《抱朴子·仙藥》："五芝者，有石芝，有木芝，有草芝，有肉芝，有菌芝，各有百許種也。"《後漢書·馮衍傳下》："飲六醴之清液兮，食五芝之茂英。"李賢注引《茅君内傳》："句曲山上有神芝五種：一曰龍仙芝，似交龍之相負，服之爲太極仙卿。第二名参成芝，赤色有光，其枝葉如金石之音，折而續之即復如故，服之爲太極大夫。第三名燕胎芝，其色紫，形如葵，葉上有燕象，光明洞澈，服一株拜爲太清龍虎仙君。第四名夜光芝，其色青，其實正白如李，夜視其實如月，光照洞一室，服一株爲太清仙官。第五名曰玉芝，剖食拜三官正真御史。"其説與《抱朴子》不同。又《文選·孙綽〈游天台山賦〉》："八桂森梃以凌霜，五芝含秀而晨敷。"李善注引《神农本草经》："赤芝一名丹芝，黄芝一名金芝，白芝一名玉芝，黑芝一名玄芝，紫芝一名木芝。"

⑤ "合歡"二句，士禮居本"合歡"上有"謂"字，"忘憂"下有"也"字。合歡，植物名。一名馬纓花。三國魏嵇康《養生論》："合歡蠲忿，萱草忘憂。"晋崔豹《古今注·草木》："合歡，樹似梧桐，枝葉繁互相交結，每風來，輒身相解，了不相牽綴，樹之階庭，使人不忿，嵇康種之舍前。"

⑥ 大黄，藥草名。亦稱"川軍"。多年生草本，根莖可入藥。

⑦ 當歸，草藥名，根入藥。

鬼神矣。"①

4.37《神農經》曰:"藥物有大毒不可入口鼻耳目者,即殺人,一曰鉤吻,盧氏曰:陰也。黄精不相連,根苗獨生者是也。二曰鴟,狀如雌雞,生中山。三曰陰命,赤色著木,懸其子山海中。四曰内童,狀如鵝,亦生海中。五曰鴆,羽如雀,黑頭赤喙。亦曰蝙蟜,生海中,雄曰蟜,雌曰蝙蟜也。"②

4.38《神農經》曰:藥種有五物:③一曰狼毒,占斯解之;④二曰巴豆,藿汁解之;⑤三曰黎盧,⑥葱湯解之;⑦四曰天雄,烏

---

① "性之"七句,四庫本二"痛"字均作"病","設"作"説"。《御覽》卷九八四《藥部一》引《博物志》作"夫性之所以和,病之所以愈,是當其藥,應其病則生;違其藥,失其應則死"。

② "二曰"以下,均誤入注文。范氏校證:"疑'黄精'下脱'與之同穴'四字,請參《七修類稿》卷四十《事物類》鉤吻條。其下'二曰鴟''三曰陰命''四曰内童''五曰鴆'皆是正文。又'亦曰'當作'六曰'。"按范説甚是,"六曰蝙蟜"與上"二曰鴟""三曰陰命"等並列,亦是正文。原注"懸其子山海中",四庫本"山"作"出"。

③ 物,四庫本作"毒"。

④ 占斯,范氏校證:"案寇宗奭《圖經衍義本草》上卷五序例云:'杏人、藍汁、白斂、木占斯,主療狼毒毒。'據此,則'占'上應有'木'字。""占斯"或"木占斯",當爲中藥名,可參看謝志民等《中藥占斯處方用藥的源流考》(載《中藥材》第26卷增刊,2003年11月)。

⑤ 巴豆,植物名。産於巴、蜀,果實入藥,有大毒。藿,即藿香,多年生草本植物。莖葉入藥。

⑥ 盧,士禮居本、指海本作"蘆"。黎盧,即藜蘆,又稱黑藜蘆。多年生草本植物。生於山地,有毒。中醫入藥。李時珍《本草綱目・草六・藜蘆》:"藜蘆則吐風痰者也。"

⑦ 葱湯,"葱"字原無。范氏校證:"案寇宗奭《圖經衍義本草》上卷五《序例》云:'雄黄,煮葱汁,温湯,主療藜蘆毒。'又孫思邈《千金方》卷七十二《解百藥毒篇》云:'中藜蘆毒,葱湯下咽便愈。'黎、藜古通用。漢《城壩碑》:'藜首愛國。'藜即黎字。又'湯'上應有'葱'字,宜據補正。"

頭、大豆解之;五曰班茅,[①]戎鹽解之。[②] 毒采害,小兒乳汁解先食飲二升。[③]

食忌

4.39 人啖豆三年,則身重行止難。[④]

4.40 啖榆則眠,[⑤]不欲覺。

4.41 啖麥稼,令人力健行。[⑥]

4.42 飲真茶,[⑦]令人少眠。[⑧]

4.43 人常食小豆,令人肥肌粗燥。[⑨]

4.44 食燕麥令人骨節斷解。

4.45 人食燕肉,不可入水,爲蛟龍所吞。

---

① 班茅,四庫本作"班貓",即斑蝥,昆蟲名,中醫入藥。《本草綱目·蟲三·斑蝥》:"斑,言其色,蝥,刺,言其毒如矛刺也。亦作盤蝥,俗訛爲斑貓,又訛斑蚝爲斑尾也。吴普《本草》又名斑菌,曰膍髪,曰晏青。"

② 戎鹽,即巖鹽。因産於戎地,故名。參閲李時珍《本草綱目·石五·戎鹽》。

③ "毒采"三句,四庫本"采"作"菜"。范氏校證:"寇宗奭《圖經衍義本草序例》食諸菜毒下注云:'兒溺乳汁服二升佳。'孫思邈《備急千金要方》卷七十二治食諸菜中毒方云:'右三味(甘草、貝齒、胡粉)治下篩水服方寸匕,小兒尿、乳汁共服二升亦好。'據此,知'害'乃衍文,'兒'下脱'溺'或'尿'字,'先'當作'之',文意乃順。"

④ "人啖"二句,《御覽》卷八四一《百穀部五》引《博物志》作"人食豆三斗,則身重行止動難"。

⑤ 啖榆,《藝文類聚》卷八十八《木部上》、《御覽》卷九五六《木部五》引《博物志》並作"食枌榆"。

⑥ "啖麥"二句,四庫本"力"上有"有"字。《御覽》卷八三八《百穀部二》引《博物志》無"稼"字,"力"上有"多"字。《齊民要術》卷十《麥》引《博物志》作"人啖麥橡令人多力健行"。

⑦ 真,范氏校證以爲當作"羹"。茶,《齊民要術》卷十引《博物志》作"茶"。

⑧ 令人少眠,《御覽》卷八六七《飲食部二五》引《博物志》作"令少眠睡"。

⑨ "人常"二句,四庫本"肥肌"作"肌肥"。《御覽》卷八四一《百穀部五》引《博物志》作"恒食小豆,令人肌燥粗理"。

4.46 人食冬葵爲狗所囓，[①]瘡不差或致死。[②]

4.47 馬食穀，則足重不能行。

4.48 雁食粟，則翼重不能飛。

藥術

4.49 胡粉、白石灰等以水和之，塗鬢鬚不白。[③] 塗訖著油，單裹令温暖，候欲燥未燥間洗之。湯則不得著，[④]晚則多折，[⑤]用暖湯洗訖，澤塗之。欲染，當熟洗，鬢鬚有膩不著藥，[⑥]臨染時，亦當拭鬚燥温之。

4.50 陳葵子微火炒，令爆咤，散著熟地，[⑦]遍蹋之，[⑧]朝種暮生，遠不過經宿耳。[⑨]

4.51 陳葵子秋種，覆蓋，[⑩]令經冬不死，春有子也。周日用曰：愚聞熟地植生菜蘭，擣石流黄篩於其上，以盆覆之，即時可待。又以變白牡丹爲五色，皆以沃其根，以紫草汁則變之紫，紅花汁則變紅，並

---

① 冬葵，士禮居本、指海本、《御覽》卷九八〇《菜茹部五》引《博物志》並作"終葵"，《齊民要術》卷三《種葵》引《博物志》作"落葵"。冬葵又名葵菜、冬寒菜、蘄菜。葵之一種。嫩梢、嫩葉可作蔬菜。莖葉皆入藥。《本草綱目·草五·葵》："六、七月種者爲秋葵，八、九月種者爲冬葵。"按終葵爲草名，見《爾雅·釋草》郝懿行義疏。

② "瘡不"句，《御覽》卷九八〇引"瘡"上有"則"字。《齊民要術》卷三《種葵》引作"瘡"上有"作"字，"瘡"下有"則"字。

③ 鬢，四庫本作"髩"，下同。

④ 湯，范氏校證："'湯'疑是'早'之誤，或讀如燙。"

⑤ 折，指翳鬚折斷。

⑥ 鬢鬚，士禮居本、指海本作"鬚鬚"，如是則上"鬚"字當屬上讀。

⑦ 熟地，范氏校證："《稗海》本、《説郛》本'熟'作'熱'，是也。""地"下，《御覽》卷九七九《菜茹部四》引《博物志》有"中"字。

⑧ 遍蹋之，《御覽》卷九七九引"蹋"作"踏"，無"之"字。

⑨ "遠不"句，《御覽》卷九七九引無"經"字、"耳"字。

⑩ 蓋，士禮居本作"養"。

未試,於理可焉。此出《爾雅》。①

4.52 燒馬蹄羊角成灰,春夏散著濕地,生羅勒。②

4.53 蟹漆相合成爲《神仙藥服食方》云。③

戲術

4.54 削冰令圓,④舉以向日,以艾於後承其影,⑤則得火。

4.55 取火法,如用珠取火,⑥多有説者,此未試。

4.56《神農本草》云:“雞卵可作琥珀,其法取伏卵段黄白渾雜者煮,及尚軟隨意刻作物,⑦以苦酒漬數宿,既堅,内著粉中,佳者乃亂真矣。此世所恒用,作無不成者。”⑧

4.57 燒白石作白灰,既訖,積著地,經日都冷,遇雨及水澆即更燃,煙焰起。⑨

4.58 五月五日埋蜻蜓頭於西向户下,埋至三日不食則

---

① “春有”句,《御覽》卷九七九《菜茹部四》引《博物志》“春”上有“至”字,“子”下有“是”字。注“皆以”下,士禮居本、指海本有“五色汁日”四字。“變之紫”,士禮居本、指海本作“變令紫”。

② “春夏”二句,《齊民要術》卷三《種蘭香》引《博物志》無“夏”字,“生羅勒”作“羅勒乃生”。羅勒,一年生草本植物。葉卵圓形,略帶紫色。花白色或淡紫色。莖葉皆有香氣,可做香料及入藥。

③ “蟹漆”句,《御覽》卷九四二《鱗介部一四》引《博物志》作“蟹漆相合成水”,下有注文“《神仙服食方》云”。據此,則“爲”當作“水”,“藥”爲衍文,“神仙服食方云”六字爲舊注誤入正文。

④ 冰,原誤作“木”,據四庫本、《藝文類聚》卷九《水部下》、《白氏六帖》卷三、《御覽》卷六十八《地部三三》引《博物志》改。

⑤ 承,原作“成”,據指海本、四庫本、《藝文類聚》卷九、《白氏六帖》卷三、《御覽》卷六十八引改。

⑥ 用珠取火,《舊唐書・南蠻西南蠻傳・林邑》:“(貞觀)四年,其王范頭黎遣使獻火珠,大如雞卵,圓白皎潔,光照數尺,狀如水精,正午向日,以艾承之,即火燃。”

⑦ “物”下,四庫本有“件”字,《御覽》卷九一八引則有“形”字。

⑧ “此世”二句,《御覽》卷九一八所引此十字爲注文,且“者”作“也”。

⑨ 焰,士禮居本誤作“艷”。

化成青真珠。[①] 又云埋於正中門。

4.59 蜥蜴或名蝘蜓，以器養之，食以朱砂，[②]體盡赤，所食滿七斤，治擣萬杵，[③]點女人支體，[④]終年不滅，[⑤]唯房室事則滅，[⑥]故號守宫。《傳》云："東方朔語漢武帝，試之有驗。"[⑦]

4.60 取鱉挫令如棋子大，擣赤莧汁和合，厚以茅苞，五六日中，作投地中，[⑧]經旬臠臠盡成鱉也。[⑨]

---

① 青真珠，《御覽》卷八〇三《珍寶部二》、卷八八八《妖異部四》引《博物志》均無"真"字。

② 食，此字原無，據四庫本、《御覽》卷九四六《蟲豸部三》引《博物志》補。

③ 治，《御覽》卷九四六、陸佃《埤雅・釋蟲》引均無此字。

④ "點"上，《御覽》卷九四六、陸佃《埤雅・釋蟲》引並有"以"字。支，四庫本作"肢"。

⑤ 年，士禮居本誤作"本"，指海本、四庫本、《御覽》卷九四六引並作"身"。

⑥ 唯，士禮居本、指海本作"有"。

⑦ "傳云"三句，四庫本"語"作"奏"。《傳》，具體所指未詳。《漢書・東方朔傳》："上嘗使諸數家射覆，置守宫盂下，射之，皆不能中。朔自贊贊曰：'臣嘗受《易》，請射之。'乃别蓍布卦而對曰：'臣以爲龍又無角，謂之爲蛇又有足，跂跂脉脉善緣壁，是非守宫即蜥蜴。'"荀悦《漢紀・武帝紀一》也有類似記載，但均與驗女人房事無關。

⑧ "五六"二句，四庫本、指海本、《御覽》卷九三二引"日"作"月"。《御覽》卷九三二引"作投地中"作"作投於池澤中"。士禮居本、指海本"地"亦作"池"，當是。范氏校證以爲"日"應作"月"，"作"是"澤"誤，"地"是"池"誤。

⑨ "旬"下，士禮居本有"日"字。臠臠，切成小塊的魚肉，此指銼成棋子大的鱉塊。

博物志第五

晋張華撰

方士

5.1 魏武帝好養性法，亦解方藥，招引四方之術士，如左元放、華佗之徒無不畢至。周日用曰：曹雖好奇而心道異，如何招引方術之人乎？如囚左元放而兼見殺者，若非變化，已至滅身。故有道者不合親之矣。既要試術，即可乎？① 魏王所集方士名：

上黨王真	隴西封君達
甘陵甘始	魯女生
譙國華佗（字元化）	東郭延年
唐雪	冷壽光②

---

① 四庫本"道異"作"無道"，"兼見殺者"作"將欲殺之"，"已至滅身"作"必至滅身"，"可乎"上有"何"字。士禮居本、指海本"兼見殺"下無"者"字。《三國志·魏·武帝紀》"二月丁卯葬高陵"裴注引張華《博物志》："又好養性法，亦解方藥，招引方術之士，廬江左慈、譙郡華佗、甘陵甘始、陽城郄儉無不畢至。"

② 東郭延年，《後漢書·方術列傳下》："甘始、東郭延年、封君達三人者，皆方士也"，"甘始、元放、延年皆爲操所録，問其術而行之。君達號'青牛師'。凡此數人，皆百餘歲及二百歲也"。冷壽光，《後漢書·方術列傳下》："冷壽光、唐虞、魯女生三人者，皆與華佗同時。壽光年可百五六十歲，行容成公御婦人法，常屈頸鷮息，鬚髮盡白，而色理如三四十時，死於江陵。"

河南卜式	張貂
薊子訓	汝南費長房①
鮮奴辜	魏國軍吏河南趙聖卿
陽城郄儉(字孟節)	廬江左慈(字元放)②

右十六人,魏文帝、東阿王、仲長統所説,皆能斷穀不食,分形隱没,出入不由門户。左慈能變形,幻人視聽,厭刻鬼魅,③皆此類也。《周禮》所謂怪民,④《王制》稱挾左道者也。⑤

5.2 魏時方士,甘陵甘始,廬江有左慈,陽城有郄儉,始能行氣導引。慈曉房中之術,善辟穀不食,悉號二百歲人。⑥

① 卜式,西漢河南郡人,官至御史大夫,《漢書》有傳。整理者按:卜式爲西漢武帝時人,不可能爲曹操所招,此處記載有誤。或另有一卜式,與西漢時卜式無涉。張貂,《後漢書·方術列傳下》:"解奴辜、張貂者,亦不知是何郡國人也。皆能隱淪,出入不由門户。"

② 鮮奴辜,疑即解奴辜,見上文"張貂"注。又《後漢書·方術列傳下》:"奴辜能變易物形,以誑幻人。"趙聖卿,士禮居本、指海本作"趙聖師"。范氏校證:"士禮居刊本'卿'作'師',誤。《四庫提要考證》曰:'趙,《續文獻通考》作麴。'案作'麴'是也。《後漢書·方術傳》所記方士有麴聖卿,河南人,是其證。"《後漢書·方術列傳下》:"又河南有麴聖卿,善爲丹書符劾,厭殺鬼神而使命之。"郄儉,《三國志·魏·方技傳·華佗》"青黏生於豐沛彭城及朝歌云"裴注引東阿王曹植《辯道論》:"世有方士,吾王悉所招致,甘陵有甘始,廬江有左慈,陽城有郤儉。"又:"儉善辟穀,悉號三百歲。"又:"余嘗試郤儉绝穀百日,躬與之寢處,行步起居自若也。"

③ 刻,四庫本作"勝"。厭刻,當即厭劾,謂用迷信的方法壓制鬼怪,消災除邪。

④ 怪民,《周禮·天官·閽人》:"閽人,掌守王宫之中門之禁……奇服怪民不入宫。"鄭玄注:"怪民,狂易。"

⑤ 左道,《禮記·王制》:"執左道以亂政,殺。"鄭玄注:"左道,若巫蠱及俗禁。"孔穎達疏:"盧云左道謂邪道。地道尊右,右爲貴……故正道爲右,不正道爲左。"

⑥ "善辟"二句,《三國志·魏·方技傳·華佗》"青黏生於豐沛彭城及朝歌云"裴注引東阿王曹植《辯道論》:"世有方士,吾王悉所招致,甘陵有甘始,廬江有左慈,陽城有郤儉。始能行氣導引,慈曉房中之術,儉善辟穀,悉號三百歲。"據此"善辟穀"上當有"儉"字,"二百"當作"三百"。

凡如此之徒,武帝皆集之於魏,不使游散。甘始老而少容,①曹子建密問其所行,始言本師姓韓字世雄,②嘗與師於南海作金,投數萬斤於海。又取鯉魚一雙,鯉游行沈浮,有若處淵,③其無藥者已熟而食。言此藥去此逾遠萬里,已不可行,不能得也。④

5.3 皇甫隆遇青牛道士姓封名君達,⑤其餘養性法即可放用,⑥大略云:"體欲常少勞,無過虚,食去肥濃,節酸鹹,減思慮,損喜怒,除馳逐,慎房室。施瀉,秋冬閉藏。"别篇。武

---

① 老,原作"孝",形近而誤。四庫本作"老",《後漢書·方術列傳·甘始》"問其術而行之"李賢注、《三國志·魏·方技傳·華佗》裴注並引曹植《辯道論》:"甘始者,老而有少容。"

② 字世雄,士禮居本作"字世雅"。《後漢書·方術列傳·甘始》李賢注引《辯道論》作"字雅",《三國志·魏·方技傳·華佗》裴注引《辯道論》則作"字世雄"。

③ "鯉游行"二句,訛誤嚴重,以至不可讀。"鯉游行沈浮有若",四庫本作"一鯉傅藥游釜中若",句意仍然不明。《後漢書·方術列傳·甘始》李賢注引《辯道論》:"(甘始)又言:'取鯉魚五寸一雙,令其一著藥,投沸膏中,有藥奮尾鼓鰓,游行沈浮,有若處淵,其一者已孰而可啖。'余時問言:'寧可試不?'言:'是藥去此逾萬里,當出塞,始不自行不能得也。'"《三國志·魏·方技傳·華佗》裴注引《辯道論》亦載此事。據此,原文"一雙"下蓋脱"令其一著藥投沸膏中有藥奮尾鼓"十四字,"鯉游行"之"鯉"則爲"鰓"字之誤。

④ "不能得"上,四庫本有"人"字。

⑤ 皇甫隆,三國時人,曾任敦煌太守,有政績。青牛道士,即漢魏間道士封君達,相傳百餘歲往來鄉里,視之如三十許人,常騎青牛,故號青牛道士。

⑥ "其餘"句,四庫本作"其與養性法皆可仿用"。指海本"其餘"作"其説"。范氏校證:"案'餘'字,周心如云:'一本作論。''養性',錢熙祚據釋湛然《輔行記》四之四改爲'養生'。性、生古通用。又陶弘景《養性延命録》卷上《教誡篇》曰:'皇甫隆問青牛道士,其養性法,則可施用。'據此,知'即'當作'則','放'當作'施'。"

帝行之有效。①

5.4 文帝《典論》曰：陳思王曹植《辯道論》云：世有方士，②吾王悉招至之，甘陵有甘始，廬江有左慈，陽城有郄儉。始能行氣，③儉善辟穀，悉號三百歲人。自王與太子及余之兄弟，咸以爲調笑，不全信之。然嘗試郄儉辟穀百日，猶與寢處，④行步起居自若也。夫人不食七日則死，而儉乃能如是。⑤ 左慈修房中之術，可以終命，⑥然非有至情，⑦莫能行也。甘始老而少容，自諸術士咸共歸之，王使郄孟節主領諸人。⑧

5.5 近魏明帝時，⑨河東有焦生者裸而不衣，⑩處火不燋，

---

① "體欲"以下，四庫本"施瀉"上有"春夏"二字。《御覽》卷七二〇《方術部一》引《博物志》："魏武帝問封君達養生之術，君達曰：'體欲常勞，食欲常少，勞無過虚，省肥濃，節鹹酸，減思慮，損喜怒，除馳逐，慎房室。春夏施寫，秋冬閉藏。'武帝行之有效。"據此，原文"體欲常"下當有"勞食欲常"四字，"施瀉"上當有"春夏"二字。"别篇"上，士禮居本有"詳"字。

② 方士，此二字原脱，據《三國志·魏·方技傳·華佗》裴注引曹植《辯道論》補。

③ "行氣"下，《三國志·華佗傳》注引有"導引慈曉房中之術"八字。

④ 猶與，《三國志·華佗傳》注引作"躬與之"，四庫本作"同與"。

⑤ 能，士禮居本、指海本作"敢"，《三國志·華佗傳》注引無此字。

⑥ "左慈"二句，士禮居本"可以"上有"善"字，指海本"左慈"下有"善"字。《三國志·華佗傳》注引作"左慈善修房内之術差可終命"。

⑦ "然非"句，《三國志·華佗傳》注引作"然自非有志至情"。

⑧ 孟節，郄儉字。

⑨ "近魏"句，《御覽》卷八六九《火部二》引《博物志》無"近"字，"時"作"世"。

⑩ 生，《御覽》卷八六九引作"光"。整理者按："光"當爲"先"字之誤，錢熙祚所見《御覽》正作"先"（見指海本注）。《三國志·魏·管寧傳(附張臶)》"動見楷模焉"裴注："時有隱者焦先，河東人也。《魏略》曰：'先字孝然。'"裴注又引《高士傳》："世莫知先所出。或言生於漢末，自陜居大陽，無父母兄弟妻子。見漢室衰，乃自绝不言。及魏受禪，常結草爲廬於河之湄，獨止其中。冬夏恒不著衣，卧不設席，又無草蓐，以身親土。……河東太守杜恕嘗以衣迎見，而不與語。"

入水不凍。① 杜恕爲太守，親所呼見，②皆有實事。周日用曰：焦孝然邊河居一庵，大雪，庵倒，人以爲死，而視之蒸氣於雪，略無變色。時或析薪惠人而已，故《魏書》云：自羲皇以來一人而已。③

5.6 潁川陳元方、韓元長，時之通才者。④ 所以並信有仙者，其父時所傳聞，河南密縣有成公，⑤其人出行，不知所至，復來還。語其家云："我得仙。"因與家人辭訣而去。其步漸高，良久乃没而不見。至今密縣傳其仙去。二君以信有仙，⑥蓋由此也。周日用曰：豈惟二子乎？⑦

5.7 桓譚《新論》説方士有董仲君，⑧罪繫獄，⑨佯死，臭自陷出，⑩既而復生。

5.8 黄帝問天老曰：⑪"天地所生，豈有食之令人不死者乎？"天老曰："太陽之草，名曰黄精，⑫餌而食之，可以長生。

---

① 入水，《御覽》卷八六九引作"處寒"。

② 呼，四庫本作"聞"。范氏校證據《三國志・魏・管寧傳(附張䂮)》注所引《高士傳》，以爲"呼"疑當爲"迓"。

③ 邊，士禮居本、指海本、四庫本並作"邇"。

④ "者"下，四庫本有"也"字。

⑤ "成公"上，當有"上"字。"上成"爲複姓。《後漢書・方術列傳・上成公》："上成公者，密縣人也。其初行久而不還，後歸，語其家云：'我已得仙。'因辭家而去。家人見其舉步稍高，良久乃没云。陳寔、韓韶同見其事。"

⑥ 以，四庫本作"並"。

⑦ 二，原作"三"，據士禮居本、指海本、四庫本改。

⑧ 董仲君，晋葛洪《神仙傳・董仲君》："董仲君者，臨淮人也。服炁煉形，二百餘歲不老。曾被誣繫獄，乃佯死，須臾蟲出，獄吏乃舁出之，忽失所在。"

⑨ "罪"上，范氏校證據曹植《辯道論》以爲當補"有"字。

⑩ 臭自陷出，指海本作"臭目陷蟲出"，《御覽》卷七三七《方術部一八》引桓譚《新論》作"目陷蟲爛"。四庫本"陷"作"户"。

⑪ 天老，《後漢書・張衡傳》"方將師天老而友地典"李賢注引《帝王紀》："黄帝以風后配上臺，天老配中臺，五聖配下臺，謂之三公。"

⑫ 黄精，藥草名，中醫以根莖入藥。李時珍《本草綱目・草一・黄精》："黄芝、戊己芝、菟竹……黄精爲服食要藥，故《别録》列於草部之首，仙家以爲芝草之類，以其得坤土之精粹，故謂之黄精。"

太陰之草，名曰鈎吻，不可食，入口立死。人信鈎吻之殺人，不信黄精之益壽，不亦惑乎？”周日用曰：草既殺人，仍無益壽者也。若殺人無驗，則益壽不可信矣。

服食

5.9 左元放荒年法：擇大豆粗細調匀，必生熟按之，①令有光，煙氣徹豆心内。② 先不食一日，以冷水頓服訖，③其魚肉菜果不得復經口，④渴即飲水，慎不可煖飲。初小困，⑤十數日後，體力壯健，⑥不復思食。

5.10 鮫法服三升爲劑，⑦亦當隨人先食多少增損之，⑧盛豐欲還者，⑨煮葵子及脂蘇，服肉羹漸漸飲之。⑩

---

① “必生”句，《御覽》卷八四一引作“種之必生者熟挼”，士禮居本“按”作“挼”，指海本作“種之必生者熟挼之”。四庫本“生”下有“煮”字，當爲“者”字涉下“熟”字而誤。范氏校證以爲《御覽》“種之”當爲“食之”之誤，“按”當爲“挼”。則此句當爲“食之必生者，熟挼之”。挼，揉搓。

② 煙，士禮居本、指海本作“暖”，《御覽》卷八四一引作“煖”。“煖”同“暖”，亦作“暖”。又《御覽》卷八四一引“煖”上有“使”字，“心”下無“内”字，指海本據補、删。

③ “頓服”下，《御覽》卷八四一引有“三升服”三字。頓服，一次吃下。

④ “菜果”下，《御覽》卷八四一引有“酒醬鹹酢甘苦之物一”九字。

⑤ “困”下，《御覽》卷八四一引有“極”字。

⑥ “體力”下，《御覽》卷八四一引有“更”字。

⑦ 鮫法，士禮居本作“大鮫法”，指海本據《御覽》卷八四一《百穀部五》引《博物志》改作“大較法”，四庫本作“一法”。“大較”意爲大致或大略，蓋承上條而言（《御覽》卷八四一引即與上條相連）食豆法之大略。

⑧ “亦當”句，“人”原作“入”，據四庫本、《御覽》卷八四一引改。此句言食豆雖大致以三升爲劑，但亦應根據人原先之食量大小有所增減。

⑨ “盛豐”句，《御覽》卷八四一引作“歲豐欲還食者”，指海本據改。四庫本“盛豐”作“豐年”，“還”作“復食”。

⑩ 服，《御覽》卷八四一引作“肥”。

須豆下乃可食，豆未盡而以實物腸塞，[1]則殺人矣。此未試，或可以然。[2] 周日用曰：一説臈塗黏餅，炙餅令熱，即塗之，以意量多少即食之，如常渴即飲冷水，忌熱茶耳。

5.11《孔子家語》曰："食水者乃耐寒而善浮，食土者無心不息，[3]食木者多力而不治，食石者肥澤而不老，[4]食草者善走而愚，食桑者有緒而蛾，[5]食肉者勇而悍，食氣者神明而壽，[6]食穀者智慧而夭，不食者不死而神。"[7]《仙傳》曰："雜食者，百病妖邪之所鍾焉。"[8]

---

① "豆未"句，《御覽》卷八四一引"盡"上有"下"字，"以"作"食"。四庫本"腸塞"作"塞腸"。

② 或可以然，指海本據《御覽》卷八四一引改作"於理或可爾"。

③ 善，原作"苦"，據士禮居本、指海本、四庫本改。《孔子家語・執轡》："食水者善游而耐寒，食土者無心而不息。""心"下，四庫本、今《孔子家語・執轡》並有"而"字。《淮南子・墬形訓》"食水者善游能寒，食土者無心而慧"高誘注："(食水者，)魚鱉鷿鷉之屬是也"；"(食土者，)蚯蚓之屬是也"。不息，不呼吸。

④ "力"字原無，據四庫本、指海本、《孔子家語・執轡》補。《淮南子・墬形訓》"食木者多力而𤡔"高誘注："(食木者，)熊羆之屬是也。"不治，此指不馴服。"食石"句，今本《孔子家語》、《淮南子》均無此句。食石者，未詳。

⑤ "食草"二句，《淮南子・墬形訓》"桑"作"葉"，"緒"作"絲"。高誘注："(食草者，)麋鹿之屬是也"；"(食葉者，)蠶是也"。

⑥ "食肉"二句，四庫本、今本《孔子家語・執轡》"勇"下有"毅"字，《淮南子・墬形訓》有"敢"字。《淮南子》高注："(食肉者，)虎豹鷹鸇之屬是也"；"(食氣者，)仙人松喬之屬是也"。清莊吉達云："唐馬總《意林》引此曰：……食氣者神明而壽，魚、蛇之類，王喬、赤松是也。"鸇，猛禽名。又名晨風。似鷂，羽色青黄，以鳩鴿燕雀爲食。松喬，神話傳説神中仙人赤松子與王子喬的并稱。

⑦ "食穀"二句，《大戴禮・易本命》、今本《孔子家語・執轡》"夭"作"巧"。錢熙祚校云："'巧'與'智慧'似複，應以此書校改。"錢説是，《淮南子・墬形訓》作"夭"。清莊吉達云："唐馬總《意林》引此曰：……食穀者知慧而夭，人是也。"不食者，蓋指善辟穀的方士之類。《大戴禮記解詁》云指占卜用的蓍草。

⑧ "仙傳"以下，雜，原作"雖"，據四庫本改。陶弘景《養性延命録・教誡》："傳曰：雜食者，百病妖邪之所鍾。所食愈少，心愈開，年愈益；所食愈多，心愈塞，年愈損焉。"范氏校證據此以爲"'所食愈少'下，今本别出一條，大誤"。范説是，"别出一條"見下5.13，指海本即與該條相連。

5.12 西域有蒲萄酒，積年不敗。彼俗云可十年，飲之醉，彌月乃解。①

5.13 所食逾少，心開逾益；所食逾多，心逾塞，年逾損焉。②

辨方士

5.14 漢淮南王謀反被誅，③亦云得道輕舉。周日用曰：《漢書》云：淮南自刑，應不然乎？得道輕舉，非虚事也。至今維陽境内，馬迹猶存。且日與成公同處，皆上品真人耳。既談道德，肯圖叛逆之事？况恒行陰旨，好書鼓，不善弋獵，《淮南内書》言神仙黄白之術，去反事遠矣。夫古今書傳多黜仙道者，慮帝王公侯廢萬機而慕其道，故隱而不書，唯老聃不可掩而云，二百歲後，西游流沙，不知所之。《庾書》云蜀有女道士謝

① "彼俗"二句，《藝文類聚》卷七十二《食物部》、卷八十七《果部》、《御覽》卷九三二《果部》引《博物志》"俗"下有"傳"字，"可"下有"至"字，《藝文類聚》卷七十二、《御覽》卷九三二引"月"作"日"。

② 此條當與5.11條相連，見彼條注。據陶弘景《養性延命録·教誡》，四"逾"字均當作"愈"，"心開逾益"當作"心愈開"，四庫本作"心逾開"。

③ 漢淮南王謀反。事見《史記·淮南衡山列傳》。

自然,白日上升,此外歷代史籍未嘗言也。①

5.15 鉤弋夫人被殺於雲陽,②而言尸解柩空。周日用曰:《史》云夫人被大風拔樹,揚沙揭石,亦不云尸解柩空。③

5.16 文《典論》云:④議郎李覃學郄儉辟穀食茯苓,⑤飲水中不寒洩痢,⑥殆至殞命。軍祭酒弘農董芬學甘始鴟視狼

---

① 輕舉,指成仙後飛升。漢王充《論衡·道虚》:"淮南王劉安坐反而死,天下并聞,當時并見,儒書尚有言其得道仙去,雞犬升天者。""成公",四庫本作"八公",當是。北魏酈道元《水經注·肥水》:"湖北对八公山,山無樹木,唯童阜耳。山上有淮南王劉安廟。劉安是漢高帝之孫,厲王長子也,折節下士,篤好儒學,養方術之徒數十人,皆爲俊異焉。多神仙秘法鴻寶之道。忽有八公,皆鬚眉皓素,詣門希見。門者曰:'吾王好長生,今先生無住衰之術,未敢相聞。'八公咸變成童,王甚敬之。八士並能煉金化丹,出入無間,乃與安登山,埋金於地,白日升天。餘藥在器,鸡犬舐之者,俱得上升。其所升之處,踐石皆陷,人馬迹存焉,故山即以八公为目。""况恒行陰旨,好書鼓",四庫本"旨"作"德","鼓"作"藝"。《漢書·淮南衡山濟北王傳》:"淮南王安爲人好書,鼓琴,不喜弋獵狗馬馳騁,亦欲以行陰德拊循百姓。"據此,則"旨"當作"德","鼓"當作"琴"。《淮南内書》,《漢書·淮南衡山濟北王傳》云劉安"招攬賓客方術之士數千人,作爲《内書》二十一篇,《外書》甚衆,又有《中書》八篇,言神仙黄白之術,亦二十餘萬言"。"二百歲後",四庫本"二"作"三"。"庾書",秘書二十一種本作"庚",范氏校證:"《漢魏叢書》本'庚'作'唐'是也。快閣本作'庾',亦誤。因謝自然乃唐人,韓愈有《謝自然詩》云:'果州南充縣,寒女謝自然。'可爲佐證。"

② "鉤弋"句,《史記·外戚世家》褚少孫補:"鉤弋夫人名趙氏,河間人也,得幸武帝,生子一人,昭帝是也。"又:"上居甘泉宫,召畫工圖畫周公負成王也。於是左右群臣知武帝意欲立少子也。後數日,帝譴責鉤弋夫人。夫人脱簪珥叩頭。帝曰:'引持去,送掖庭獄!'夫人還顧,帝曰:'趣行,女不得活!'夫人死雲陽宫。時暴風揚塵,百姓感傷。使者夜持棺往葬之,封識其處。"

③ 注文"被",四庫本作"死"。

④ 文,士禮居本、指海本並作"又"。"文"下,四庫本有"帝"字。

⑤ 食,士禮居本、指海本、四庫本並作"服"。

⑥ "飲水"句,范氏校證:"《魏志·華佗傳》注引《典論》作'飲寒水中',《後漢書》《甘始傳》《左慈傳》注並引《典論》作'飲寒水水寒中泄利',俱非。方士服食,例用冷水。《圖經衍義本草》卷五泉水下引《博物志》曰:'凡諸飲水療疾,皆取新汲清泉,不用停污濁暖,非直無效,固亦損人。'(今本無此條)李覃服茯苓用水不冷,故中泄痢,非因飲冷水而得泄痢也。此句當作'飲水不寒中泄痢'。又唐人避太宗諱改'泄'爲'洩',故'洩'亦應作'泄'。"

顧，[1]呼吸吐納，爲之過差，氣閉不通，良久乃蘇。寺人嚴峻就左慈學補導之術，閹竪真無事於斯，而逐聲若此。

5.17 又云：王仲統云：[2]甘始、左元放、東郭延年行容成御婦人法，並爲丞相所録。間行其術，亦得其驗。降龍道士劉景受雲母九子丸方，[3]年三百歲，莫知所在。[4] 武帝恒御此藥，亦云有驗。劉德治淮南王獄，得枕中《鴻寶》《苑秘書》，及子向咸而奇之。信黄白之術可成，謂神仙之道可致，卒亦無驗，乃以罹罪也。周日用曰：神仙之道，學之匪一朝一夕而可得，黄白者也，仍須有分，升騰者應須有骨，安可偶然而得效也？[5]

5.18 劉根不覺饑渴，[6]或謂能忍盈虐。[7] 王仲都當盛夏之月，[8]十爐火炙之不熱，當嚴冬之時，裸之而不寒。桓君山

---

① 顧，原誤作“頭”，據士禮居本、指海本、四庫本改。

② 王仲統，未詳。范氏校證云“疑是仲長統之誤”。

③ 龍，原作“就”，據指海本改。丸，原作“元”，據士禮居本、指海本改。

④ 知，原誤作“之”，據士禮居本、指海本、四庫本改。

⑤ “得枕中”以下，“苑”字原無，據士禮居本補。《御覽》卷六一八《學部十二》引《博物志》“及”下有“其”字。《漢書・楚元王傳(附劉向)》：劉向本名更生，“淮南有枕中《鴻寶》《苑秘書》，書言神仙使鬼物爲黄金之術，及鄒衍重道延命方，世人莫見，而更生父德武帝時治淮南獄得其書。更生幼而讀誦，以爲奇，獻之，言黄金可成。上令典尚方鑄作事，費甚多，方不驗。上乃下更生吏。吏劾更生鑄僞黄金，繫當死。更生兄陽城侯安民上書，入國户半，贖更生罪。上亦其奇材，得逾冬減死論”。顔師古注：“《鴻寶》《苑秘書》，並道術篇名，臧在枕中，言常存録之不漏泄也。”得效，士禮居本作“得法”。

⑥ 劉根，東漢潁川人，成帝時隱居嵩山中。傳説其術能令人見鬼，見《後漢書・方術傳下・劉根》。

⑦ 虐，士禮居本、指海本、四庫本並作“虛”。

⑧ 王仲都，葛洪《神仙傳・王仲都》：“王仲都者，漢中人也。漢元帝常以盛暑時暴之，繞以十餘爐火而不熱，亦無汗。凝冬之月，令仲都單衣，無寒色，身上氣蒸如炊。後不知所在。”

以爲性耐寒暑。[1] 恒山以無仙道，[2]好奇者爲之，前者已述焉。[3]

5.19 司馬遷云：無堯以天下讓許由事。[4] 楊雄亦云：[5]誇

① 桓君山，原作“恒山君”，此據指海本改。桓君山，即桓譚，字君山，東漢人，著《新論》。《水經注》卷十九《渭水下》：“桓譚《新論》稱，元帝被病，廣求方士。漢中送道士王仲都，詔問所能。對曰：能忍寒暑。乃以隆冬盛寒日，令袒，載駟馬，於上林昆明池上環冰而馳。御者厚衣狐裘寒戰，而仲都獨無變色，卧於池臺上，曛然自若。夏大暑日，使曝坐，環以十爐火。不言熱，又身不汗。”

② 恒山，當爲“君山”或“桓君山”，説見上。指海本作“君山”。“以”下，四庫本有“爲”字。

③ 前者已述，見上 5.5 條等。

④ “無堯”句，《史記·五帝本紀》無堯讓天下於許由事。《史記·燕召公世家》：“鹿毛壽謂燕王：‘不如以國讓相子之。人之謂堯賢者，以其讓天下於許由，許由不受，有讓天下之名而實不失天下。’”又《史記·伯夷列傳》：“堯將遜位，讓於虞舜，舜禹之間，岳牧咸薦，乃試之於位，典職數十年，功用既興，然後授政。示天下重器，王者大統，傳天下若斯之難也。而説者曰堯讓天下於許由，許由不受，恥之逃隱。”

⑤ 楊雄，士禮居本、指海本並作“揚雄”，下同。《漢書》作“揚雄”。

大者爲之。[1] 楊雄又云：無仙道。[2] 桓譚亦同。[3]

---

① "誇大"句，揚雄《法言·問明》："或問：'堯將讓天下於許由，由恥。有諸？'曰：'好大者爲之也。顧由無求於世而已矣！'"

② 無仙道，揚雄《法言·君子》："或問：'人言仙者，有諸乎？''吁，吾聞伏羲、神農殁，黄帝、堯、舜殂落而死，文王畢，孔子魯城之北。獨子愛其死乎？非人之所及也。仙亦無益子之彙矣！'或曰：'聖人不師仙，厥術異也。聖人之於天下，恥一物之不知；仙人之於天下，恥一日之不生。'曰：'生乎！生乎！名生而實死也。'"

③ 桓譚亦同，桓譚《新論·形神》云"生之有長，長之有老，老之有死，若四時之代謝矣。而欲變易其性，求爲異道，惑之不解者也"。"亦同"下，指海本有原注："周日用曰：神仙之道盛矣，非揚雄、桓譚之所能知。且秦穆、趙鞅皆見上帝，帝亦由仙乎？既有鬼神，豈無仙界？況神列二傳有驗者匪一。余覽唐史，當上皇天寶之際，老聃見者十數，至於御路陷井亦出言之，以此詳之，豈無是也？"士禮居本略同。秦穆、趙鞅皆見上帝，《史記·封禪書》："其後十四年，秦繆公立，病卧五日不寤，寤，乃言夢見上帝，上帝命繆公平晋亂。史書而記藏之府。而後世皆曰秦繆公上天。"趙鞅，春秋晋國趙簡子。《史記·趙世家》載"趙簡子疾，五日不知人，大夫皆懼"，居二日半，簡子寤。語大夫曰："我之帝所甚樂，與百神游於鈞天，廣樂九奏萬舞，不類三代之樂，其聲動人心。有一熊欲來援我，帝命我射之，中熊，熊死。又有一羆來，我又射之，中羆，羆死。帝甚喜，賜我二笥，皆有副。吾見兒在帝側，帝屬我一翟犬，曰：'及而子之壯也，以賜之。'帝告我：'晋國且世衰，七世而亡，嬴姓將大敗周人於范魁之西，而亦不能有也。今余思虞舜之勛，適余將以其胄女孟姚配而七世之孫。'"

博物志第六

晋張華撰

人名考

6.1 昔彼高陽，是生伯鯀，[1]布土，[2]取帝之息壤以填洪水。[3]

6.2 殷三仁：微子、箕子、比干。[4]

6.3 文王四友：南宫括、散宜生、閎夭、太顛[5]。仲尼四

---

① 高陽，顓頊之號。《尚書·洪範》："我聞在昔，鯀陻洪水。"《史記·夏本紀》："夏禹，名曰文命。禹之父曰鯀，鯀之父曰帝顓頊，顓頊之父曰昌意，昌意之父曰黄帝。"

② 布土，四庫本作"職典水土"。

③ 息壤，《山海經·海内經》："洪水滔天，鯀竊帝之息壤以堙洪水。"郭璞注："息壤者，言土自長息無限，故可以塞洪水也。"填，四庫本作"堙"，於《山海經·海内經》同。

④ 三仁：《論語·微子》："微子去之，箕子爲之奴，比干諫而死。孔子曰：'殷有三仁焉。'"

⑤ 南宫括、散宜生、閎夭、太顛，均周文王、周武王時賢臣，曾助周滅商。一説"文王四友"中太顛作太公望，見《聖賢群輔録》卷上引《尚書大傳》。

友:顔淵、子貢、子路、子張。[①]

6.4 曹参字敬伯。[②]

6.5 蔡伯喈母,[③]袁公妹曜卿姑也。[④]

6.6 古之善射者甘蠅,蠅之弟子曰飛衛。[⑤]

6.7 平原管輅善卜筮,解鳥語。[⑥]

6.8 蔡邕有書萬卷,[⑦]漢末年載數車與王粲。粲亡後,相國掾魏諷謀反,[⑧]粲子與焉。既被誅,邕所與粲書悉入粲族

---

① 顔淵、子貢、子路、子張,均孔子弟子,見《史記·仲尼弟子列傳》。《孔叢子·論書》:"孔子曰:'吾有四友焉。自吾得回也,門人加親,是非胥附乎?自吾得賜也,遠方之士日至,是非奔輳乎?自吾得師也,前有光,後有輝,是非先後乎?自吾得仲由也,惡言不至於門,是非禦侮乎?'"一说孔子四友中或有子夏。晋陶潛《與子儼等疏》:"子夏有言曰:'死生有命,富貴在天。'四友之人親受音旨,發斯談者,將非窮達不可妄求,壽夭永無外請故耶?"

② 敬伯,原作"伯敬",據士禮居本、指海本、四庫本乙正。《史記·曹相國世家》"平陽侯曹参者,沛人也"《集解》:"張華曰:'曹参字敬伯。'"

③ 蔡伯喈,即蔡邕,字伯喈。

④ 卿,士禮居本、指海本作"鄉"。整理者按作"卿"當是,曜卿蓋即三國袁涣,袁公即袁涣父袁滂。《三國志·魏·袁涣傳》:"袁涣,字曜卿,陳郡扶樂人也。父滂,爲漢司徒。"裴注引袁宏《漢紀》:"滂字公熙。"據此,"袁公"下似脱一"熙"字。

⑤ "古之"二句,《列子·湯問》:"甘蠅,古之善射者,彀弓而獸伏鳥下。弟子名飛衛,學射於甘蠅,而巧過其師。"

⑥ 管輅,三國魏術士,字公明。相傳其自知壽不過四十七八,年四十八果卒。南朝梁劉孝標《辯命論》:"臣觀管輅天才英偉,珪璋特秀……而官止少府,年終四十八,天之報施,何其寡與!"

⑦ "萬卷"上,《三國志·魏·鍾會傳》裴注引《博物記》、《北堂書鈔》卷一〇一《藝文部》、《御覽》卷五一三《宗親部》引《博物志》並有"近"字。《御覽》卷六一九《學部》引則與今本同。

⑧ 魏諷,字子京,有口才,爲鍾繇舉薦。在曹操與劉備相持於漢中時,暗自結黨營私,與長樂衛尉陳禕密謀襲取鄴城。因陳禕恐懼,向曹丕告密,魏諷被殺,受牽連者數十人。其事散見《三國志·魏書》之《武帝紀》《董昭傳》等。王粲的兩個兒子也受牽連被殺。

子葉字長緒,[①]即正宗父,正宗即輔嗣兄也。[②] 初,粲與族兄凱避地荆州依劉表。[③] 表有女,表愛粲才,欲以妻之,嫌其形陋周率,[④]乃謂曰:"君才過人而體貌躁[⑤],非女聟才。"[⑥]凱有風貌,乃妻凱,生葉,[⑦]即女所生。

6.9 太丘長陳寔,[⑧]寔子鴻臚卿紀,[⑨]紀子司空群,群子泰四世,於漢魏二朝有重名,而其德漸小減。[⑩] 故時人爲其語曰:"公慚卿,卿慚長。"

---

① 葉,指海本作"業"。范氏校證:"周心如據《魏氏春秋》校云:'葉當作業。'是也。案《魏志·鍾會傳》注、《北堂書鈔》卷一百一、《太平御覽》卷六百十九引'葉'並作'業'。《詩·魯頌·閟宫》:'纘禹之緒。'毛傳曰:'緒,業也。'今粲族子名葉字長緒,可知'葉'必'業'之誤。"

② 正宗,即王宏,字正宗,王粲從孫,《晋書》入《良吏傳》。輔嗣,王弼,字輔嗣,魏晋玄學代表人物,注《周易》《道德經》。事見《三國志·魏·鍾會傳》裴注引何劭《王弼傳》等。

③ 劉表,字景升,當時爲荆州牧。

④ 周率,四庫本無此二字。范氏校證:"《魏志·鍾會傳》注引作'形陋而用率',義不可解。案粲本傳云:'粲體通侻。'通侻与通率義同。《梁書·處士傳》:'張孝秀,字文逸,南陽宛人也。性通率,不好浮華。'疑此'周'字乃'用'字之誤,而'用'字又是'通'字之壞體。"通率,曠達坦率,不拘小節。

⑤ "體貌躁",四庫本作"體陋"。士禮居本、指海本無"躁"字。

⑥ 聟,同"婿"。

⑦ 葉,指海本作"業",是,説見上。

⑧ 陳寔,字仲弓,曾爲太丘長,故號太丘。

⑨ 紀,指陳寔子陳紀,字元方。《後漢書·陳紀傳》:"弟諶,字季方,與紀齊德同行,父子並著高名,時號三君。"其事迹又見《世説新語》之《德行》《言語》《政事》《方正》《規箴》《夙慧》等篇。

⑩ "於漢"二句,《三國志·魏·陳泰傳》裴注引《博物記》"朝"下有"並"字,"漸"下復有一"漸"字。

文籍考

6.10 聖人制作曰經，賢者著述曰傳。① 鄭玄注《毛詩》曰箋，不解此意。或云毛公嘗爲北海郡守，②玄是此郡人，故以爲敬。

6.11 何休注《公羊傳》，云“何氏學”。③ 又不能解者，④或答云：“休謙詞，受學於師，乃宣此義不出於己。”此言爲允。

6.12 太古書今見存有《神農經》《山海經》，⑤或云禹所作。《素問》，黄帝作。《連山》《歸藏》，夏所之書，周時曰《易》。⑥ 蔡邕云：“《禮記·月令》，周公作。”周日用曰：《禮記》疏云：第一是吕不韋《春秋》，明吕氏所制。蔡邕云周公，未之詳也。⑦

---

① “賢者”句，《御覽》卷六〇八《學部二》引《博物志》“傳”作“記”，下有“曰章句曰解曰論曰讀”九字。又孔本《北堂書鈔》卷九十五引此作“因記訓曰詁因章句曰注”。

② 毛公，漢初傳授《詩》的學者有大毛公、小毛公。《漢書·藝文志》著録《毛詩故訓傳》三十卷但言毛公作，未著其名。鄭玄《詩譜》稱“魯人大毛公爲《詁訓傳》於其家，河間獻王得而獻之，以小毛公爲博士”。至三國吴陸機《毛詩草木鳥獸蟲魚疏》始言大毛公爲漢魯國人毛亨，小毛公爲漢趙國人毛萇。後世因以《故訓傳》爲毛亨作，亦有以爲乃毛萇作，或毛亨作而萇有所增益者。

③ 何氏學，《春秋公羊傳解詁》每卷篇題下均有“何氏學”字様。

④ 又，四庫本作“有”。整理者按“又”“有”古通用，《後漢書·何休傳》引作“有”。

⑤ “太古”句，《御覽》卷六一八《學部一二》引《博物志》“存”下有“者”字，“神農”下無“經”字，“山海經”下復有“山海經”三字。

⑥ “素間”至“曰易”十七字，原作“周易”，此據《御覽》卷六一八所引《博物志》改。“夏所”一本作“夏商”，指海本錢熙祚據改。

⑦ “蔡邕”句，《禮記·月令》陸德明《經典釋文》引蔡伯喈云：“《月令》，周公所作。”整理者按，《禮記·月令》内容又見於吕不韋主編之《吕氏春秋》，後被收入《禮記》。

6.13《謚法》、《司馬法》,周公所作。[1]

6.14 余友下邳陳德龍謂余言曰:[2]"《靈光殿賦》,[3]南郡宜城王子山所作。[4] 子山嘗之泰山,[5]從鮑子真學算。過魯國,而睹殿,[6]賦之,還歸本州,溺死湘水,時年二十餘也。[7]"

地理考

6.15 周自后稷至於文、武,皆都關中,號爲宗周。秦爲阿房殿,在長安西南二十里。殿東西千步,南北三百步,上可以坐萬人,庭中受十萬人。[8] 二世爲趙高所殺於宜春宫,在杜城南三里,葬於旁。

6.16 周時德澤盛,蒿大以爲宫柱,名曰蒿宫。[9]

---

① 此條《御覽》卷六一八《學部一二》引《博物志》與上條合,"司馬法"下有"亦云"二字。《史記・司马穰苴列傳》:"齊威王使大夫追論古者司馬兵法而附穰苴於其中,因號曰司馬穰苴兵法。"

② "友"下,士禮居本、指海本有"人"字。

③《靈光殿賦》,即《魯靈光殿賦》,東漢王延壽作。延壽字文考,一字子山,南郡宜城(今湖北襄陽宜城)人,《楚辭》學家王逸之子。《後漢書・文苑列傳》有王逸並附王延壽。

④ "南郡"上,四庫本有"傳爲"二字。

⑤ "子山"句,《後漢書・文苑列傳・王逸》李賢注引張華《博物志》作"王子山與父叔師到泰山"。叔師,王逸字。

⑥ 睹,原作"都"。蓋形近致誤。

⑦ "時年"句,《御覽》卷三九六《人事部三七》引《博物志》"也"作"許",下有"其弟子玉親見之"七字。

⑧ "殿東西"四句,《史記・秦始皇本紀》:"先作前殿阿房,東西五百步,南北五十丈,上可以坐萬人,下可以建五丈旗。周馳爲閣道,自殿下直抵南山。表南山之顛以爲闕。爲復道,自阿房渡渭,屬之咸陽,以象天極閣道绝漢抵營室也。"司馬貞《索隱》:"此以其形名宫也,言其宫四阿旁廣也,故云下可建五丈之旗也。阿房,後爲宫名。"張守節《正義》引《三輔舊事》云:"阿房宫東西三里,南北五百步,庭中可受萬人。"其説與此不同。

⑨ 此條文見《大戴禮記・盛德》。

6.17 姜厚嗣祠在墉城，[①]長安西南三十里。

6.18 盜跖冢在大陽縣西。[②]

6.19 趙鞅冢在臨水縣界。[③]

6.20 始皇陵在驪山之北，高數十丈，周迴六七里，今在陰盤縣界。[④] 北陵雖高大，不足以銷六丈，冰背陵障使東西

---

① 厚，四庫本作"嫄"。《詩經·大雅·生民》："厥初生民，時維姜嫄。"鄭箋："言周之始祖，其生之者，是姜嫄也。姜姓者，炎帝之後。有女名嫄，當堯之時，爲高辛氏之世妃。"《史記·周本紀》："周后稷，名棄。其母有邰氏女，曰姜原。"張守節《正義》："《地理志》云：右扶風美陽縣岐山在西北中水鄉，周太王所邑。《括地志》云：故周城一名美陽城，在雍州武功縣西北二十五里，即太王城也。"《周本紀》又云："帝舜曰：'棄，黎民始飢，爾后稷播時百穀。'封棄於邰，號曰后稷，别姓姬氏。"《正義》引《括地志》："故斄城一名武功城，在雍州武功縣西南二十二里，古邰國，后稷所封也。有后稷及姜嫄祠。"據此"厚"當爲"原"或"嫄"。范氏校證："'墉'疑是'斄'字之誤。"

② "盜跖"句，《莊子·盜跖》："盜跖從卒九千人，横行天下，侵暴諸侯。"《史記·伯夷列傳》："盜跖日殺不辜，肝人之肉，暴戾恣睢，聚黨數千人横行天下，竟以壽終。"裴駰《集解》："《皇覽》曰：'盜跖冢在河東大陽，臨河曲，直弘農華陰縣潼鄉。'按：盜跖即柳下惠弟也。"張守節《正義》引《括地志》云："盜跖冢在陝州河北縣西二十里。河北縣本漢大陽縣也。又今齊州平陵縣有盜跖冢，未詳也。"

③ "趙鞅"句，《史記·趙世家》："晋出公十七年，簡子卒。"裴駰《集解》引張華曰："趙簡子冢在臨水界，二冢併，上氣成樓閣。"

④ "高數"三句，《史記·秦始皇本紀》："九月，葬始皇酈山。"又："已臧，閉中羨，下外羨門，盡閉工匠臧者，無復出者。樹草木以象山。"裴駰《集解》引《皇覽》曰："墳高五十餘丈，周迴五里餘。"張守節《正義》引《括地志》云："秦始皇陵在雍州新豐縣西南十里。"陰盤縣，舊址在今臨潼縣東。

流。① 又此山名運取大石於渭北渚，②故歌曰："運石甘泉口，③渭水爲不流。千人唱，萬人鈎，金陵餘石大如塸。"土屋。④ 其銷功力皆如此類。盧氏曰：秦氏奢侈，自知葬用珍寶多，故高作陵園山麓，從難發也。高則難上，固則難攻，項羽爭衡之時發其陵，未詳其至棺否。⑤

6.21 舊洛陽字作"水"邊"各"。漢火行也，⑥忌水，故去"水"而加"佳"。又魏於行次爲土，水得土而流，土得水而柔，

---

① "北陵"三句，有訛誤，致使文不成義。《史記・秦始皇本紀》"葬始皇酈山"，張守節《正義》引《關中記》云："始皇陵在驪山。泉本北流，障使東西流。"宋敏求《長安志》卷十五引《關中記》："此陵雖高大，不足以銷六十萬人積年之功，其用功力或隱不見，不見者，驪山水泉本北流者，陂鄣使東西流。"指海本據《長安志》改原文爲："此陵雖高大，不足以銷六十萬人積年之功，水背陵，鄣使東西流。"

② "又此"句，《北堂書鈔》卷一〇六《樂部二》引潘岳《關中記》："秦始皇冢在驪山，運石於渭南諸山，故其歌曰：'運石泉水，渭水爲不流，千人一唱，萬人一歌。'"《史記・秦始皇本紀》"葬始皇酈山"張守節《正義》引《關中記》云："有土無石，取大石於渭南諸山。"據此，"此山"下當有"有土無"三字，"名"爲"石"字之誤，"北"當作"南"，"渚"爲"諸"字之誤，"渚"下脱"山"字。

③ 甘泉，山名。

④ "故歌"至"土屋"，據《北堂書鈔》卷一〇六引《關中記》，"鈎"當作"歌"。宋敏求《長安志》卷十五引《關中記》："今陵下餘石大如藍土屋。"據此，"金"當爲"今"，"陵"下當有"下"字，指海本據《長安志》改、補。塸，指海本作"堰"。范氏校證："'土屋'疑是'塸'字註釋。"塸，房屋，住宅。

⑤ "銷"，四庫本作"餘"。"麓"，士禮居本、指海本作"者"。"從難發"，士禮居本、指海本"從"作"後"，四庫本作"使"。"固"，士禮居本誤作"圍"。

⑥ "漢"字原無。《史記・項羽本紀》"故立申陽爲河南王，都雒陽"張守節《正義》引《輿地志》云："成周之地，秦莊襄王以爲洛陽縣，三川守理之。後漢都洛陽，改爲'雒'。漢以火德，忌水，故去洛旁'水'而加'佳'。魏於行次爲土，土，水之忌也，水得土而流，土得水而柔，故除'佳'而加'水'。"《三國志・魏・文帝紀》"戊午幸洛陽"裴注引《魏略》："詔以漢火行也，火忌水，故'洛'去水而加'佳'。魏於行次爲土，土，水之牡也，水得土而乃流，土得水而柔，故除'佳'加'水'，變'雒'爲'洛'。"據此，"火"上當有"漢"字。火行，猶火德。謂於五行中屬火，故稱。

故復“佳”加“水”，[①]變“雒”爲“洛”焉。[②]

6.22 洞庭君山，[③]帝之二女居之，曰湘夫人。[④] 又《荆州圖經》曰：“湘君所游，[⑤]故曰君山。”

6.23《南荆賦》：江陵有臺甚大，而有一柱，衆木皆拱之。[⑥]

---

① 復，指海本依《魏志·文帝紀》裴注所引《魏略》改爲“除”，《御覽》卷十七《時序部二》所引《魏略》、四庫本則於“復”下有“去”字。

② 范氏校證：“案汪之昌《青學齋集》卷二云：‘伊雒字古不作洛解’，並謂‘《魏略》以雒爲漢所改，其説不足憑’。《説文》：雒，忌欺也，原爲鳥名，雒水字假用之。洛，水出左馮翊歸德北夷界中，東南入渭。段玉裁云：‘雍州洛水，豫州雒水，其字分别，自古不紊。’又云：‘曹丕改洛爲雒，而又妄言漢變洛爲雒，以掩己紛更之咎，切自詭於復古。自謂至今，皆受其欺。’據此，汪、段二氏所説，信而有徵。”

③ 洞庭君山，《御覽》卷四十九《地部一四》引《博物志》作“君山洞庭之山是也”。洞庭，湖名，在今湖南省北部、长江南岸。君山，山名。在洞庭湖口，又名湘山。酈道元《水經注·湘水》：“湖（洞庭湖）中有君山”，“湘君之所游處，故曰君山矣”。

④ 湘夫人，《楚辭·九歌·湘君》“帝子降兮北渚”王逸注：“帝子，謂堯女也”，“言堯二女娥皇、女英隨舜不反，没於湘水之渚，因爲湘夫人”。“夫人”下，《御覽》卷四十九引有“帝女遣精衛至王母取西山之玉印印東海北山”十九字。

⑤ 湘君，湘水之神，所指説法不一。《史記》、劉向以爲即堯二女，舜妃。《史记·秦始皇本纪》：“上問博士曰：‘湘君何神？’博士對曰：‘聞之，堯女舜之妻而葬此。’”劉向《列女传·有虞二妃》：“舜陟方死於蒼梧，號曰重華。二妃死於江湘之間，俗謂之湘君。”一説湘水本有水神，謂之湘君。《楚辭·九歌·湘君》“君不行兮夷猶，蹇誰留兮中洲”王逸注：“君謂湘君……所留蓋謂此堯之二女也。”洪興祖補注：“逸以湘君爲湘水神，而謂留湘君於中洲者二女也。”郭璞則以爲湘君指天帝之女。《山海經·中山經》“洞庭之山……帝之二女居之”郭璞注：“天帝之二女而處江爲神也……按《九歌》湘君、湘夫人自是二神，江湘之有夫人，猶河洛之有虙妃也。此之爲靈與天地並矣，安得謂之堯女？”

⑥ “江陵”三句，《藝文類聚》卷六十二、《初學記》卷二十四引《博物志》“而”下有“唯”字，“木”作“梁”，“拱”作“共”，指海本並據改。士禮居本“拱”作“共”。范氏校證：“案杜甫《所思》詩‘一柱觀頭眠幾回’，宋郭知達《集注》引《渚宫故事》云：‘宋臨川王義慶代江夏王鎮江陵，於羅公洲上立觀甚大，而唯一柱。’《柳亭詩話》卷二十六云：‘《南史》：臨川王義慶於羅公洲造觀甚大，而惟一柱。’《博物志》曰在江陵。”劉孝標《寄劉之遴》詩：“經過一柱觀，出入三休臺。”按一柱觀在松滋縣，相傳爲魯班所造，俗呼木屐觀。據此，則此條疑非張華舊文，或者是周、盧注文之誤。

典禮考

6.24 三讓：一曰讓禮，[①]二曰固讓，三曰終讓。[②]

6.25 漢丞秦，[③]群臣上書皆曰"昧死言"。[④] 王莽盜位慕古，去"昧死"曰"稽首"，[⑤]光武因而不改。[⑥]

6.26 肉刑，明王之制，荀卿每論之。[⑦] 至漢文帝，[⑧]感太倉

---

① 讓禮，《御覽》卷四二四《人事部六五》引《博物志》作"禮讓"。四庫本"讓"作"辭"。禮讓，守禮謙讓。《論語·里仁》："能以禮讓爲國乎？何有？不能以禮讓爲國，如禮何？"邢昺疏："禮節民心，讓則不爭。"

② "固讓""終讓"，四庫本"讓"均作"辭"。

③ "漢丞"句，《御覽》卷五九四《文部一〇》引《博物志》"丞"作"承"，"秦"下有"法"字，指海本據以補正。四庫本"丞"亦作"承"。

④ 昧死言，底本於此分條，誤。此據士禮居本、指海本、四庫本、蔡邕《獨斷》文及張華此處文義，與下文合爲一條。蔡邕《獨斷》："漢承秦法，群臣上書，皆言昧死。王莽盜位，慕古法，去昧死曰稽首。光武因而不改，朝臣曰稽首頓首，非朝臣曰稽首再拜。"

⑤ "王莽"二句，士禮居本、四庫本"古"下有"法"字，無"去"字。《御覽》卷五九四引"古"下亦有"法"字，"去"作"改"，指海本依《御覽》。

⑥ "不改"下，《御覽》卷五九四引有"朝臣曰稽首輕宜稽首再拜"十一字，指海本據補。

⑦ "荀卿"句，《荀子·正論》："以爲人或觸罪矣，而直輕其刑，然則是殺人者不死，傷人者不刑也。罪至重而刑至輕，庸人不知惡矣，亂莫大焉。凡刑人之本，禁暴惡惡，且懲其未也。殺人者不死而傷人者不刑，是謂惠暴而寬賊也，非惡惡也。故象刑殆非生於治古，并起於亂今也。"又："昔者武王伐有商，誅紂，斷其首，縣之赤旆。夫征暴誅悍，治之盛也。殺人者死，傷人者刑，是百王之所同也，未有知其所由来者也。刑稱罪則治，不稱罪則亂。故治則刑重，亂則刑輕，犯治之罪固重，犯亂之罪固輕也。"

⑧ 至漢，士禮居本作"興漢"，《御覽》卷六四八《刑法部一四》引《博物志》作"漢興"。指海本依《御覽》。

公女之言而廢之。① 班固著論宜復。② 迄漢末魏初，陳紀又論宜申古制，③孔融云不可復。④ 欲申之，鍾繇、王朗不同，遂寢。⑤ 夏侯玄、李勝、曹羲、丁謐建私議，⑥各有彼此，多云時未可復，⑦故遂寢焉。⑧

---

① 太倉公女，指西漢齊太倉令淳于意之女緹縈。漢文帝因緹縈之言廢肉刑，事見《漢書・刑法志》。

② "班固"句，《御覽》卷六四八引"論"下有"云"字，"復"下有"之"字，指海本據補。《漢書・刑法志》："善乎，孫卿之論刑也！"又："所謂'象刑惟明'者，言像天道而作刑，安有菲屨赭衣者哉？孫卿之言既然，又因俗説而論之曰：禹承堯舜之後，自以德衰而制肉刑，湯武順而行之者，以俗薄於唐虞故也。今漢承衰周暴秦極敝之流，俗已薄於三代，而行堯舜之刑，是猶以鞿而御駻突，違救時之宜矣。"

③ "陳紀"句，漢末崔寔、鄭玄、陳紀等要求恢復肉刑，然"漢朝既不議其事，固無所用矣"，事見《晋書・刑法志》。

④ "孔融"句，《御覽》卷六四八引"云"作"謂"。四庫本"云不可"誤作"亦云可"。建安初年，荀彧建議曹操恢復肉刑，因孔融上書反對而作罷。事見《晋書・刑法志》。

⑤ "欲申"至"遂寢"，《御覽》卷六四八引"欲申"上有"魏武帝輔漢"五字。建安十八年，曹操有意恢復肉刑，御史中丞陳群、相國鍾繇贊成，然朝臣王朗、大司農郎中令王脩等人反對。事見《三國志・魏志》之《武帝紀》《陳群傳》《王脩傳》及《晋書・刑法志》《資治通鑒》。

⑥ 謐，原誤作"謚"，據四庫本、《御覽》卷六四八引改。

⑦ 云，原作"去"，形近而誤，此據士禮居本、指海本、四庫本改。《御覽》卷六四八引作"言"。

⑧ 寢，原作"逭"，此據四庫本、《御覽》卷六四八引、指海本改。

6.27 上公備物九錫：[①]一、大輅戎車各一，玄牡二駟。[②]二、衮冕之服，赤舄副之。[③] 三、軒懸之樂，六佾之舞。[④] 四、

---

① 上公，周制，三公（太师、太傅、太保）八命，出封時，加一命，稱上公。《周禮·春官·典命》："上公九命爲伯，其國家、宫室、車旗、衣服、禮儀皆以九爲節。"郑玄注："上公，謂王之三公有德者，加命爲二伯。二王之後亦爲上公。"贾公彦疏："案下文，三公八命，出封皆加一等。"漢制則僅以太傅为上公。《後漢書·百官志一》："太傅，上公一人。本注曰：掌以善導，無常職。"九錫，古代天子賜給諸侯、大臣的九種器物，是一種最高禮遇。《公羊传·莊公元年》"錫者何？賜也；命者何？加我服也"何休注："禮有九錫：一曰車馬，二曰衣服，三曰樂則，四曰朱户，五曰納陛，六曰虎賁，七曰宫矢，八曰鈇鉞，九曰秬鬯。"又参見《文选·潘勖〈册魏公九锡文〉》。

② "戎車"二字原無，此據《晋書·文帝紀》補，否則"各"字義不安。大輅，玉輅。《尚書·顧命》："大輅在賓階面。"孔傳："大輅，玉。"孔穎達疏："《周禮》巾車掌王之五輅：玉輅、金輅、象輅、革輅、木輅，是爲五輅也……大輅，輅之最大，故知大輅玉輅也。"《禮記·樂記》："所謂大輅者，天子之車也。"戎車，兵車。玄牡，黑色公馬。《晋書·輿服志》："舊儀，天子所乘駕六，是時無復六馬之乘，五路皆駕四而已，同用黑，是爲玄牡。"

③ 衮冕，《周礼·春官·司服》："王之吉服，祀昊天上帝則大裘而冕，祀五帝亦如之，享先王則衮冕……公之服，自衮冕而下，如王之服。"《國語·周語中》："棄衮冕而南冠以出，不亦簡彝乎。"韋昭注："衮，衮龍之衣也；冕，大冠也。公之盛服也。"赤舄，《詩經·豳風·狼跋》："公孫碩膚，赤舄几几。"毛傳："赤舄，人君之盛屨也。"

④ 軒懸，古代諸侯陳列樂器三面懸挂。《周禮·春官·小胥》："正樂縣之位，王宫縣，諸侯軒縣。"郑玄注："鄭司農云：'宫縣，四面縣。軒縣，去其一面……'玄謂軒縣去南面辟王也。"《三國志·吴志·吴主傳》："君化民以德，禮教興行，是用錫君軒縣之樂。"六佾，《左傳·隱公五年》："公問羽數於衆仲，對曰：'天子用八，諸侯用六……'公從之，於是初獻六羽，始用六佾也。"杜预注："六六三十六人。"孔穎達疏："何休説如此，服虔以用六爲六八四十八人。"《公羊传·隱公五年》《穀梁传·隱公五年》皆谓"天子八佾，諸公六佾，諸侯四佾"，説與《左傳》不同。

朱户以居。五、納陛以登。① 六、虎賁之士三百人。② 七、鈇鉞各一。③ 八、彤弓一，彤矢百，玈弓十，玈矢千。④ 九、秬鬯一卣，珪瓚副之。

樂考

6.28 漢末喪亂，無金石之樂，⑤魏武帝至漢中得杜夔舊法，⑥始復設軒懸鐘磬，⑦至於今用之於夔也。⑧

---

① 納陛，《漢書・王莽傳上》："朱户、納陛。"顔師古注引孟康："納，内也，謂鑿殿基際爲陛，不使露也。"一説，納陛爲致於殿兩階之間，便於上殿。見《文选・潘勖〈册魏公九锡文〉》"是用錫君納陛以登"五臣李周翰注。

② "虎賁"句，《尚書・〈牧誓〉序》："武王戎車三百兩，虎賁三百人，與受戰于牧野。"孔傳："勇士稱也。若虎賁獸，言其猛也。皆百夫長。"王引之《經義述聞・通説上》"虎賁"："謂《牧誓》之'虎賁'爲虎賁之卒，非《周禮・夏官》'虎賁氏'之官，故非'百夫長'也。'三百人'當爲'三千人'，因沿上文'三百兩'而誤。"王説甚是，《牧誓》序"三百"當作"三千"，《孟子・盡心下》作"虎賁三千人"。

③ 鈇鉞，《禮記・王制》："諸侯賜弓矢，然後征。賜鈇鉞，然後殺。"孔穎達疏："賜鈇鉞者，謂上公九命得賜鈇鉞，然後鄰國臣弑君、子殺父者，得專討之。"

④ 彤弓，朱漆弓。彤矢，朱漆箭。玈弓，黑弓。玈矢，黑箭。古代天子用以賜有功的諸侯或大臣，使專征伐。《尚書・文侯之命》："用賚爾秬鬯一卣，彤弓一，彤矢百。"孔傳："諸侯有大功，賜弓矢，然後專征伐。彤弓以講德習射，藏示子孫。"

⑤ "無"上，士禮居本、指海本有"绝"字。

⑥ "魏武"句，漢末魏初人。杜夔，擅長音律，集成復興前代古樂。被曹操任命为軍謀祭酒，參與太樂署之事，因令他創制雅樂。魏文帝曹丕黄初年間任太樂令、协律都尉。事見《三國志・魏志・杜夔傳》。

⑦ 復，原誤作"後"，據士禮居本、指海本、四庫本改。

⑧ 於夔，四庫本作"依夔"。范氏校證："張皋文校云：'"於夔"上當有一"受"字。'案張説是也。"

服飾考

6.29 漢末喪亂,絶無玉佩。始復作之。[①] 今之玉佩受於王粲。[②]

6.30 古者男子皆絲衣,有故乃素服。又有冠無幘,故雖凶事,皆著冠也。

6.31 漢中興,士人皆冠葛巾。建安中,[③]魏武帝造白帢,於是遂廢,唯二學書生猶著也。

器名考

6.32 寶劍名:鈍鈎、[④]湛盧、豪曹、魚腸、巨闕,五劍皆歐冶子所作;[⑤]龍泉、太阿、上市,[⑥]三劍皆楚王者風胡子因吴請

---

① 始復作之,此句義不全。《三國志·魏志·王粲傳》"時舊儀廢弛,興造制度,粲恒典之"裴注引摯虞《決疑要注》曰"始"上有"魏侍中王粲識舊珮"八字,指海本據補。

② "受"下,《三國志·魏志·王粲傳》裴注引《決疑要注》有"法"字。

③ 建安中,底本於此分條,且"中"誤作"巾"。此據士禮居本、四庫本改"巾"爲"中",據士禮居本、指海本、四庫本將上下合爲一條。

④ 鈍鈎,士禮居本、四庫本作"純鈎",似當是。純鈎,亦稱"純鈞",古寶劍名。《淮南子·修務訓》:"夫純鈞魚腸之始下型,擊則不能斷,刺則不能入。"袁康《越絶書·越絶外傳》:"歐冶乃因天之精神,悉其伎巧,造爲大刑三、小刑二:一曰湛盧,二曰純鈞,三曰勝邪,四曰魚腸,五曰巨闕。"《文選·左思〈吴都賦〉》:"吴鈎越棘,純鈞湛盧。"五臣劉良注:"純鈞、湛盧,二劍名也。"

⑤ 歐冶子,《吕氏春秋·贊能》:"得十良劍,不若得一歐冶。"

⑥ 龍泉、太阿、上市,士禮居本、指海本、四庫本"上"作"工"。《越絶書·外傳記寶劍》:"歐冶子、干將鑿茨山,泄其溪,取鐵英,作爲鐵劍三枚:一曰龍淵,二曰泰阿,三曰工布。"布,一本作"市"。據此,則"龍泉"當爲"龍淵","上"當作"工"。

干將、歐冶子作。[1] 干將陽龍文，[2]莫邪陰漫理，[3]此二劍吴王使干將作。莫邪，干將妻也。夫妻甚喜作劍也。[4]

6.33 赤刀，周之寶器也。[5]

物名考

6.34 古駿馬有飛兔、腰褭。[6]

6.35 周穆王八駿：赤驥、飛黄、白蟻、華騮、騄耳、騧騟、渠黄、盜驪。[7]

---

① "三劍"句，當有訛誤。底本原於"者"下分條，誤。指海本據《越絶書》改"者"作"令"。范氏校證以爲"者"當作"召"。風胡子，春秋楚國人，精於識劍、鑄劍。《御覽》卷三四三《兵部七四》引《越絶書》："楚王召風胡子而問之曰：'寡人聞吴有干將，越有歐冶子，此二人，寡人願賫邦之重寶皆以奉子，因吴王請此二人爲鐵劍，可乎？'風胡子曰：'善。'於是乃令風胡子之吴，見歐冶子、干將，使之爲鐵劍。歐冶子、干將鑿茨山，泄其溪，取其鐵英，爲鐵劍三枚：一曰龍淵，二曰太阿，三曰工市。"

② 干將，此爲寶劍名。龍，《楚辭·九懷·匡機》"竦余劍兮干將"洪興祖補注引《博物志》作"龜"，當是。趙曄《吴越春秋·闔閭内傳》："陽曰干將，陰曰莫耶，陽作龜文，陰作漫理。"龜文，龜背的紋理。

③ 莫邪，此指寶劍名。漫理，無規則的紋理。

④ "妻"下，四庫本有"作"字。

⑤ 赤刀，寶刀名。《尚書·顧命》："越玉五重，陳寶，赤刀、大訓、弘璧、琬琰在西序。"孔穎達疏："上言陳寶，非寶則不得陳之，故知赤刀爲寶刀也。"

⑥ 飛兔，亦作"飛菟"，腰褭，亦作"要褭"，均駿馬名。《吕氏春秋·离俗》："飛兔、要褭，古之駿馬也。"高誘注："飛兔、要褭，皆馬名也。日行萬里，馳若兔之飛，因以爲名也。"應瑒《馳射賦》："群駿籠茸於衡首，咸皆腰褭與飛菟。"

⑦ 八駿，具體説法不一。《穆天子传》卷一："天子之駿，赤驥、盜驪、白義、逾輪、山子、渠黄、華騮、緑耳。"郭璞注："八駿，皆因其毛色以爲名號耳。"此説有"山子"而無"飛黄"，"騧騟"作"逾輪"，與《列子·周穆王》同。范氏校證以爲"原文'騧騟'當乙作'騟騧'"。

6.36 唐公有驌驦。①

6.37 項羽有騅。周日用曰：曹公有流影，而吕有赤兔，皆後來有良駿也。②

6.38 周穆王有犬名耗，毛白。③

6.39 晉靈公有畜狗名獒。④

6.40 韓國有黑犬名盧。⑤

6.41 宋有駿犬曰誰。

6.42 犬四尺爲獒。

---

① 驌驦，《後漢書・馬融傳》："登於疏鏤之金路，六驌騻之玄龍。"李賢注："驌騻，馬名。《左傳》云，唐成公有兩驌騻馬。"今本《左傳・定公三年》："唐成公如楚，有兩肅爽馬，子常欲之。"杜預注："肅爽，駿馬名。"孔穎達疏："爽或作霜。賈逵云：'色如霜紈。'馬融説：'肅爽，雁也。其羽如練，高首而修頸，馬似之，天下稀有。'"《左傳》"唐"下有"成"字。

② "騅"下，《御覽》卷八九七《獸部九》引《博物志》有"馬"字。《史记・項羽本紀》："有美人名虞，常幸從；駿馬名騅，常騎之。""有良駿"，指海本無"有"字。

③ "周穆王"二句，范氏校證："案桂馥《札樸》卷三云：'張華《博物志》："周穆王有犬名耗。"案《玉篇》"耗"，力才、力次二切，強毛也。亦作氂絿。馥謂並當作斄，《説文》："斄，強曲毛，可以箸起衣，從氂省來聲。"'據此，則'耗'當作'斄'，'白'當作'曲'。"

④ "晉靈"句，士禮居本、指海本"畜"作"害"。錢熙祚校云："害，當作'周'，'周狗'見宣六年《公羊傳》。"《公羊传・宣公六年》："靈公有周狗，謂之獒。"何休注："周狗，可以比周之狗，所指如意。"《爾雅・釋獸》郭璞注引《公羊傳》則作"害狗"。范氏校證："周、害形近，故周誤爲害，害復以形近而訛爲畜。"獒，凶猛的狗。《左傳・宣公二年》："晉侯飲趙盾酒，伏甲，將攻之。其右提彌明知之……遂扶以下。公嗾夫獒焉，明搏而殺之。"杜預注："獒，猛犬也。"

⑤ 盧，《詩經・齊風・盧令》："盧令令，其人美且仁。"毛傳："盧，田犬。"陳奂傳疏："韓之田犬稱盧，義實本於《詩》之盧也。"劉向《説苑・善说》："韓氏之盧，天下疾狗也。"

6.43 張騫使西域還，乃得胡桃種。[①]

6.44 徐州人謂塵土爲蓬塊，[②]吴人謂跋跌。[③]

---

① “乃得”句，指海本作“得大蒜安石榴胡桃蒲桃胡葱苜蓿胡荽黄藍可作燕支也”。錢熙祚校云：“此上原本但云‘張騫使西域還乃得胡桃種’，餘並脱去。依《北户録注》補正，與《初學記》二十八、《御覽》九百九十六並合。又《雲麓漫鈔》一引《博物志》云‘黄藍，張騫所得’，即約此文。又《文選·閑居賦》注引《博物志》云：‘張騫使大夏，得石榴；李廣利爲貳師將軍，伐大宛，得蒲桃。’又與此文不同。”整理者按，《齊民要術》卷三《種蒜》引《博物志》有“張騫使西域，得大蒜、胡荽”，又卷十《果蓏》引《博物志》有“張騫使西域還，得安石榴、胡桃、蒲桃”條，也與此處文字不同，姑録於此，以備參考。

② 蓬塊，土塊，塵土。

③ “吴人”句，《藝文類聚》卷六《地部》引《博物志》“吴人謂”下有“塵土爲”三字，“跋跌”作“埃坱”。《御覽》卷三十七《地部二》引《博物志》“吴人謂”下有“塵”字，“跋跌”作“坺坱”。“跋跌”作“埃坱”當是，“坺”疑是“埃”字形訛。《説文·土部》：“坱，塵埃也。”段玉裁注：“塵者，鹿行土也。引申爲土飛揚之偁。坱者，塵埃廣大之貌也。”

博物志第七

晋張華撰

異聞

7.1 昔夏禹觀河，見長人魚身，出曰："吾河精。"豈河伯也？[①]

7.2 馮夷，華陰潼鄉人也，[②]得仙道，化爲河伯，[③]豈道同哉？仙夷乘龍虎，[④]水神乘魚龍，其行恍惚萬里如室。

7.3 夏桀之時，爲長夜宫於深谷之中，男女雜處，十旬

---

① 河伯，《莊子·秋水》："於是焉，河伯欣然自喜，以天下之美爲盡在己。"陸德明釋文："河伯姓馮，名夷，一名冰夷，一名馮遲……一云姓吕，名公子；馮夷是公子之妻。"

② 馮夷，《淮南子·齊俗訓》："馮夷得道，以潛大川。"高誘注："馮夷，河伯也。華陰潼鄉堤首里人也。服八石，得水仙。"

③ "得仙"二句，《御覽》卷一六四《州郡部一〇》引《博物志》作"得道水仙爲河伯"。《楚辭·九歌·河伯》洪興祖《補注》引作"得道成仙，化爲河伯"。范氏校證以爲"得仙道"當爲"得道成水仙"。

④ 仙夷，范氏校證："案'仙夷'，《説郛》本作'馮夷'，馮夷爲水神，不得云乘虎，且與下句水神重複，故不可從。當作仙人。"

不出聽政。[①]天乃大風揚沙，一夕填此宫谷。[②]又曰石室瑶臺，[③]關龍逢諫，桀言曰："吾之有民，如天之有日，日亡我則亡。"以爲龍逢爲妖言而殺之。其後山復於谷下及在上，[④]耆老相與諫，[⑤]桀又以爲妖言而殺之。

7.4 夏桀之時，費昌之河上，見二日，在東者爛爛將起，在西者沉沉將滅，若疾雷之聲。昌問於馮夷曰："何者爲殷？何者爲夏？"馮夷曰："西夏東殷。"於是費昌徙疾歸殷。[⑥]

7.5 武王伐紂，至盟津，渡河，大風波。武王操戈秉麾麾之，[⑦]風波立霽。

7.6 魯陽公與韓戰酣而日暮，援戈麾之，[⑧]日反三舍。[⑨]

---

① 十旬，《藝文類聚》卷九《水部下》引《博物志》作"三旬"，《御覽》卷五十四、卷八十七、卷一七三引同。

② 宫，士禮居本作"空"。

③ 曰，指海本作"爲"，錢熙祚校云："爲原誤作曰，《繹史》十四引不誤。"

④ 山復於谷下及在上，四庫本作"復于山谷下作宫在上"。及，士禮居本、指海本作"反"。四庫本於義爲長，言夏桀又在山谷下築宫殿。

⑤ 與，原誤作"興"，據士禮居本、指海本、四庫本改。

⑥ 疾，士禮居本、指海本、四庫本並作"族"。

⑦ 戈，《御覽》卷三四一《兵部七二》引《博物志》作"鉞"。當是。《尚書·牧誓》："王左杖黄钺，右秉白旄以麾。"《史記·周本紀》："武王左杖黄鉞，右秉白旄，以麾。"《説文·戉部》"戉"字下引《司馬法》曰："夏執玄戉，殷執白戚，周左杖黄戉，右秉白髦。"范氏校證："《説文》引作'戉'，易訛成'戈'。"

⑧ "援戈"句，原作"授戈麾之日"。此據士禮居本、指海本、四庫本改"授"作"援"，并删"日"字。《淮南子·覽冥訓》："魯陽公與韓構難，戰酣日暮，援戈而撝之，日爲之反三舍。"是其證。

⑨ 三舍，《史記·律書》："七正二十八舍……舍者，日月所舍。"司馬貞索隱："二十八宿，七正之所舍也。舍，止也……言日月五星運行，或舍於二十八次之分也。"《文選·郭璞〈游仙詩〉之四》："愧無魯陽德，迴日向三舍。"李善注引許慎曰："二十八宿，一宿爲一舍。"

7.7 太公爲灌壇令,[①]文王夢婦人當道夜哭,[②]問之,[③]曰:"吾是東海神女,嫁於西海神童。[④] 今灌壇令當道,廢我行。我行必有大風雨,而太公有德,吾不敢以暴風雨過,[⑤]是毁君德。"[⑥]文王明日召太公,[⑦]三日三夜,[⑧]果有疾風暴雨從太公邑外過。

7.8 晉文公出,大蛇當道如拱。文公反修德,使吏守蛇。吏夢天殺蛇,[⑨]曰:"何故當聖君道!"覺而視蛇,則自死也。

---

① "太公"句,《廣記》卷二九一、《御覽》卷一九五《居處部二二》、卷四八七《人事部一二八》引《博物志》"太公"上並有"文王以"三字。《御覽》卷二〇九《職官部七》引《博物志》"太公"下有"望"字。《御覽》卷二六八引"令"下有"期年風不鳴條"六字,當據補。卷一九五引"期"作"其"。太公,即太公望呂尚。事見《史記·齊太公世家》。灌壇,當爲地名。鳴條,風吹樹枝發聲。《古文苑》卷十一引董仲舒《雨雹對》:"太平之世,則風不鳴條,開甲散萌而已。"

② 文,原作"武",此據《御覽》卷二〇九、二六八、三九七引改。《廣記》卷二九一引亦云"文王"。"婦人"下,《廣記》卷二九一、《御覽》卷一九五、二六八引並有"甚麗"二字,《御覽》卷四八七引"麗"作"美"。

③ 問之,《御覽》卷一九五引作"問其故"。

④ "吾是"二句,《御覽》卷一九五"東海神女"作"東山女",又卷四八七引作"東太山女",又卷三九七《人事部三八》引作"太岳之女",《廣記》卷二九一、《御覽》卷二六八引作"東海太山神女"。神童,《御覽》卷三九七引作"婦"。范氏校證:"案東海神女當作泰山或東山神女,西海神童當作東海神童。《搜神記》卷四作'吾泰山(《御覽》卷百九十五引作東山)之女,嫁爲東海婦'。《太平御覽》卷四十五引《趙記》曰:'每歲有疾雹雨,東南而行。俗傳此山(飛龍山)神女爲東海婦。'是其證。"

⑤ "風"下,《御覽》卷二六八引有"疾"字。

⑥ "是毁"句,《御覽》卷十《天部十》引《博物志》"是"上有"大風疾雨"四字,"君德"作"君子之德","德"下有"也"字。

⑦ 文,原作"武",此據《廣記》卷二九一、《御覽》卷二六八引改。又《廣記》卷二九一、《御覽》卷二六八引"王"下有"夢覺"二字。

⑧ 三夜,《御覽》卷二〇九、二六八引並無此二字。

⑨ "吏夢"句,《廣記》卷二九一《神一》引《博物志》"吏"上有"守蛇"二字,"天"下有"使"字。

7.9 齊景公伐宋，過泰山，夢二人怒。公謂太山之神，[①]晏子謂宋祖湯與伊尹也。[②] 爲言其狀：湯皙容多髮，[③]伊尹黑而短，即所夢也。景公進軍不聽，軍鼓毀，公怒散軍伐宋。[④]

7.10《徐偃王志》云：徐君宮人娠而生卵，[⑤]以爲不祥，棄之水濱。獨孤母有犬名鵠蒼，獵於水濱，得所棄卵，銜以東歸。[⑥] 獨孤母以爲異，覆暖之，遂蟵成兒，生時正偃，[⑦]故以爲名。徐君宮中聞之，乃更録取。長而仁智，襲君徐國。後鵠蒼臨死生角而九尾，實黄龍也，偃王又葬之徐界中，今見狗

---

① 山，原作"公"，誤，據士禮居本、指海本改。《晏子春秋・内篇諫上・景公將伐宋夢二丈夫立而怒晏子諫》："公疑，以爲泰山神。"《廣記》卷二九一《神一》引《物異志》："公恐，謂泰山之神。"均是其證。

② 祖，原作"柏"，據士禮居本、四庫本、指海本改。《晏子春秋・内篇諫上・景公將伐宋夢二丈夫立而怒晏子諫》："晏子俯有間，對曰：'占夢者不識也，此非泰山之神，是宋之先湯與伊尹也。'"晏子，晏嬰，春秋齊國賢臣，仕靈公、莊公、景公三朝。宋祖湯，即商湯。武王滅商後將商之後裔分封於宋，故稱湯爲宋祖。伊尹，商初大臣，曾佐湯滅夏桀。

③ 髮，《晏子春秋・内篇諫上・景公將伐宋夢二丈夫立而怒晏子諫》："湯質皙而長，顔以髯。"《廣記》卷二九一引《物異志》："湯皙容多髭鬚。"范氏校證據此以爲"髮"當作"鬚"。

④ "公怒"句，四庫本作"乃散師不果伐"。《論衡・死僞》："晏子曰：'夫汤、太甲、武丁、祖己，天下之盛君也，不宜無後。今唯宋耳，而公伐之，故湯、伊尹怒。請散師和於宋。'公不用，終伐宋，軍果敗。"《廣記》卷二九一引《物異志》作"公恐，乃散軍不伐宋"。《晏子春秋・内篇諫上・景公將伐宋夢二丈夫立而怒晏子諫》："鼓毀將殪。公乃辭乎晏子，散師，不果伐宋。"據此，"怒"似當作"恐"，"伐"上當有"不"或"不果"。

⑤ 徐偃王志，《水經注・濟水》亦載此事，云出自張華《博物志》所録劉成國《徐州地理志》。徐君，周穆王時徐國國君。

⑥ "獨孤母有"四句，士禮居本、指海本、《水經注・濟水》、《御覽》卷三六〇《人事部一》引《博物志》"東"均作"來"。

⑦ "獨孤母以"四句，蟵，四庫本作"沸"。范氏校證："當作'烰'。《说文》：'烰，烝也。'其本字應爲'孚'，從爪子。徐鍇曰：'鳥袌恒以爪反覆其卵也。'是其證。"

嬰。[①] 偃王既其國，[②]仁義著聞，欲舟行上國，乃通溝陳、蔡之間，得朱弓矢，以己得天瑞，遂因名爲弓，[③]自稱徐偃王。江淮諸侯皆伏從，伏從者三十六國。周王聞，[④]遣使乘騆一日至楚，使伐之。偃王仁，不忍聞言其民，爲楚所敗，[⑤]逃走彭城武原縣東山下，百姓隨之者以萬數。後遂名其山爲徐山，山上立石室，有神靈，民人祈禱，今皆見存。

7.11 海水西，[⑥]夸父與日相逐走，渴，飲水河渭。[⑦] 不足，北飲大澤，未至，渴而死。棄其策杖，化爲鄧林。

7.12 澹臺子羽渡河，齎千金之璧于河。[⑧] 河伯欲之，至

---

① "偃王"二句，四庫本"又"作"乃"，"見"作"云"。《御覽》卷三六〇引無"又"字。嬰，原誤作"襲"，據《水經注·濟水》、《御覽》卷三六〇引改，四庫本亦作"嬰"。

② 既，《水經注·濟水》、《御覽》卷七十五《地部四〇》引作"治"。四庫本"既"下有"主"字。《御覽》卷三四七《兵部七八》引"既"下有"治"字。

③ 弓，《水經注·濟水》、《御覽》卷三四七引作"號"，是。蓋"號"簡寫爲"号"，又因形近並涉上文誤爲"弓"。

④ "聞"下，四庫本、《水經注·濟水》有"之"字。

⑤ 聞言，四庫本作"鬥害"，當是。《水經注·濟水》此句作"偃王愛民，不鬥，遂爲楚敗"。

⑥ 海水西，四庫本無此三字，有"昔"字。《山海經·海外北經》："博父國，在聶耳東……鄧林在其東。"范氏校證據此以爲"海水西"當作"北海外"或"博父西"。

⑦ 水，四庫本作"於"，與《山海經·海外北經》同。渭，原誤作"謂"，據《山海經·海外北經》改。《列子·湯問》亦作"渭"。

⑧ "澹臺"二句，《御覽》卷九三〇《鱗介部二》引《博物志》作"澹臺子羽齎千金之璧渡河"，當據正。澹臺子羽，名滅明，字子羽。孔子弟子。《史記·仲尼弟子列傳》："(澹臺滅明)狀貌甚惡。欲事孔子，孔子以爲材薄。既已受業，退而修行，行不由徑，非公事不見卿大夫。南游至江，從弟子三百人，設取予去就，名施乎諸侯。孔子聞之，曰：'吾以言取人，失之宰予；以貌取人，失之子羽。'"齎，携帶。

陽侯波起，[1]兩鮫挾船。[2] 子羽左摻璧，[3]右操劍，擊鮫皆死。既渡，三投璧于河伯，河伯躍而歸之，[4]子羽毁而去。[5]

7.13 荆軻字次非。[6] 渡，鮫夾船，[7]次非不奏，[8]斷其頭，而風波静除。周日用曰：余嘗行經荆將軍墓，墓與羊角哀冢鄰。若安伯施云爲荆將軍所伐，乃在此也。其地在苑陵之源，求見其墓碑，將軍名乃作次飛字也。[9]

---

① "至"下，四庫本有"中流"二字。陽侯，古代傳説中的波濤之神。《淮南子·覽冥訓》："武王伐紂，渡於孟津，陽侯之波，逆流而擊。"高誘注："陽侯，陵陽國侯也。其國近水，墮水而死，其神能爲大波，有所傷害，因謂之陽侯之波。"

② 挾，《御覽》卷九三〇引作"夾"。

③ 摻，士禮居本、指海本、四庫本、《御覽》卷九三〇引作"操"。

④ "躍"上，《御覽》卷九三〇引有"三"字。

⑤ "毁"下，《水經注·河水五》、《御覽》卷九三〇引有"璧"字。

⑥ "荆軻"句，范氏校證："案周日用注云：'次非，荆軻將軍墓碑作次飛。'與《吕氏春秋·知分篇》同。惟《太平御覽》卷九百三十引作'佽飛'，《淮南·道應篇》作'佽非'。全祖望《書黄太傅墓碑陰》：'佽非本作兹非，其後兹編爲佽，而非亦通於飛。'宋王楙《野客叢書》卷十五曰：'近有好用古字者，書是非爲氏飛……書非爲飛者如漢碑所謂飛陶唐，其若是乎？此氏飛字之所據也。'敦煌殘本《昭君變文(P2553)》有句云：'三邊走馬傳胡命，萬里非書奏漢王。'亦書'非'作'飛'。據此，則非、飛古通用。"

⑦ 渡鮫夾船，《御覽》卷九三〇《鱗介部二》引《博物志》"渡"下有"江"字，"鮫"作"蛟"，上有"兩"字，"夾"下有"其"字。四庫本"渡"下有"河"字，"鮫"作"蛟"。

⑧ 不奏，不辭，四庫本作"不走"，亦誤。《御覽》卷九三〇引作"下劍盡"，指海本據改，錢校云："'下劍'原誤'不奏'，又脱'盡'字。"

⑨ 此注文士禮居本、指海本、四庫本"若"並作"昔"。士禮居本、指海本"施云"作"旇左"。四庫本"求"作"曾"，"乃作"下有"軻"字，"飛"作"非"。羊角哀，傳説爲春秋燕人，與左伯桃爲友，聞楚王善待士，同赴楚，值雨雪粮少，伯桃遂并衣食與哀，入樹中死，哀獨行仕楚，顯名當世，啓樹發伯桃尸，以上卿禮厚葬。後哀夢伯桃曰："蒙子之恩獲厚葬，正苦荆將軍冢相近，今月十五日當大戰以決勝負。"哀至期日，陳兵馬至其冢，作三桐人，自殺以從伯桃。事見《三國志·申屠剛傳》"布衣相與，尚有没身不負然諾之信，況於萬乘者哉"李賢注引《烈士傳》。原注"安伯施云"或"安伯旇左"似當爲"左伯桃"之誤。

7.14 東阿王勇士有菑丘訢,[①]過神淵,使飲馬,馬沉。訢朝服拔劍,[②]二日一夜,[③]殺二蛟一龍而出。雷隨擊之,[④]七日夜,[⑤]眇其左目。

7.15 漢滕公薨,[⑥]求葬東都門外,公卿送喪。[⑦] 駟馬不行,蹋地悲鳴,[⑧]跑蹄下地得石。[⑨] 有銘曰:"佳城鬱鬱,三千年見白日,吁嗟滕公居此室。"遂葬焉。[⑩]

7.16 衛靈公葬,得石槨,銘曰:"不逢箕子,靈公奪我里。"[⑪]

7.17 漢西都時,南宫寢殿内有醇儒王史威長死,葬銘

---

① "東阿"句,《韓詩外傳》卷十、《御覽》卷九三〇《鱗介部二》引《博物志》"阿王"作"海上","蕃"作"菑",指海本據改。

② "朝服"上,《韓詩外傳》卷十有"去"字,當據補。

③ "二日"上,四庫本、《御覽》卷九三〇引有"入水"二字,當據補。二日一夜,《韓詩外傳》卷十、《御覽》卷九三〇引並作"三日三夜"。

④ "雷"下,《韓詩外傳》卷十有"神"字,《御覽》卷九三〇引有"電"字。

⑤ 七日夜,《韓詩外傳》卷十作"十日十夜",《御覽》卷九三〇引作"七日七夜"。

⑥ "漢滕"句,《藝文類聚》卷四十《禮部下》、《御覽》卷五五六《禮儀部三五》並引《博物志》"公"下有"夏侯嬰"三字,《藝文類聚》"薨"作"死"。《西京雜記》卷四:"滕公駕至東都門,馬鳴,跼不肯前,以足跑地久之。滕公使士卒掘馬所跑地,入三尺所,得石槨。滕公以燭照之,有銘焉……曰:'佳城鬱鬱,三千年見白日。吁嗟滕公居此室!'滕公曰:'嗟乎,天也! 吾死其即安此乎?'死遂葬焉。"所記與此不同。

⑦ "求葬"二句,《藝文類聚》卷四十引作"公卿送葬至東都門外",《御覽》卷五五六引略同,唯"都"作"郭"。求,四庫本作"出"。

⑧ 蹋,《藝文類聚》卷四十引作"踣",《御覽》卷五五六引作"掊",《史記·樊酈滕灌列傳》"八歲卒,謚爲文侯"司馬貞索隱引《博物志》作"踣"。

⑨ "跑蹄"句,《御覽》卷五五六引作"即掘馬蹄下得石槨"。《西京雜記》卷四云"以足跑地久之,滕公使士卒掘馬所跑之地"。《史記·樊酈滕灌列傳》"八歲卒,謚爲文侯"司馬貞索隱引《博物志》"石"下亦有"槨"字。范氏校證:"本條應作'以足跑地,掘馬蹄下地,得石槨,有銘'。"

⑩ 遂葬焉,《御覽》卷五五六引作"乃葬所地",下有"故謂之馬冢焉"六字。

⑪ "不逢"二句,《莊子·則陽》作:"不馮其子,靈公奪而里之。"

曰:“明明哲士,知存知亡。崇隴原亹,非寧非康。①不封不樹,②作靈乘光。厥銘何依,③王史威長。”

7.18 元始元年,中謁者沛郡史岑上書,訟王宏奪董賢璽綬之功。④靈帝光和元年,⑤遼西太守黄翻上言:⑥海邊有流屍,露冠絳衣,⑦體貌完全,使翻感夢云:⑧“我伯夷之弟,孤竹君之子也。⑨海水壞吾棺槨,求見掩藏。”民有襁褓視皆無疾而卒。⑩

7.19 漢末關中大亂,有發前漢時冢者,人猶活。⑪既出,

---

① “崇隴”二句,言葬在崇高的陵丘和美麗的原野並不能帶來康寧。原亹,四庫本作“高原”。亹,美。

② “不封”句,《周易·繫辭下》:“古之葬者,厚衣之以薪,葬之中野,不封不樹。”孔穎達疏:“不積土爲墳,是不封也。”《禮記·王制》:“庶人縣封,葬不爲雨止,不封不樹,喪不貳事。”孔穎達疏:“庶人既卑小,不須顯異,不積土爲封,不標墓以樹。”

③ 依,士禮居本、指海本作“伊”。

④ 士禮居本於“之功”下分條。訟,頌揚。王宏奪董賢璽綬之功,王宏,《後漢書》作“王閎”,王莽叔父之子,哀帝時任中常侍。哀帝臨死,以皇帝印綬託付倖臣大司馬董賢。王閎以國無嗣主,便仗劍脅迫董賢交出印綬,上交太后,朝廷壯之。事見《後漢書·王閎傳》。

⑤ 光和,原誤作“和光”。漢靈帝年號無“和光”,有“光和”,光和元年當公元178年。《御覽》卷五四九《禮儀部二八》引《博物志》正作“光和”。

⑥ “遼西”句,《水經注·濡水》:“漢靈帝時,遼西太守廉翻夢人謂己曰:‘余孤竹君之子,伯夷之弟,遼海漂吾棺槨,聞君仁善,願見藏覆。’”《文選·桓温〈薦譙元彦表〉》“管寧之默遼海”李善注引《博物志》:“廉翻夢人謂己曰:‘余孤竹君之子,遼海漂吾棺槨也。”據此,“黄翻”似當爲“廉翻”。

⑦ 露冠,疑即“露冕”,隐者所戴的一種便帽。

⑧ “使翻”句,《御覽》卷五四九引“使”作“令”,無“翻”字。

⑨ “之子”二字原無。《史記·伯夷列傳》:“伯夷、叔齊,孤竹君之二子也。”又據《水經注·濡水》、《文選·桓温〈薦譙元彦表〉》李善注,“孤竹君”下當有“之子”二字,今據補。

⑩ 皆,四庫本作“者”。卒,士禮居本、指海本作“亡”。

⑪ “有發”二句,《御覽》卷五五八《禮儀部三七》、卷八八七《妖異部三》並引《博物志》、《搜神記》卷一五、《後漢書·五行志五》“便發出,遂活”劉昭注引《博物記》“冢”上有“宫人”二字,“人”上有“宫”字,指海本據《御覽》補。四庫本“人”上亦有“宫”字。

平復如舊。魏郭后愛念之,[①]録著宫内,常置左右,[②]問漢時宫中事,説之了了,皆有次序。后崩,哭泣過禮,遂死焉。[③]

7.20 漢末,發范明友冢,[④]奴猶活。明友,霍光女婿。説光家事,[⑤]廢立之際,多與《漢書》相似。[⑥] 此奴常游走於民間,[⑦]無止住處,今不知所在。或云尚在,余聞之於人,可信而目不可見也。

7.21 大司馬曹休所統中郎謝璋部曲義兵奚儂恩女,[⑧]年四歲,病没故,[⑨]埋葬五日復生。太和三年,[⑩]詔令休使父母

---

① 魏郭后,魏文帝郭皇后。

② "録著"二句,《搜神記》卷十五、《後漢書·五行志五》劉昭注引《博物記》"著"作"置","置"作"在"。

③ "后崩"三句,《搜神記》卷十五、《後漢書·五行志五》劉昭注引《博物記》"后"上有"郭"字,無"焉"字。又《搜神記》卷十五"禮"作"哀",《後漢書·五行志五》劉昭注引《博物記》"過禮"作"哀過"。

④ 明友,原作"友明",四庫本、《後漢書·五行志五》"便發出,遂活"劉昭注引《博物記》、《御覽》卷五五八《禮儀部三七》引《博物志》並作"明友",下同。整理者按作"明友"是,今據改,下同。《漢書·霍光傳》載霍光女婿爲范明友,可證。"奴"字原無,《後漢書·五行志五》劉昭注引《博物記》有"奴"字,今據補。

⑤ "説光"句,《御覽》卷五五八引"説"作"記言",上有"奴"字。

⑥ 似,士禮居本、指海本、《御覽》卷五五八引、《後漢書·五行志五》劉昭注引《博物記》並作"應"。

⑦ 於,《後漢書·五行志五》劉昭注引《博物記》作"居"。

⑧ "大司馬"句,《御覽》卷八八七《妖異部三》引《博物志》"大"上有"魏"字,"中郎"下有"將"字,"璋"作"漳","恩"作"息"。士禮居本、指海本、四庫本"恩"亦作"息",當是。《御覽》所引下文有"儂妻",可見該兵士名"儂",而非"儂恩"。又"中郎"下有"將"字是,中郎爲官署名,中郎將方爲中郎署長官。曹休,曹操之侄,《三國志·魏志》有傳。

⑨ 没,士禮居本、指海本作"歿",四庫本作"疫",《御覽》卷八八七引作"死"。

⑩ 太和,魏明帝年號,公元227～233年。"三年"下,《御覽》卷八八七引有"七月"二字。

同時送女來視。[①] 其年四月三日病死,[②]四日埋葬。至八日,同墟入采桑,聞兒生活,[③]今能飲食如常。

7.22 京兆都張潛客居遼東,還後爲駙馬都尉、關内侯。表言故爲諸生,太學時,聞故太尉常山張顥爲梁相。[④] 天新雨後,有鳥如山鵲,飛翔近地。市人擲之,稍下墮,民爭取之,即爲一員石。[⑤] 言縣府,顥令搥破之,得一金印,文曰"忠孝侯印"。顥表上之,藏於官庫。[⑥] 後議郎汝南樊行夷校書東觀,[⑦]表上言:"堯舜之時,舊有此官,今天降印,宜可復置。"

7.23 孝武建元四年,[⑧]天雨粟。孝元竟寧元年,[⑨]南陽陽郡雨穀,[⑩]小者如黍粟而青黑,味苦,大者如大豆,赤黄,味如麥。下三日,生根葉,狀如大豆初生時也。

7.24 代城始築,立板幹,一旦亡,西南四五十板於澤中

---

① "詔令"句,《御覽》卷八八七引"同時"作"持","視"下有"之"字。

② "病死"上,四庫本有"復"字。

③ "同墟"二句,《御覽》卷八八七引"入"作"人","兒"下有"啼聲即語儂妻往發視兒"十字,當據補。

④ 梁相,《搜神記》卷九作"梁州牧"。

⑤ 員,士禮居本、指海本、《搜神記》卷九、《御覽》卷六八三《儀式部四》引《博物志》並作"圓"。

⑥ 官庫,《搜神記》卷九、《御覽》卷六八三引作"秘府"。

⑦ 行夷,《搜神記》卷九作"衡夷",《御覽》卷六八三引作"行",無"夷"字。

⑧ 建元,漢武帝年號,公元前 140～前 135 年。

⑨ 竟,原誤作"景",據四庫本、《御覽》卷八三七《百穀部一》引《博物志》改。漢元帝年號有竟寧,元年爲公元前 33 年,無景寧。

⑩ 南陽陽郡,士禮居本、指海本作"南陽郡都",四庫本作"南陽郡中",《御覽》卷八三七引作"南陽山都"。范氏校證:"檢《漢書・地理志》南陽郡下無陽郡之名,但有山都,當據《御覽》改。"

自立,[①]結草爲外門,[②]因就營築焉。故其城直周三十七里,[③]爲九門,故城處爲東城。[④]

① 四五十板,《御覽》卷一九二《居處部二〇》引《博物志》作"五十里"。整理者按下文云"其城直周三十七里","故城處爲東城",據此似當以《御覽》所引爲是。

② "結草"句,《御覽》卷一九二引"草"作"葦",無"外"字。

③ "故其"句,《御覽》卷一九二引無"故"字,"直"作"圓"。

④ 爲,《御覽》卷一九二引作"呼曰"二字。

博物志第八

晋張華撰

史補

8.1 黄帝登仙,[1]其臣左徹者削木象黄帝,[2]帥諸侯以朝之。七年不還,[3]左徹乃立顓頊。左徹亦仙去也。

8.2 堯之二女,舜之二妃,[4]曰湘夫人。舜崩,二妃啼,以涕揮竹,竹盡斑。[5]

---

① "黄帝"句,《史記·封禪書》:"黄帝采首山銅,鑄鼎於荆山下。鼎既成,有龍垂胡髯下迎黄帝。黄帝上騎,群臣後宫從上者七十餘人,龍乃上去。餘小臣不得上,乃悉持龍髯,龍髯拔,墮,墮黄帝之弓。百姓仰望黄帝既上天,乃抱其弓與胡髯號。故後世因名其處曰鼎湖,其弓曰烏號。"

② 左徹,傳爲黄帝臣,事迹見《竹書紀年》《路史》等。

③ "七年"句,范氏校證:"案《三洞群仙録》卷二十引《仙傳拾遺》'七年'下有'黄帝'二字。"

④ "堯之"二句,士禮居本作"帝之二女,堯之二女也"。《藝文類聚》卷八十九《木部下》引《博物志》"堯"上有"洞庭之山"四字。《御覽》卷九六三《竹部二》引有"洞庭"二字,"堯"作"虞帝"。二女,劉向《列女传·有虞二妃》:"有虞二妃者,帝堯之二女也,長娥皇,次女英。"可見《御覽》"堯"作"虞帝"誤。《山海經·中山經》:"洞庭之山……帝之二女居之。"范氏校證以爲"二妃"下當有"居之"二字。

⑤ "斑"下,《藝文類聚》卷八十九、《御覽》卷九六三引並有"今下雋有班皮竹"七字。《分門集註杜工部詩》卷十六《奉先劉少府新畫山水障歌》引《博物志》:"舜死,二妃淚下,染竹即班,死爲湘水神,故曰湘妃。"文字與此不同。

8.3 處士東里塊責禹亂天下事,①禹退作三城。② 強者攻,弱者守,敵者戰,③城郭蓋禹始也。④

8.4 太姒夢見商之庭產棘,⑤乃小子發取周庭梓樹樹之子闕閒,⑥梓化爲松柏棫柞。覺驚,以告文王。文王曰:"慎勿言。冬日之陽,夏日之陰,⑦不召而萬物自來。天道尚左,日月西移;地道尚右,水潦東流。天不享於殷,自發之未生,於

---

① 里,原作"鬼",《漢魏叢書》本、《御覽》卷一九二《居處部》、又卷三二〇《兵部五一》、又卷三三五《兵部六六》引並作"里",今據改。塊,四庫本作"槐",《御覽》卷三二〇引作"魂",又卷三三五引作"愧",未詳孰是。

② 城,原作"章",《藝文類聚》卷六十三《居處部三》引《博物志》、《御覽》卷一九二、卷三二〇、卷三三五引並作"城"。整理者按揣摩下文,當以作"城"爲是,據改。

③ "敵"下原無"者"字,據《藝文類聚》卷六三、《御覽》卷一九二、卷三二〇、卷三三五引補。

④ 蓋,《藝文類聚》卷六十三引作"自"。

⑤ 太姒,《史记·管蔡世家》:"武王同母兄弟十人,母曰太姒,文王正妃也。"

⑥ 子闕閒,《藝文類聚》卷七七九《靈異部下》引《逸周書》作"於闕",又卷八九《木部下》,《御覽》卷五三三《禮儀部一二》引《逸周書·程寤》並作"於闕間",《御覽》卷三九八《人事部三九》引《逸周書》作"乎闕間"。據此,"子闕閒"當作"于闕間",蓋"于""間"均因形近分別誤作"子""閒"。四庫本正作"于闕間"。

⑦ 陰,原作"餘",指海本依《逸周書·大聚》改作"陰",今從之。四庫本亦作"陰"。

今六十年。[1] 夷羊在牧，[2] 飛鴻滿野，[3] 日之出地，無移照乎？[4]”

8.5 武王伐殷，舍於幾，[5] 逢大雨焉。衰興三百，[6] 乘甲三千，[7] 一日一夜，行三百里以戰於牧野。

---

① 未，原作“夫”，據士禮居本、指海本改。“六”字原無，指海本據《逸周書·度邑》於“十”上補“六”字，今從之。《史記·周本紀》：“維天不饗殷，自發未生於今六十年。”是其證。六十年，指從紂之父帝乙至武王伐紂這段時間。《周本紀》張守節正義：“於今六十年，從帝乙十年至伐紂年也。”

② 夷，原作“禹”。指海本依《逸周書》作“夷”，四庫本亦作“夷”，今從之。《國語·周語上》：“商之興也，檮杌次於丕山；其亡也，夷羊在牧。”是其證。夷羊，指神獸、怪獸。《周語上》韋昭注：“夷羊，神獸。牧，商郊牧野。”《史记·周本纪》“麋鹿在牧”裴駰集解引晋徐廣曰：“此事出《周書》及《隨巢子》，云‘夷羊在牧’。牧，郊也。夷羊，怪物也。”一説，夷羊即土神。《淮南子·本經訓》：“江河三川，絶而不流。夷羊在牧，飛蛩滿野。”高誘注：“夷羊，土神。殷之將亡，見於商郊牧野之地。”牧，即牧野，地名，在今河南淇縣南，武王伐紂之地。

③ “飛”上，原有“水潦東流天下”六字，此據指海本刪。《史記·周本紀》亦無此六字。飛鴻，飛蟲名。《史記·周本紀》“蜚鴻滿野”司馬貞索隱：“按高誘曰‘蜚鴻，蠛蠓也’。言飛蟲蔽田滿野，故爲災，非是鴻雁也。”張守節正義：“蜚音飛，古‘飛’字也。……麋鹿在牧，喻讒佞小人在朝位也。飛鴻滿野，喻忠賢君子見放弃也。言紂父帝乙立後，殷國益衰，至伐紂六十年間，諂佞小人在於朝位，忠賢君子放遷於野。故《詩》云‘鴻雁于飛，肅肅其羽，之子于征，劬勞于野’。”

④ 移照，易地而照，喻陽光從殷轉移到周。又“日之”二句四庫本作“命之在周其信然乎”，與此不同，未詳何據。整理者按，此條内容均出自《逸周書》，自“天不享於周”至“飛鴻滿野”，又見於《史記·周本紀》，是武王伐紂之後對周公旦所講，而此條移爲文王之語。錢熙祚校云：“此合《周書》四篇語爲一條，張華不應有此巨謬，疑爲後人删併。然文理又似相屬，何也？”

⑤ 幾，四庫本作“畿”。《荀子·儒效》：“武王之诛纣也……朝食於戚，暮宿於百泉，厭旦於牧之野。”楊倞注引《左傳·文公元年》杜預注：“戚，衛邑。”范氏校證據此以爲“幾”當作“戚”。

⑥ 衰，《漢魏叢書》本作“率”，士禮居本、指海本作“乘”，四庫本作“革”。《史記·周本紀》：“遂率戎車三百乘，虎賁三千人，甲士四萬五千人，以東伐紂。”范氏校證據此以爲“衰”宜作“乘”。

⑦ 乘，《淮南子·本經訓》：“武王甲卒三千，破紂牧野。”范氏校證據此以爲“乘”當作“卒”。

8.6 成王冠，周公使祝雍，[①]曰：“辭達而勿多也。”祝雍曰：“近於民，遠於佞，近於義，[②]嗇於時，惠於財，任賢使能。”[③]“陛下擒顯先帝光耀，以奉皇天之嘉祿，[④]欽順仲壹之言曰。[⑤]遵並大道，郊域康阜，萬國之休靈，始明元服。[⑥]推遠童稚之幼志，弘積文武之就德，肅勤高祖之清廟。[⑦]六合之内，靡不蒙德，歲歲與天無極。”[⑧]右孝昭用成王冠辭。[⑨]

8.7《止雨祝》曰：天生五穀，以養人民。今天雨不止，用傷五穀，如何如何，靈而不幸，殺牲以賽神靈。[⑩]雨則不止，

---

① “雍”下，《大戴禮記·公冠》《説苑·修文》有“祝王”二字，指海本據補。

② “遠於民”三句，《後漢書·禮儀志上》“冠訖，皆於高祖廟如禮謁”劉昭注引《冠禮》《大戴禮記·公冠》《孔子家語·冠頌》“民”下有“遠於年”三字。士禮居本、四庫本“佞”作“佞”，《説苑·修文》《後漢書·禮儀志上》劉昭注引《冠禮》並同，當據改。《大戴禮記·公冠》《説苑·修文》《孔子家語·冠頌》無“近於義”三字。

③ 錢熙祚校云：“成王冠辭止此。”

④ “陛下”二句，范氏校證：“案張華此文於‘任賢使能’下脱‘孝昭帝冠辭曰’六字，故誤爲成王冠辭。”范説是，《後漢書·禮儀志上》劉昭注“任賢使能”以上云引自《冠禮》，“陛下擒顯”云云則引自《博物記》，切“陛下”上有“孝昭帝冠辭曰”六字，可爲佐證。

⑤ 仲壹之言曰，《後漢書·禮儀志上》劉昭注引《博物记》作“仲春之吉辰”。整理者按此似當作“仲春之吉日”，“春”“吉日”均因形近分别訛作“壹”“言曰”。四庫本作“仲夏之吉日”，“夏”字亦誤。

⑥ “遵並”四句，當有訛誤。《後漢書·禮儀志上》劉昭注引《博物记》作“普遵大道之郊域，秉率百福之休靈，始加昭明之元服”。

⑦ “推遠”三句，《後漢書·禮儀志上》劉昭注引《博物记》“童稚”作“沖孺”，“弘”作“蘊”，四庫本、《大戴禮記·公冠》“就”作“寵”。士禮居本、四庫本、《後漢書·禮儀志上》劉昭注引《博物记》、《大戴禮記·公冠》“懃”作“勤”。

⑧ “六合”三句，《大戴禮記·公冠》《孔子家語·冠頌》《後漢書·禮儀志上》劉昭注引《博物记》“歲歲”作“永永”。

⑨ 用，四庫本作“周”。指海本錢校云：“用疑當作周。”

⑩ “靈而”二句，《春秋繁露·止雨》作“敬進肥牲清酒以請社靈，幸爲止雨”。范氏校證據此認爲“靈而不幸”當作“社靈幸爲止雨”。賽，酬報，舊時祭祀酬神之稱。

鳴鼓攻之,朱絲繩縈而脅之。①

8.8 請雨曰:②皇皇上天,照臨下土。集地之靈,神降甘雨。③ 庶物群生,咸得其所。④

8.9《禮記》曰:⑤孔子少孤,不知其父墓。母亡,問於鄒曼父之母,⑥乃合葬於防。⑦ 防墓又崩,門人後至。孔子問來何遲,門人實對,⑧孔子不應。如是者三,乃潸然流涕而止曰:古不修墓。蔣濟、何晏、夏侯玄、王肅皆云無此事,注記者謬,時賢咸從之。周日用曰:四士言無者,後有何理而述之?在愚所見,實未之有矣。且徵在與梁紇野合而生,事多隱之,況我丘生而父已

① 絲,原作"緑",此據《春秋繁露·止雨》改。《後漢書·禮儀志中》:"其旱也,公卿官長以次行雩禮求雨……反拘朱索縈社,伐朱鼓。"劉昭注引《漢舊儀》:"成帝三年六月,始命諸官止雨朱繩反縈社,擊鼓攻之。"又引干寶曰:"朱絲縈社。社,太陰也。朱,火色也。絲,離屬。"是古人有鳴鼓攻社、朱絲繩縈社以止雨之俗,可資佐證。

② 請雨曰,范氏校證:"案'雨'下疑有'祝'字。"

③ 神降甘雨,《大戴禮記·公冠》作"降甘風雨"。

④ "其所"下,《大戴禮記·公冠》又有"靡今靡古,維予一人,某敬拜皇天之祜"數語。指海本錢校云:"詳其文意,乃祀天辭,非請雨辭也。"

⑤《禮記》曰,此下所記之事見《禮記·檀弓》。

⑥ 鄒,今本《禮記·檀弓》作"陬"。《史記·孔子世家》:"孔子生魯昌平鄉陬邑。"司馬貞《索隱》:"孔子居魯之鄒邑昌平鄉之闕里也。"張守節《正義》"按:夫子生在鄒,長徙曲阜,仍號闕里。"曼父,春秋魯人。《禮記·檀弓》鄭玄注:"曼父之母與徵在爲鄰,相善。"徵在,孔子母。

⑦ 防,《史記·孔子世家》:"丘生而叔梁紇死,葬於防山。"又:"孔子母死,乃殯五父之衢,蓋其慎也。郰人挽父之母誨孔子父墓,然後往合葬於防焉。"張守節《正義》引《括地志》云:"防山在兖州曲阜縣東二十五里。《禮記》云孔子母合葬於防也。"

⑧ "防墓"四句,《禮記·檀弓》:"孔子既得合葬於防,曰:'吾聞之,古也墓而不墳。今丘也,東西南北之人也,不可以弗識也。'於是封之,崇四尺。孔子先反,門人後,雨甚至。孔子問焉,曰:'爾來何遲也?'曰:'防墓崩。'"鄭玄注:"言所以遲者,修之而來。"

死，既隱，何以知之？非問曼父之母，安得合葬於防也。[①]

8.10 孔子東游，見二小兒辯鬥，問其故。一小兒曰："我以日始出時去人近，而日中時遠也。"一小兒曰："以日出而遠，[②]而日中時近。"一小兒曰："日初出時大如車蓋，及日中時如盤盂，[③]此不爲遠者小而大者近乎？"[④]一小兒曰："日初出滄滄涼涼，及其中，而探湯，[⑤]此不爲近者熱而遠者涼乎？"孔子不能決。兩小兒曰：[⑥]"孰謂汝多知乎？"亦出《列子》。周日用曰：且當中向熱者，[⑦]炎氣直下也，譬猶火氣直上而與旁暑，其炎涼可悉耳。是明初出近而當中遠矣，豈聖人肯對乎？

8.11 子路與子貢過鄭神社，社樹有鳥，[⑧]神牽率子路，[⑨]子貢説之，[⑩]乃止。

---

① "且徵在"句，《史記·孔子世家》："（孔子）其先宋人也，曰孔防叔。防叔生伯夏，伯夏生叔梁紇。紇與顔氏女野合而生孔子，禱於尼丘得孔子。"司馬貞《索隱》："今此云'野合'者，蓋謂梁紇老而徵在少，非當壯室初笄之禮，故云野合，謂不合禮儀。"張守節《正義》："男八月生齒，八歲毁齒，二八十六陽道通，八八六十四陽道絶。女七月生齒，七歲毁齒，二七十四陰道通，七七四十九陰道絶。婚姻過此者，皆爲野合。"我丘生而父已死，《史記·孔子世家》"丘生而叔梁紇死"司馬貞《索隱》："《家語》云生三歲而梁紇死。"説法與此不同。

② "以日"句，《列子·湯問》"日"下有"初"字，"遠"上無"而"字。

③ 日中時，《列子·湯問》"時"作"則"，於義爲長。

④ 大者近，四庫本、《列子·湯問》作"近者大"。

⑤ 而，四庫本、《列子·湯問》作"如"。而，如同。《詩經·小雅·都人士》："彼都人士，垂帶而厲；彼君子女，卷髮如蠆。"即"而""如"互文，鄭玄箋："而，亦如也。"

⑥ "兩小兒"上，原衍"謂"字，據《列子·湯問》删。

⑦ 且，四庫本作"日"，當是。

⑧ "有鳥"下，《藝文類聚》卷九十《鳥部上》引《博物志》有"子路捕鳥"四字。《太平御覽》卷五三二《禮儀部一一》引《博物志》"捕"作"搏"，恐誤。

⑨ "神牽"句，《御覽》卷五三二引"神"下有"社"字，"率"作"攣"。整理者按"率"作"攣"是。攣，牽連不斷。《周易·中孚》："九五：有孚攣如，無咎。"孔穎達疏："攣如者，相牽繫不絶之名也。"

⑩ 子貢説之，《藝文類聚》卷九十作"子路子貢悦之"。

8.12《春秋》:哀公十四年春,[1]西狩獲麟。《公羊傳》曰:“有以告者,孔子曰:‘孰爲來哉!孰爲來哉!’”盧曰:以其時非應,故孔子泣而感之。麟曰生三策,蓋天使報聖人。[2]

8.13《左傳》曰:“叔孫氏之車子鉏商獲麟,以爲不祥。”[3]

8.14 燕太子丹質於秦,秦王遇之無禮。不得意,思欲歸,請於秦王。王不聽,謬言曰:“令烏頭白,馬生角,乃可。”丹仰而嘆,烏即頭白;俯而嗟,馬生角。秦王不得已而遣之,爲機發之橋,欲陷丹。丹驅馳過之,而橋不發。[4] 遁到關,[5]關門不開。丹爲雞鳴,於是衆雞悉鳴,遂歸。[6]

8.15 詹何以獨繭絲爲綸,芒針爲鈎,[7]荆篠爲竿,[8]割粒爲餌。引盈車之魚於百仞之淵、汩流之中,綸不絶,鈎不申,竿不撓。

---

① “十”下,士禮居本、指海本、四庫本並有“有”字,今本《春秋》有“有”字。《左傳·哀公十四年》:“十四年春,西狩於大野,叔孫氏之車子鉏商獲麟,以爲不祥,以賜虞人。仲尼觀之,曰:‘麟也。’”

② “公羊”五句,《公羊傳·哀公十四年》:“麟者,仁獸也,有王者則至,無王者則不至。有以告者,曰‘有麕而角者’,孔子曰:‘孰爲來哉!孰爲來哉!’”何休注:“見時無聖帝明王,怪爲誰來。”曰生,士禮居本、指海本、四庫本作“口吐”。三策,漢董仲舒以賢良對天人三策,爲武帝所賞識,任爲江都相,見《漢書·董仲舒傳》。後因以“三策”借指經世良謀。

③ “叔孫”二句,見《左傳·哀公十四年》。孔穎達疏引王肅:“車士,將車者也。子姓。鉏商,名。”

④ “爲機發”四句,《御覽》卷九三〇《鱗介部二》引《博物志》:“而爲機橋於渭,將殺之。蛟龍夾舉,機不得發。”文字與此不同。

⑤ 遁,《燕丹子》卷上作“夜”。

⑥ “歸”上,士禮居本、指海本有“還”字。

⑦ 針,原誤作“斜”,據《御覽》卷七六七《雜物部二》引《博物志》、四庫本改。《列子·湯問》亦作“針”。芒針,即針。針身細長,形如麥芒,故稱。

⑧ 篠,士禮居本作“條”。

8.16 薛譚學謳於秦青，未窮青之旨，於一日遂辭歸。① 秦青乃餞於郊衢，②撫節悲歌，聲震林木，響遏行雲。薛譚乃謝求返，終身不敢言歸。秦青顧謂其友曰："昔韓娥東之齊，遺糧，③過雍門，④鬻歌假食而去，餘響繞梁，三日不絶，左右以其人弗去。過逆旅，凡人辱之，⑤韓娥因曼聲哀哭，⑥一里老幼喜歡抃舞，弗能自禁，乃厚賂而遣之。⑦ 故雍門人至今善歌哭，效娥之遺聲也。"⑧

8.17 趙襄子率徒十萬，狩於中山。藉芀燔林，扇赫百里。有人從石壁中出，隨煙上下，若無所之經涉者。⑨ 襄子以爲物，徐察之，乃人也。問其奚道而處石，奚道而入火。其

---

① "未窮"二句，《廣記》卷二〇四《樂二》引《博物志》、《列子·湯問》"旨"作"技"，"於一日"作"自謂盡之"。又《廣記》卷二〇四引"歸"作"去"。

② "秦青"句，士禮居本"乃"作"不"；《廣記》卷二〇四引、《列子·湯問》作"弗"，下有"止"字。整理者按"乃"當作"不"（或"弗"），下當補"止"字。

③ 遺，四庫本、《廣記》卷二〇四引、《列子·湯問》並作"匱"，當是。匱，窮盡，空乏。

④ 雍門，《左传·襄公十八年》"伐雍門之荻"杜預注："雍門，齊城門。"《戰國策·齊策一》"使輕車鋭騎衝雍門"高誘注："雍門，齊西門名也。"

⑤ 凡，《廣記》卷二〇四引作"旅"；《列子·湯問》亦作"旅"，上又有"逆"字。

⑥ "哀哭"下，《列子·湯問》有"一里老幼悲愁垂涕相對三日不食遽而追之娥還復爲曼聲長歌"二十七字。《廣記》卷二〇四引亦有類似文字，惟"垂涕"作"涕泣"，"而追之"作"追而謝之"，無"還"字。整理者按，底本上言"哀哭"，下言"喜歡"，義不相屬，故當據《列子》或《太平廣記》補此段文字。

⑦ "一里"三句，《列子·湯問》"喜歡"作"善躍"，"自禁"下有"忘向之悲也"五字，"遣"作"發"。《廣記》卷二〇四引"喜歡"作"歡喜"。

⑧ "故雍"二句，"雍門"下，《列子·湯問》、《廣記》卷二〇四引並有"之"字。"哭"上，《廣記》卷二〇四引有"善"字。又《列子·湯問》"效"作"放"，"聲"下無"也"字。

⑨ 之，《列子·黄帝》無此字。

人曰："奚物爲火？"①其人曰："不知也。"魏文侯聞之，問於子夏曰②："彼何人哉？"子夏曰："以商所聞於夫子，和者同於物，物無得而傷閱者，③游金石之間及蹈於水火皆可也。"文侯曰："吾子奚不爲之？"子夏曰："刳心知智，④商未能也。雖試語之而即暇矣。"⑤文侯曰："夫子奚不爲之？"子夏曰："夫子能而不爲。"文侯不悦。⑥

8.18 更羸謂魏王曰：⑦"臣能射爲虚發而下鳥。"王曰："然可於此乎？"⑧曰聞有鳥從東來，⑨羸虚發而下之也。

8.19 澹臺子羽子溺水死，⑩欲葬之。⑪ 滅明曰："此命也，

---

① "奚物"句，四庫本"火"上有"石"字。《列子·黄帝》作"奚物而謂石奚物而謂火"。"爲火"下，四庫本有"襄子曰而向之所出者石也所入者火也"十六字，《列子·黄帝》則有"襄子曰而嚮之所出者石也而嚮之所涉者火也"十九字。整理者按"爲火"下定有脱文，當據《列子》或四庫本補足，否則上下文義脱節。

② "魏文侯"二句，《史記·仲尼弟子列傳》："孔子既没，子夏居西河教授，爲魏文侯師。"

③ 閱，四庫本、《列子·黄帝》並作"閡"，當據正。"物無"句，謂外界事物不能傷害、阻隔他。

④ 知，四庫本、《列子·黄帝》並作"去"，當據正。"能也"下，士禮居本有"非不能也"四字。

⑤ "雖試"句，四庫本、《列子·黄帝》"雖"下有"然"字，"暇"上有"有"字，均當據補。《列子·黄帝》張湛注："言之則有餘暇矣。"

⑥ 不悦，四庫本、《列子·黄帝》並作"大悦"。

⑦ 更羸，戰國魏臣。"更羸"下，士禮居本有"善"字。

⑧ "然可"句，四庫本"可"下有"試"字，《戰國策·楚策四》作"然則射可至此乎"。

⑨ "曰聞"句，《戰國策·楚策四》作"曰可有間雁從東方來"。據此，"曰"下當補"可"字；"聞有"二字誤倒，"聞"當爲"間"字之誤。

⑩ "澹臺"句，《御覽》卷三九六《人事部三七》引《博物志》作"澹臺子羽渡水子溺死"。澹臺子羽，見7.12條。

⑪ 欲葬之，《文選·馬融〈長笛賦〉》"澹臺載尸歸"李善注引《博物志》作"弟子欲收而葬之"。

與螻蟻何親？與魚鱉何讎？”[①]遂使葬。[②]

8.20《列傳》云：[③]聶政刺韓相，白虹爲之貫日；[④]要離刺慶忌，彗星襲月；[⑤]專諸刺吴王僚，鷹擊殿上。[⑥]

8.21 齊桓公出，因與管仲故道。[⑦] 自燉煌西涉流沙往外國，[⑧]沙石千餘里，[⑨]中無水。時則有沃流處，[⑩]人莫能知。皆乘駱駝，駱駝知水脉，遇其處輒停，不肯行，以足踴地。人於其踴處掘之，輒得水。

---

① “何讎”下，《文選·馬融〈長笛賦〉》李善注引有“弟子曰何夫子之不慈乎對曰生爲吾子死非吾鬼”二十字。

② 遂使葬，士禮居本“使”上有“不”字，四庫本“使”下有“勿”字。《文選·馬融〈長笛賦〉》李善注引作“遂不收葬”。整理者按，據上文之義，當以不葬爲是，故此句脱“不”或“勿”（“毋”）之類否定詞。《御覽》卷三九六引作“遂以葬之”，則當時所見本已誤。

③ 列傳，指《史記·刺客列傳》。

④ “聶政”二句，韓烈侯時，聶政刺殺韓傀，後自殺事，詳見《史記·刺客列傳》。白虹貫日，《戰國策·魏策四》：“聶政之刺韓傀也，白虹貫日。”

⑤ “要離”二句，春秋末吴公子光（即後來的吴王闔閭）既殺王僚自立为王，王僚之子慶忌奔衛。伍子胥向公子光推薦要離去刺殺慶忌。要離請公子光斷其右手，戮其妻子，詐負罪出奔，見慶忌於衛，乘與慶忌俱渡江之機刺殺之。後要離亦自殺。事詳見《吴越春秋·闔閭内傳》。彗星襲月，《戰國策·魏策四》：“夫專諸之刺王僚也，彗星襲月。”

⑥ “專諸”二句，吴公子光使專諸刺殺吴王僚。事，見《史記·刺客列傳》。鷹擊殿上，《戰國策·魏策四》：“要離之刺慶忌也，鷹擊殿上。”

⑦ “因與”句，當有脱誤。

⑧ 燉煌，即敦煌，古郡名，治今甘肅敦煌縣。“涉”，《廣記》卷四三六、《藝文類聚》卷九十四《獸部中》、《御覽》卷九〇一《獸部一三》均引《博物志》並作“渡”。

⑨ 沙石，《藝文類聚》卷九十四引、《廣記》卷四三六引並作“濟沙”。

⑩ 沃，《廣記》卷四三六引、《藝文類聚》卷九十四引、《御覽》卷九〇一引均作“伏”，當據改。

8.22 楚熊渠子夜行,[1]射寢石以爲伏虎,[2]矢爲没羽。

8.23 漢武帝好仙道,祭祀名山大澤,以求神仙之道。[3]時西王母遣使乘白鹿告帝當來,[4]乃供帳九華殿以待之。[5]七月七日夜漏七刻,王母乘紫雲車而至於殿西,南面東向。[6]頭上戴七種,[7]青氣鬱鬱如雲。有三青鳥,如烏大,使侍母旁。[8] 時設九微燈。帝東面西向,王母索七桃,大如彈丸,以五枚與帝,母食二枚。帝食桃,輒以核著膝前。母曰:"取此核將何爲?"帝曰:"此桃甘美,欲種之。"母笑曰:"此桃三千年一生實。"唯帝與母對坐,其從者皆不得進。時東方朔竊從殿南厢朱鳥牖中窺母。母顧之,謂帝曰:"此窺牖小兒嘗三來盜吾此桃。"帝乃大怪之。由此世人謂方朔神仙也。

8.24 君山有道與吴包山潛通,[9]上有美酒數斗,得飲者不死。漢武帝齋七日,遣男女數十人至君山,得酒,欲飲

---

① 熊渠子,即熊渠,春秋楚君,亦作"雄渠",善射。《史記·龜策列傳》:"羿名善射,不如雄渠、蠭門。"裴駰《集解》引《新序》曰:"楚雄渠子夜行,見伏石當道,以爲虎而射之,應弦没羽。"因熊渠爲楚君,子爵,故范氏校證以爲"楚熊渠子"當作"楚子熊渠"。

② 寢,原誤作"窮",據四庫本、《韓詩外傳》卷六、《新序·雜事四》、《論衡·藝增》改。寢石,横卧的石頭。

③ "漢武"三句,范氏校證:"《漢武内傳》作'帝好神仙之道(道藏本作好長生之術),常祭名山大澤以求神仙'。宜據之以删除'之道'二字,於義爲長。"按范説是。

④ 鹿,《漢武内傳》作"麟"。

⑤ 九,《漢武内傳》作"承"。

⑥ "東向"下,《漢武内傳》有"坐"字。

⑦ 種,范氏校證:"《海録碎事》卷五引作'勝',《大荒西經》云:'有人戴勝虎齒有豹尾,穴處,名曰西王母。'故作'勝'是也。又'七'疑當作'玉',道藏本、《太平御覽》卷中引《真誥》曰:'西王母首戴玉勝。'是其證。"范説當是。玉勝,玉製的髮飾。

⑧ 使,范氏校證以爲當作"俠","古者俠夾二字通用"。

⑨ 君山,酈道元《水經注·湘水》:"湖(洞庭湖)中有君山……湘君之所游處,故曰君山矣。"包山,《藝文類聚》卷九《水部下》引周處《風土記》:"陽羨縣東,有太湖,中有包山。山下有洞穴,潛行地中,云無所不通,謂之洞庭地脉也。"

之。東方朔曰:“臣識此酒,請視之。”因一飲至盡。帝欲殺之,朔乃曰:“殺朔若死,此爲不驗;以其有驗,殺亦不死。”乃赦之。

博物志第九

晋張華撰

雜説上

9.1 老子云:“萬民皆付西王母,唯王、[1]聖人、真人、仙人、道人之命上屬九天君耳。”

9.2 黄帝治天下百年而死,民畏其神百年,以其教百年,[2]故曰黄帝三百年。[3] 上古男三十而妻,女二十而嫁。[4] 曾子曰:“弟子不學古知之矣,貧者不勝其憂,富者不勝其樂。”

9.3 昔西夏仁而去兵,[5]城廓不修,武士無位。唐伐之,[6]

---

① “王”下,四庫本有“者”字。

② 教,原誤作“數”,指海本據《大戴禮記・五帝德》改爲“教”,今從之。以,用。

③ “黄帝”下,指海本有“治”字。

④ “上古”二句,錢熙祚云:“按此條疑引《大戴記・本命篇》文,而脱誤不可讀。其原文云:‘中古男三十而娶,女二十而嫁,合於五也,中節也。’”范氏校證據《本命篇》文認爲“上古”當作“中古”。

⑤ 西夏,相傳爲我國古代西方的小國名。

⑥ “唐”下,《逸周書・史記》有“氏”字,當據補。唐氏,唐堯。

西夏亡。[①] 昔者玄都賢鬼神道,[②]廢人事,[③]其謀臣不用,龜策是從,忠臣無禄,神巫用國。

9.4 榆炯氏之君孤而無使,[④]曲沃進伐之以亡。[⑤]

9.5 昔有巢氏有臣而貴任之,[⑥]專國主斷,已而奪之。臣怒而生變,有巢氏以亡。[⑦] 昔者清陽强力,貴美女,不治國而亡。[⑧]

9.6 昔有洛氏宫室無常,[⑨]囿池廣大,人民困匱。商伐之,有洛以亡。

---

① 亡,原誤作"云",據四庫本、《逸周書·史記》改。

② 玄都,古諸侯國名。《竹書紀年》卷上:"(帝舜有虞氏)四十二年,玄都氏來朝,貢寶玉。"

③ "事"下,《逸周書·史記》有"天"字。

④ 炯,士禮居本作"州",當據改。《逸周書·史記》:"昔者曲集之君伐智而專事,强力而不信,其臣忠良皆伏。榆州氏伐之,君孤而無使,曲集以亡。"

⑤ 曲沃,據上注引《逸周書·史記》當作"曲集"。

⑥ 有巢氏,《韓非子·五蠹》:"上古之世,人民少而禽獸衆,人民不勝禽獸蟲蛇,有聖人作,構木爲巢,以避群害,而民悦之,使王天下,號之曰有巢氏。"

⑦ "亡",原誤作"民",據四庫本、《逸周書·史記》改。

⑧ "昔者清陽"三句,有脱誤,不成義。《逸周書·史記》云:"昔者績陽,强力四征。重丘遺之美女,績陽之君悦之,熒惑不治,大臣爭權,遠近不相聽,國分爲二。"可參考。績陽,古國名,在今山東在平縣和菏澤市附近。

⑨ 有洛,古國名,爲商所滅。《逸周書·史記》:"昔者,有洛氏宫室無常,池囿廣大,工功日進……農失其時。"朱右曾校釋:"其地在山西潞安府。"無常,變化不定,没有常規。

9.7《神仙傳》曰:“説上據辰尾爲宿,①歲星降爲東方朔。② 傅説死後有此宿,東方生無歲星。”

9.8 曾子曰:“好我者知吾美矣,③惡我者知吾惡矣。”④

9.9 思士不妻而感,⑤思女不夫而孕。⑥ 后稷生乎巨迹,⑦伊尹生乎空桑。⑧

9.10 箕子居朝鮮,⑨其後伐燕,之朝鮮,亡入海爲鮮國。⑩

---

① 説,本指傅説,殷王武丁的賢相。此爲星名,又稱“天策”。傳説傅説死後托神於此星,在東方蒼龍七宿的箕、尾之間。《左传·僖公五年》:“鶉之賁賁,天策焞焞。”杜預注:“天策,傅説星。”孔穎達疏:“傅説,殷高宗之相,死而托神於此星,故名。”

② 歲星,星名,即木星。降爲東方朔,相傳漢東方朔爲歲星下凡。舊題漢郭憲《東方朔傳》載:仕武帝爲大中大夫。武帝暮年好仙術,從朔求不老之藥及吉雲、甘露等。朔嘗謂同舍郎曰:“天下知朔者唯大王公耳。”及朔卒,武帝召大王公問之,對以不知。問何能,對以善星曆。乃問諸星皆在否,曰:“諸星具在,獨不見歲星十八年,今復見耳。”帝仰天嘆曰:“東方朔生在朕傍十八年,而不知是歲星哉!”

③ 我,四庫本作“吾”。吾,指海本作“我”。

④ 吾,指海本作“我”。

⑤ 思士,《列子·天瑞》:“思士不妻而感,思女不夫而孕。”张湛注:“《大荒經》曰:‘有思幽之國,思士不妻,思女不夫,精氣潛感,不假交接而生子也。’”

⑥ 思女,思戀異性的女子。

⑦ “后稷”句,相傳周始祖弃之母踐天帝足迹而生子。《史记·周本纪》:“姜原出野,見巨人迹心忻然説,欲踐之,踐之而身動如孕者。居期而生子。”

⑧ “伊尹”句,相傳商湯大臣伊尹生於空桑之中。《吕氏春秋·本味》:“有侁氏女子采桑,得嬰兒於空桑之中,獻之其君。其君令烰人養之,察其所以然,曰:‘其母居伊水之上。孕,夢有神告之曰:“臼出水而東走,毋顧。”明日視臼出水,告其鄰,東走十里,而顧其邑盡爲水,身因化爲空桑。’故命之曰伊尹。”高誘注:“以其生於伊水,故名之伊尹,非有詭也。”後世因以“空桑”指非父母所生,來歷不明者。

⑨ “箕子”句,武王滅商後曾封商紂王叔父箕子於朝鮮。事見《史記》之《殷本紀》、《宋微子世家》等。

⑩ “其後”三句,四庫本“之”上有“復”字。此三句義難通,疑有脱誤。《後漢書·東夷傳》:“昔武王封箕子於朝鮮,箕子教以禮義田蠶,又制八條之教。其人終不相盜,無門户之閉。婦人貞信。飲食以籩豆。其後四十餘世,至朝鮮侯準,自稱王。漢初大亂,燕、齊、趙人往避地者數萬口,而燕人衛滿擊破準,而自王朝鮮,傳國至孫右渠。”可參考。指海本本條至“鮮國”止,以下另起一條。

師兩妻墨色,[①]珥兩青蛇,蓋勾芒也。[②]

9.11 漢興多瑞應,[③]至武帝之世特甚,麟鳳數見。[④] 王莽時,郡國多稱瑞應,歲歲相尋。皆由順時之欲,承旨求媚,多無實應,乃使人猜疑。

9.12 子胥伐楚,[⑤]燔其府庫,破其九龍之鍾。[⑥]

9.13 蓍一千歲而三百莖其本,[⑦]以老故知吉凶。蓍末大於本,爲上吉。[⑧] 筮必沐浴、齋潔、食香,[⑨]每日望浴蓍,[⑩]必五

---

① 兩妻墨色,士禮居本作"雨妻黑色",四庫本"墨"亦作"黑"。《山海經·海外東經》:"雨師妾在其北,其爲人黑,兩手各操一蛇,左耳有青蛇,右耳有赤蛇。一曰在十日北,爲人黑身人面,各操一龜。"指海本據此改此句爲"雨師妾黑色"。雨師妾,《山海經·海外東經》袁珂注:"今案雨師妾蓋亦國名,即如《《周書》《王會篇》有姑妹國矣。"

② "蓋勾"句,錢熙祚校云:"《山海經》云:'東方勾芒鳥身人面,乘兩龍。'與雨師妾一條絶不相蒙,疑此句上有脱文。"錢引《山海經》見《海外東經》。勾芒,古代傳説中主管樹木的神。《尚書大傳》卷三:"東方之極,自碣石東至日出榑木之野,帝太皞神勾芒司之。"

③ 瑞應,《西京雜記》卷三:"瑞者,寶也,信也。天以寶爲信,應人之德,故曰瑞應。"

④ 麟鳳,《文選·漢武帝〈賢良詔〉》:"麟鳳在郊藪,河洛出圖書。嗚呼,何施而臻此乎?"李善注引《禮記》:"聖王所以順,故鳳凰騏麟,皆在郊藪。"

⑤ 子胥伐楚,事見《史記·伍子胥列傳》。

⑥ 鍾,當爲"鐘",九龍之鐘,鑄有九龍裝飾的鐘。《淮南子·泰族訓》:"闔閭伐楚,五戰入郢,燒高府之粟,破九龍之鐘。"

⑦ 其,《御覽》卷七二八《方術部九》、卷九三一《鱗介部三》均引《博物志》並作"同",當據改。同本,同生於一條根。蓍,草名。多年生草本,一本多莖,可入藥。古代常用其莖占卜。

⑧ "蓍末"二句,《御覽》卷七二八引無此八字。

⑨ 筮,原誤作"莖",據四庫本、《御覽》卷七二八引改,作"莖"乃涉上"莖"字而誤。下"夏后筮""夏啓筮"之"筮"及下條"舜筮""桀筮""鯀筮"之"筮"並同。食,四庫本作"焚",《御覽》卷七二八引作"燒"。案作"食"誤。筮,用蓍草占卜休咎或卜問疑難的事;占卦。

⑩ 日,四庫本作"月",《御覽》卷七二八引作"朔"。整理者按,"日望"不辭,作"日"誤,當作"朔"或"望"。朔,夏曆每月初一。望,夏曆每月十五日。浴蓍,浸洗蓍草以備占卜用。

浴之。浴龜亦然。《明夷》曰:[①]“昔夏后筮乘飛龍而登于天,[②]而枚占四華陶,[③]陶曰:‘吉。’昔夏啓筮徙九鼎,[④]啓果徙之。”

9.14 昔舜筮登天爲神,[⑤]枚占有黄龍神曰:[⑥]“不吉。”武王伐殷而牧占蓍老,耆老曰:[⑦]“吉。”桀筮伐唐而枚占熒惑,[⑧]曰:“不吉。”昔鯀筮注洪水,而枚占大明,曰:[⑨]“不吉,有初無後。”

9.15 蓍末大於本爲上吉,[⑩]次蒿,次荆,[⑪]皆如是。龜蓍皆月望浴之。

---

① 明夷,此爲古占卜書《歸藏》篇名。

② “后”下,《御覽》卷九二九《鱗介部一》引《歸藏·明夷》有“啓”字。

③ 枚,原作“牧”,此據指海本改。錢熙祚校云:“按諸書引《歸藏》多言‘枚曰’,今正之。下並同。”整理者按,錢説是。下條“桀筮伐唐而牧占熒惑”,《御覽》卷九一二《獸部二四》引《歸藏》“牧”正作“枚”,是其明證。枚占,當即枚卜,泛指占卜。四庫本作“使華陶占之”,未詳何據。《御覽》卷九二九引《歸藏·明夷》作“罣皋陶占之”。

④ 九鼎,《史記·封禪書》:“禹收九牧之金,鑄九鼎。皆嘗亨鬺上帝鬼神。遭聖則興,鼎遷於夏商。周德衰,宋之社亡,鼎乃淪没,伏而不見。”馬國翰《玉函山房輯佚書》輯《歸藏》:“昔夏啓筮徙九鼎,啓果徙之。”可證“莁”乃“筮”字之誤。

⑤ 筮,原誤作“莁”,下文“桀筮”、“鯀筮”之“筮”均同,今改之。上條“筮徙九鼎”、馬國翰《玉函山房輯佚書》輯《歸藏》“昔夏啓筮徙九鼎”均其證。

⑥ 枚,原作“牧”,下文“枚占”之“枚”均同。説見上條“而枚占四華陶”注。

⑦ 耆老,原作“蓍老”,據指海本改。錢熙祚校云:“《路史》注引《歸藏》作‘耆老’,又不重。”整理者按,作“耆老”當是。耆老,老年人,特指致仕之卿大夫。《禮記·王制》:“耆老皆朝於庠。”鄭玄注:“耆老,鄉中致仕之卿大夫也。”

⑧ 唐,古朝代名,即陶唐,相傳爲堯所建。熒惑,古指火星。因隱現不定,令人迷惑,故名。

⑨ 大明,泛指日月。

⑩ 上,原作“卜”,據《御覽》卷七二七《方術部八》引《歸藏》改,與上9.12條一致。

⑪ 次蒿次荆,《御覽》卷七二七引《歸藏》作“蒿末大於本次吉,荆末大於本次吉。”

9.16 水之怪爲龍、罔象，木石之怪爲夔、罔兩，①土之怪爲猜羊，②火之怪爲宋無忌。③

9.17 鬥戰死亡之處，其人馬血積年化爲燐。④ 燐著地及草木如露，⑤略不可見。行人或有觸者，著人體便有光，拂拭便分散無數愈甚。⑥ 有細咤聲如炒豆，唯靜住良久乃滅。後其人忽忽如失魂，經日乃差。今人梳頭脱著衣時，有隨梳解結有光者，亦有咤聲。

---

① "水之"二句，"水"下原衍"石"字，"木"下原脱"石"字，據四庫本、《國語·魯語下》、《史記·孔子世家》、《孔子家語·辯物》删、補。夔，指海本、《國語·魯語下》、《史記·孔子世家》、《孔子家語·辯物》並作"夔"。罔兩，《史記·孔子世家》作"罔閬"，四庫本、士禮居本、《孔子家語·辯物》作"魍魎"，《國語·魯語下》作"蝄蜽"，皆音義相通。《國語·魯語下》："水之怪曰龍、罔象。"韋昭注："或曰罔象食人，一名沐腫。"《莊子·達生》："水有罔象。"陸德明釋文："司馬本作'無傷'。云：狀如小兒，赤黑色，赤爪，大耳，長臂。一云：水神名。"夔，《山海經·大荒東經》："東海中有流波山，入海七千里。其上有獸，狀如牛，蒼身而無角，一足。出入水則必風雨，其光如日月，其聲如雷，其名曰夔。"《説文·夊部》："夔，神魖也。如龍，一足……象有角手人面之形。"罔兩，古代傳説中的一種精怪。《左傳·宣公三年》："故民入川澤山林，不逢不若；螭魅罔兩，莫能逢之。"杜預注："罔兩，水神。"《國語·魯語下》："木石之怪曰夔、蝄蜽。"韋昭注："蝄蜽，山精，效人聲而迷惑人也。"《说文·虫部》："蝄蜽，山川之精物也。淮南王説：'蝄蜽，狀如三歲小兒，赤黑色，赤目、長耳、美髪。'"桂馥義證："字書從鬼同。"宋孫奕《履齋示兒編·字说·集字一》："蝄蜽，俗作魍魎。"

② 猜羊，四庫本、士禮居本、指海本、《史記·孔子世家》並作"墳羊"，《國語·魯語下》作"羵羊"，皆音義相通，爲傳説中土中所生之精怪。《史記·孔子世家》"土之怪墳羊"裴駰集解引唐固曰："墳羊，雌雄未成者也。"

③ 宋無忌，即宋毋忌，傳説中的火仙。一说月中仙人。《史記·封禅書》："宋毋忌、正伯僑、充尚、羨門高最後皆燕人，爲方仙道，形解銷化，依於鬼神之事。"司馬貞索隐："《白澤圖》云'火之精曰宋無忌'，蓋其人火仙也。"

④ 燐，士禮居本作"粦"，下句"燐"字同。燐，本爲化學元素，此指燐火。《淮南子·氾論訓》："老槐生火，久血爲燐。"高誘注："血精在地，暴路百日則爲燐。遥望炯炯若燃火也。"王充《論衡·論死》："人夜行見燐，不象人形，渾沌積聚，若火光之狀。燐，死人之血也。"

⑤ "露"上，《御覽》卷三七五《人事部一六》引《博物志》有"霜"字。

⑥ 愈甚，《御覽》卷三七五引無此二字。

9.18 風山之首方高三百里，風穴如電突，[1]深三十里，春風自此而出也。何以知還風也？假令東風，雲反從西來，詵詵而疾，此不旋踵立西風矣。所以然者，諸風皆從上下，[2]或薄於雲，雲行疾，下雖有微風，不能勝上；上風來到反矣。[3]

9.19《春秋》書鼷鼠食郊牛，[4]牛死。鼠之類最小者，[5]食物當時不覺痛。世傳云：亦食人項肥厚皮處，亦不覺。或名甘鼠。[6] 俗人諱此，所嚙衰病之徵。

9.20 鼠食巴豆三年，重三十斤。

---

① 電突，産生閃電的洞穴。

② "上"下，四庫本有"而"字。

③ 到，四庫本作"則"。

④ 鼷鼠，鼠類最小的一种。《春秋·成公七年》："七年春，王正月，鼷鼠食郊牛角，改卜牛。鼷鼠又食其角，乃免牛。"李時珍《本草綱目·獸三·鼷鼠》集解引陈藏器曰："鼷鼠極細，卒不可見，食人及牛馬等皮膚成瘡，至死不覺。"郊牛，古帝王郊祭時尚未卜日祭祀的牛。《春秋·宣公三年》："春王正月，郊牛之口傷；改卜牛，牛死，乃不郊。"楊伯峻注："郊祭必先擇牛而卜之，吉則養之，然後卜郊祭之日。未卜日以前謂之牛，既卜日之後改曰牲……此曰'郊牛'，是尚未卜日可知。"

⑤ 鼠之類，四庫本作"鼷鼠"。

⑥ 甘鼠，鼷鼠之别名。《埤雅·釋蟲》："鼷鼠有螫毒者，甘口嚙人及鳥獸，皆不痛。《春秋》所書'食郊牛之角'者也。《博物志》云'鼠之最小者，或云甘鼠'是也。"

博物志第十

晋張華撰

雜説下

10.1 婦人妊娠未滿三月，着婿衣冠，平旦，左繞井三匝，映詳影而去，①勿反顧，勿令人知見，②必生男。周日用曰：知女則可依法。或先是男如何？余聞有定法，定母年日月與受胎時日，算之，遇奇則爲男，遇偶則爲女。知爲女後即可依法。③

10.2 婦人妊娠不欲令見醜惡物、異類鳥獸。食當避其異常味，④不欲令見熊羆虎豹，⑤御及鳥射射雉，⑥食牛心、白犬肉、鯉魚頭。席不正不坐，⑦割不正不食。聽誦《詩》、《書》

---

① 映詳影，《異苑》卷八作"映井水詳觀影"，於義爲長。

② 人知見，《異苑》卷八作"婿見"。

③ 四庫本"後"作"胎"。

④ "婦人"二句，《御覽》卷三六〇《人事部一》引《博物志》無"令""類""其"三字，"食"下有"亦"字。

⑤ "不欲"句，《御覽》卷三六〇引作"欲見熊虎豹"。整理者按，《御覽》所引當脱"不"字，下句及"食牛心"等均承此句"不欲令"而言。

⑥ "御及"句，《御覽》卷三六〇引作"射御"，四庫本"御及鳥射"作"并及射鳥"。范氏校證："'御及鳥射射雉'不可解，當有誤字，疑作'及狂鳥秩秩雉，不'。狂鳥、秩秩，均鳥名，見《爾雅》。"

⑦ "席不"句，《御覽》卷三六〇引作"正席而坐"。

諷咏之音，不聽淫聲，不視邪色。① 以此産子，必賢明端正壽考：所謂父母胎教之法。盧氏曰：子之得清祀滋液則生仁聖，謂錯亂之年則生貪淫，子因之氣也。② 故古者婦人妊娠，必慎所感，感於善則善，惡則惡矣。③ 妊娠者不可啖兔肉，又不可見兔，令兒唇缺；又不可啖生薑，令兒多指。④

10.3 異説云：瞽叟夫婦凶頑而生舜。⑤ 叔梁紇，淫夫也；徵在，失行也。加又野合，而生仲尼焉。⑥ 其在有胎教也？盧氏曰：夫甲及寅申生者聖，以年在歲，德在甲寅，壬申生者則然矣。亦由先天也，亦由父母氣也。古者元氣清，故多聖；今者俗淫陰濁，故無聖人也。⑦

10.4 豫章郡衣冠人有數婦，暴面于道，尋道爭分銖以給

---

① 邪色，不正之色。青、赤、黄、白、黑五種純正顔色爲正色，雜色爲不正之色。

② 士禮居本、指海本"子之"作"子云"，"之年"作"之氣"，"子因"作"子由"。四庫本"清祀"作"清純"，"謂錯亂之年"作"得錯亂之氣"，"因之氣"作"因母氣"。

③ "惡則"上，四庫本有"感于"二字，士禮居本、指海本有"感於"二字。

④ 多，《御覽》卷九七七《菜茹部二》引《博物志》作"盈"。

⑤ 瞽叟，舜的父親。《史記・五帝本紀》："虞舜者，名曰重華。重華父曰瞽叟……舜父瞽叟盲，而舜母死，瞽叟更娶妻而生象，象傲。瞽叟愛後妻子，常欲殺舜，舜避逃；及有小過，則受罪。順事父及後母與弟，日以篤謹，匪有解。"張守節正義引孔安國曰："無目曰瞽。舜父有目不能分别好惡，故時人謂之瞽。"

⑥ "叔梁"至"尼焉"，《史記・孔子世家》："孔子生魯昌平鄉陬邑。其先宋人也，曰孔防叔。防叔生伯夏，伯夏生叔梁紇。紇與顔氏女野合而生孔子，禱於尼丘得孔子。魯襄公二十二年而孔子生。生而首上圩頂，故因名曰丘云。字仲尼，姓孔氏。"司馬貞《索隱》："《家語》云：'梁紇娶魯之施氏，生九女。其妾生孟皮，孟皮病足，乃求婚於顔氏徵在，從父命爲婚。'其文甚明。今此云'野合'者，蓋謂梁紇老而徵在少，非當壯室初笄之禮，故云野合，謂不合禮儀。故《論語》云'野哉由也'，又'先進於禮樂，野人也'，皆言野者是不合禮耳。《正義》男八月生齒，八歲毁齒，二八十六陽道通，八八六十四陽道绝。女七月生齒，七歲毁齒，二七十四陰道通，七七四十九陰道绝。婚姻過此者，皆爲野合。故《家語》云'梁紇娶魯施氏女，生九女，乃求婚於顔氏，顔氏有三女，小女徵在'。據此，婚過六十四矣。"

⑦ 四庫本"寅申"下有"年"字，"壬申"作"之年"。

其夫輿馬衣資。① 及舉孝廉,更取富者,一切皆給。先者雖有數年之勤,婦子滿堂室,猶放黜以避後人。

10.5 諸遠方山郡幽僻處出蜜臈,② 人往往以桶聚蜂,每年一取。

10.6 遠方諸山蜜臈處,③ 以木爲器,中開小孔,④ 以蜜臘塗器内外令遍。⑤ 春月蜂將生育時,⑥ 捕取三兩頭著器中。⑦ 蜂飛去尋將伴來,⑧ 經日漸益,⑨ 遂持器歸。⑩

10.7 人藉帶眠者則夢蛇。⑪

---

① "豫章"三句,《隋書·地理志下》:"豫章之俗……衣冠之人,多有數婦,暴面市廛,競分銖以給其夫。及舉孝廉,更要富者,前妻雖有積年之勤,子女盈室,猶見放逐,以避後人。"范氏校證據此以爲:"疑'冠'下脱'之'字,'人'下脱'多'字,'于道'作'市廛','尋道'當是衍文。"

② 僻,士禮居本作"辟"。臈,四庫本,《御覽》卷九五〇《蟲豸部七》引《博物志》作"蠟",當據改。蜜蠟,蜜蜂腹部分泌蠟汁爲巢,取蜂巢煎而溶之,其上浮如油者凝固即成蜜蠟,初爲黄蜡,精製則成白蠟。供製燭及藥用等。

③ "遠方"句,《御覽》卷九五〇《蟲豸部七》引《博物志》"山"下有"出"字,"臈"作"蠟","處"下有"其處人家有養蜂者其法"十字。四庫本"臈"亦作"蠟"。當據改、補。

④ "以木"二句,《御覽》卷九五〇引"器"下有"或十斛五斛"五字,無"中"字。"孔"下有"令纔容蜂出入"六字。當據删、補。

⑤ "以蜜"句,《御覽》卷九五〇引"臘"作"蠟","遍"下有"安着簷前或庭下"七字。四庫本"臘"亦作"蠟"。當據改、補。

⑥ "春月"句,《御覽》卷九五〇引"月"下有"此"字,"將"下有"作窠"二字,"時"下有"來過人家圍垣者"七字。

⑦ "捕取"句,《御覽》卷九五〇引"取"下有"得"字,"頭"下有"便内"二字。

⑧ "蜂飛"句,《御覽》卷九五〇引"蜂"上有"數宿出"三字,"來"下,有"還或多或少"五字。

⑨ "經日"句,《御覽》卷九五〇引"益"作"溢",其下有"不可復數"四字。

⑩ 遂持器歸,士禮居本作"遂停器中"。《御覽》卷九五〇引作"遂停住往來器中",下有"所滋長甚衆至夏開器取蜜蠟所得多少隨歲中所宜豐儉"二十三字正文,又有原注文:"盧氏曰:春至秋末,始有蜜,晚者至冬,余所見。今云夏,未詳其故。"

⑪ 帶,衣帶,形狹長,狀似蛇。

10.8 鳥銜人之髮，[①]夢飛。

10.9 王爾、張衡、馬均昔冒重霧行，[②]一人無恙，一人病，一人死。問其故，無恙人曰："我飲酒，病者食，[③]死者空腹。"

10.10 人以冷水水自漬至膝，[④]可頓啖數十枚瓜。漬至腰，啖轉多，至頸可啖百餘枚。所漬水皆作瓜氣味。[⑤] 此事未試。人中酒不解，治之，以湯自漬即愈。[⑥] 湯亦作酒氣味也。

10.11 昔劉玄石於中山酒家酤酒，酒家與千日酒，[⑦]忘言其節度。歸至家當醉，[⑧]而家人不知，以爲死也，權葬之。[⑨]酒家計千日滿，[⑩]乃憶玄石前來酤酒，醉向醒耳。[⑪] 往視之，

---

① "鳥銜"句，《列子・周穆王》："藉帶而寢，則夢蛇；飛鳥銜髮，則夢飛。"范氏校證據此認爲"鳥"上當有"飛"字。按范説是。

② 王爾，《藝文類聚》卷二《天部下》引《博物志》作"王肅"。"昔"下，《藝文類聚》卷二引、《御覽》卷十五《天部一五》引《博物志》並有"俱"字，四庫本有"皆"字。重，《藝文類聚》卷二引、《御覽》卷十五引均無此字。

③ "病者"句，《藝文類聚》卷二引"食"上有"飽"字。范氏校證："案宋竇革《酒譜》引作'食粥者病'，並引陶隱居曰：'酒禦寒邪，過於穀氣。'據此，'食'下當增'粥'字。"

④ 冷水水，四庫本作"冷水"，士禮居本作"冷冰水"。《藝文類聚》卷八十七、《御覽》卷三六四《人事部五》、又卷九七八《菜茹部三》並引《博物志》均作"冷水"。據此似當以"冷水"爲是。漬，浸泡。

⑤ "氣"下，《藝文類聚》卷八十七引、《御覽》卷九七八引並有"瓜"字。

⑥ 治之以湯自漬即愈，《御覽》卷四九七《人事部一三八》引《博物志》"治"作"浴"，"即"作"則"。湯，熱水。

⑦ "千日酒"下，《御覽》卷八四五《飲食部三》引《博物志》有"飲之"二字，當據補。

⑧ 當醉，《御覽》卷八四五引作"大醉"；《廣記》卷二三三《酒》引《博物志》作"醉臥"，"臥"下有"不醒數日"四字。

⑨ 權葬之，《廣記》卷二三三引作"具棺斂葬之"。

⑩ 千日滿，《御覽》卷八四五引作"向千日"。

⑪ 醉向醒耳，《廣記》卷二三三引作"醉當醒矣"。四庫本"向"亦作"當"。

云:"玄石亡來三年,已葬。"於是開棺,醉始醒。[1] 俗云:"玄石飲酒,一醉千日。"

10.12 舊説云天河與海通。近世有人居海渚者,年年八月有浮槎去來,[2]不失期。人有奇志,立飛閣於查上,多齎糧,[3]乘槎而去。十餘日中,猶觀星月日辰,自後芒芒忽忽,亦不覺晝夜。去十餘日,奄至一處,有城郭狀,屋舍甚嚴,遥望宫中多織婦。[4] 見一丈夫牽牛,渚次飲之。牽牛人乃驚問曰:[5]"何由至此?"此人具説來意,并問此是何處。答曰:"君還至蜀郡,訪嚴君平,則知之。"竟不上岸,因還如期。後至蜀,問君平,曰:"某年月日,有客星犯牽牛宿。"計年月,[6]正是此人到天河時也。

10.13 人有山行墮深澗者,無出路,飢餓欲死。[7] 左右見龜蛇甚多,朝暮引頸向東方。人因伏地學之,遂不飢,[8]體殊

---

① "往視"至"始醒",《廣記》卷二三三引作"遂往索玄石家而問之云石亡已三年今服闋矣於是與家人至玄石墓掘冢開視玄始醒起于棺中",文字與此差異較大。

② 渚,四庫本作"濱"。渚,水邊。"年年"句,《御覽》卷二十五《時序部一〇》引《博物志》"年年"下有"至"字,無"有"字,"槎"作"查",下有"來至甚大"四字(《御覽》卷八《天部八》引作"來甚大"),"去來"作"往反"(《御覽》卷八《天部八》引同,《御覽》卷六十《地部二五》引則作"去來",下又有"往反"二字)。

③ 查,通"槎",士禮居本、指海本亦作"查"。齎,携帶。

④ "有城"三句,《御覽》卷八、《藝文類聚》卷八《水部上》並引《博物志》均無"狀""甚嚴""遥"四字,"宫"作"室","多"下有"見"字。《御覽》卷八引"屋"作"居"。

⑤ "牽牛"句,《御覽》卷八引、又卷六十引均無"曰"字,"問"下有"此人"二字。

⑥ 計,原誤作"討",據四庫本、士禮居本、指海本、《分門集註杜工部詩》卷一《喜晴》注趙次公引《博物志》改。

⑦ 欲,士禮居本、指海本、《御覽》卷九三一《鱗介部三》引《博物志》、《廣記》卷四五六引《博物志》並作"分",當據改。分,料想。

⑧ "不"下,《御覽》卷九三一引有"復"字。

輕便,能登巖岸。經數年後,竦身舉臂,[①]遂超出澗上,即得還家。顏色悦懌,頗更黠慧勝故。還食穀,啖滋味,百餘日中復本質。[②]

10.14 天門郡有幽山峻谷,[③]而其上人有從下經過者,[④]忽然踊出林表,[⑤]狀如飛仙,遂絶迹。年中如此甚數,[⑥]遂名此處爲仙谷。有樂道好事者入此谷中洗沐,以求飛仙,往往得去。有長意思人疑必以妖怪,[⑦]乃以大石自墜,牽一犬入谷中,犬復飛去。其人還告鄉里,募數十人執杖擖山草伐木,[⑧]至山頂觀之,遥見一物,長數十丈,其高隱人,[⑨]耳如簸箕。格射刺殺之,所吞人骨積此左右,有成封。[⑩] 蟒開口廣

---

① "竦"上,《御覽》卷九三一引有"試"字。

② "復"下,《御覽》卷九三一引有"其"字。本質,人的本性、資質。

③ 天門郡,三國吴置,治所在今湖南石門縣。

④ 而其上,士禮居本、指海本作"谷在上",四庫本作"而其土"。

⑤ 踊,同"踴",向上騰起。

⑥ 年,四庫本作"谷"。

⑦ "有長"句,四庫本"長"下有"生"字,"必以"作"恐是"。士禮居本、指海本無"以"字。"長意思人",《廣記》卷四五六引《博物志》作"智能者"。

⑧ 擖,四庫本作"揭"。擖,斬斷。

⑨ 其,士禮居本無此字。隱,遮蔽。

⑩ "所吞"二句,四庫本"有"作"已"。《廣記》卷四五六引"此"作"在","有成封"作"如阜"。封,土堆。

丈餘，① 前後失人，皆此蟒氣所噏上。於是此地遂安穩無患。②

① “蟒”上，四庫本有“其”字。丈，指海本作“尺”。

②《廣記》卷四五六引《博物志》云：“天門山山多峻秀巖谷逶邐，有大巖壁直上數千仞，草木交連，雲霧擁蔽。其下有逕途微細，行人往，忽然上飛而出林表，若升仙，遂绝世，如此者漸不可勝紀。往來南北，號爲仙谷。時有樂於道者不遠千里而來，洗浴巖畔，以求升仙，至林下，無不飛去。會一夕，有智能者謂他人曰：‘此必妖怪，非是仙道。’因以石自繫，而牽一犬入其谷。犬復飛去，然知是妖邪之氣以翕之。乃遣近山鄉里，募年少者數百人，執兵器，持大棒，而先縱火燒其草及伐竹木。至山畔觀之，遥見一物，長數十丈，高下隱隱，垂頭下望。及更漸逼，乃一大蟒蛇。於是命少年鼓躍擊射，然後斫刺，而口張尺餘，尚欲害人，而力不加衆，久乃卒。其所吞人骨與他獸之骸，積在左右如阜焉。”此所引其内容即本條無疑，然文字多有不同，姑録於此，以備查考。

附　録

《博物志》佚文

説明

《博物志》一書在流傳過程中散佚十分嚴重,今本與原來面貌已經相差甚遠。歷代典籍中保存了大量不見於今本的佚文。清代即有不少學者如馬國翰、王謨、錢熙祚、周心如、王仁俊等爲《博物志》輯佚,取得了不小的成績。今人范寧作《博物志校證》(中華書局 1980)附有《佚文》,該《佚文》在清人輯佚的基礎上,翻檢古籍 40 餘種,共輯得 212 條,成就空前。近年有王媛撰《范寧〈博物志佚文〉補正》一文(《古籍整理研究學刊》2009 年第 5 期),把《博物志》的輯佚又向前推進了一步。王文主要作了兩方面的貢獻:一是在范氏《佚文》的基礎上重新補輯,新獲得 110 條,稱爲"佚文"部份;二是對前人誤引的部份條目進行考辨,列出 78 條,稱爲"疑僞"部份。

本附録中的佚文主要在范寧、王媛輯佚考辨成就的基礎上加以整理補充而成。王文疑僞部份所舉條目中有的考辨清楚,證據確鑿,可認定確非出自《博物志》。例如:第 47 條"陳子真得大蝙蝠,如鴉,食之,大瀉而死。"考辨云:"按:此條見《玉芝堂談薈》卷十七引。陳子真是唐人，非張華所能知。檢李石《續博物志》卷六有此條，《香祖筆記》卷十亦引出‘《續博物志》’，故引爲《博物志》則誤。”第 48 條“中國者天下八十分之一，有海環之者，九謂之九環。”考辨云：“按：此條見《韻府群玉》卷四引。《淵鑒類涵》卷三七二引作‘《廣博物志》’。檢此條出自《史記》卷七十四《孟子荀卿列傳》引鄒衍之言，故《鹽鐵論》卷十一、《初學記》卷六、《紺珠集》卷十三、《緯略》卷十一所引皆作‘鄒子曰’。《類説》卷二十三引《續博物志》中有此條。故疑是《韻府》誤引。”對這樣的條目本附録不再收録。但爲保持材料完整，對今本中已有而文字差别較大的條目以及大部份尚有疑問不好確定的條目仍儘量收録，以供後來者研究參考。有的條目後注有“與今本某某條參照”字樣；有的條目後則對王媛的考辨意見酌情采録（稱“王媛補正”）。

佚文

1. 兖州東平郡即《尚書》之東原也。（《史記·夏本紀》司馬貞《索隱》。）

2. 望夷之宫在長陵西北。長平觀道東，故亭處是也。臨涇水，作之以望北夷。（此條見《史記·秦始皇本紀》裴駰《集解》。《文選》卷四十四《爲袁紹檄豫州》李善注引“長陵”作“長安”。《漢書·楚元王傳》顔師古注引“長平觀道東”作“長平觀道”，《文選注》引作“長平觀”。“故亭處是也”，《漢書注》引作“故台處是”。）

3. 趙簡子冢在臨水界，二冢並，上氣成樓閣。（《史記·趙世家》裴駰《集解》引。《博物志》6.19 條作“趙鞅冢在臨水縣界”,有闕文,宜據補。)

4. 大梁城在浚儀縣北,縣西北渠水東經此城南,又北屈分爲二渠。其一渠東南流,始皇鑿引河水以灌大梁,謂之鴻溝,楚漢會此處也。其一渠東經陽武縣南,爲官渡水。(《史記・項羽本紀》張守節《正義》引張華。)

5. 陶朱公冢在南郡華容縣西,樹碑云是越之范蠡也。(《史記・越王勾踐世家》裴駰《集解》引張華)

6. 望諸君冢在邯鄲西數里。(《史記・樂毅列傳》裴駰《集解》引張華。)

7. 公冶長墓在城陽姑幕城東南五里所,墓極高。(《史記・仲尼弟子列傳》裴駰《集解》引張華。)

8. 趙奢冢在邯鄲界西山上,謂之馬服山。(《史記・廉頗藺相如列傳》裴駰《集解》引張華。又見《後漢書・郡國志・趙國》劉昭注引《博物記》。)

9. (韓説孫曾)字季君也。(《史記・韓王信列傳》司馬貞《索隱》。)

10. 武涉墓在盱眙城東十五里。(《史記・淮陰侯列傳》裴駰《集解》引張華。)

11. 漂母冢在泗口南岸。(《史記・淮陰侯列傳》裴駰《集解》引張華。)

12. 匈奴名冢曰逗落。(《史記・匈奴列傳》裴駰《集解》引張華。唐代杜佑《通典》卷一九四引“逗”作“豆”。)

13. (杜衡)一名土杏,其根一似細辛,葉似葵。(《史記・司馬相如列傳》司馬貞《索隱》。《御定佩文齋廣群芳譜》卷八十八引“杜衡”作“杜若”。)

14. 翡身通黑,唯胸前背上翼後有赤毛。翠身通青黄,唯六翮上毛長寸餘青。其飛則羽鳴翠翡翠翡然,因以爲名也。(《史記·司馬相如列傳》張守節《正義》。)

15. 桀作瓦。(《史記·司馬相如列傳》裴駰《集解》引張華《博物記》。)

16. 相如作遠游之體,以大人賦之也。(《史記·司馬相如列傳》司馬貞《索隱》引張華。)

17. (伏生)名勝。(《史記·儒林列傳》司馬貞《索隱》引張華。)

18. 太史令茂陵顯武里大夫司馬遷,年二十八,三年六月乙卯除,六百石。(《史記·太史公自序》司馬貞《索隱》。)

19. 光珠即江珠也。(《後漢書·西南夷傳·哀牢》李賢注。范氏校證云出《後漢書·東夷傳》注,誤。)

20. 隸首,黄帝之臣。(《後漢書·律曆志上》劉昭注引《博物記》。)

21. (劉)洪篤信好學,觀乎六藝群書意,以爲天文數術,探賾索隱,鈎深致遠,遂專心鋭思。爲曲城侯相,政教清均,吏民畏而愛之,爲州郡之所禮異。(《後漢書·律曆志中》劉昭注引《博物記》。)

22. 王城方七百二十丈,郛方一十里。南望雒水,北至陜山。(《後漢書·郡國志一·河南尹》劉昭注引《博物記》。)

23. 梁伯好土功,今梁多有城。(《後漢書·郡國志一·河南尹》劉昭注引《博物記》。)

24. (穀城瀍水)出潛亭山。(《後漢書·郡國志一·河南尹》劉昭注引《博物記》。)

25. 有奥水,流入淇水,有緑竹草。(《後漢書·郡國志一·河内郡》劉昭注引《博物記》。)

26. 有山澤近鹽，沃土之民不才。漢興少有名人，大衣冠三世皆衰绝也。（《後漢書・郡國志一・河東郡》劉昭注引《博物記》。）

27. 有賈鄉，賈伯邑。（《後漢書・郡國志一・河東郡》劉昭注引《博物記》。）

28. （汾陰）古之綸，少康邑。（《後漢書・郡國志一・河東郡》劉昭注引《博物記》。）

29. （解）有智邑。（《後漢書・郡國志一・河東郡》劉昭注引《博物記》。）

30. 傅巖在（大陽）縣北。（《後漢書・郡國志一・河東郡》劉昭注引《博物記》。）

31. （顛軨坂）在（大陽）縣鹽池東，吴城之北，今之吴坂。（《後漢書・郡國志一・河東郡》劉昭注引《博物記》。）

32. （臼城）臼季邑。縣西北卑耳山。縣西南齊桓公西伐所登。（《後漢書・郡國志一・河東郡》劉昭注引《博物記》。）

33. （耿鄉）有耿城。（《後漢書・郡國志一・河東郡》劉昭注引《博物記》。）

34. （邵亭）縣東九十里有郫邵之阸，賈季迎公子樂於陳，趙孟殺諸郫邵。（《後漢書・郡國志一・河東郡》劉昭注引《博物記》。）

35. （聞喜邑）縣治涑之川。（《後漢書・郡國志一・河東郡》劉昭注引《博物記》。）

36. （永安故彘）有吕鄉，吕甥邑也。（《後漢書・郡國志一・河東郡》劉昭注引《博物記》。）

37. （王屋山兖水出）山在東，狀如垣。（《後漢書・郡國志一·河東郡》劉昭注引《博物記》。）

38.（桃林）在胡縣休與之山。（《後漢書·郡國志一·弘農郡》劉昭注引《博物記》。）

39.（陝陌）二伯所分。（《後漢書·郡國志一·弘農郡》劉昭注引《博物記》。）

40. 西漢水出新安如雒。（《後漢書·郡國志一·弘農郡》劉昭注引《博物記》。）

41.（夏陽馮翊）有韓原，韓武子采邑。（《後漢書·郡國志一·左馮翊》劉昭注引《博物記》。）

42. 諸侯會於郹亭。（《後漢書·郡國志二·沛國》劉昭注引《博物記》。）

43.（安陵亭）故安陵君也。（《後漢書·郡國志二·汝南郡》劉昭注引《博物記》。）

44. 邛地在縣北，防亭在焉。《詩》曰："邛有旨苕，防有鵲巢。"（《後漢書·郡國志二·陳國》劉昭注引《博物記》。）

45.（中人亭）堂闞在中人西北百里，中人在縣西四十里。（《後漢書·郡國志二·中山國》劉昭注引《博物記》。）

46.（左人鄉）左人，唐西北四十里。（《後漢書·郡國志二·中山國》劉昭注引《博物記》。）

47.（封丘）有狄溝，即敗狄於長丘是也。（《後漢書·郡國志三·陈留郡》劉昭注引《博物記》。）

48.（濮陽古昆吾國）桑中在其中。（《後漢書·郡國志三·東郡》劉昭注引《博物記》。）

49.（有闞。《左傳·桓十一年》會於闞。有闞城）即此亭是。（《後漢書·郡國志三·東平國》劉昭注引《博物記》。）

50. 東北獨居山，西南有淵水，即羽泉也。俗謂此山爲徵父山。(《後漢書·郡國志三·東海郡》劉昭注引《博物記》。)

51.(朐縣)東北海邊植石,秦所立之東門。(《後漢書·郡國志三·東海郡》劉昭注引《博物記》。)

52.(湖陸故湖陵)荷水出。(《後漢書·郡國志三·山陽郡》劉昭注引《博物記》。)

53.(乘氏侯國)古乘丘。(《後漢書·郡國志三·濟陰郡》劉昭注引《博物記》。)

54.(郯本國)有勇士亭,即勇士菑丘欣。(《後漢書·郡國志三·東海郡》劉昭注引《博物記》。)

55.(西海)太公望所出,今有東吕鄉。又釣於棘津,其浦今存。(《後漢書·郡國志三·琅邪國》劉昭注引《博物記》。)

56.(臨沂)縣東界次睢有大叢社,民謂之食人社。即次睢之社。(《後漢書·郡國志三·琅邪國》劉昭注引《博物記》。)

57.(姑幕)淮水入。城東南五里有公冶長墓。(《後漢書·郡國志三·琅邪國》劉昭注引《博物記》。)

58.(東陵亭)女子杜姜,左道通神,縣以爲妖。閉獄桎梏,卒變形,莫知所極。以狀上,因以其處爲廟祠,號曰東陵聖母。(《後漢書·郡國志三·廣陵郡》劉昭注引《博物記》。)

59.(麋)千千爲群,掘食草根,其處成泥,名曰麋畯。民人隨此畯種稻,不耕而穫,其收百倍。(《後漢書·郡國志三·廣陵郡》劉昭注引《博物記》。)

60.(臨菑)縣西有袁婁。(《後漢書·郡國志三·齊國》劉昭注引《博物記》。)

61.（宛本申伯國）有申亭。（《後漢書·郡國志四·南陽郡》劉昭注引《博物記》。）

62.（雉）澧水出。（《後漢書·郡國志四·南陽郡》劉昭注引《博物記》。）

63.（安衆侯國）有土魯山，出紫石英。（《後漢書·郡國志四·南陽郡》劉昭注引《博物記》。）

64.（涉都鄉）今穀亭。（《後漢書·郡國志四·南陽郡》劉昭注引《博物記》。）

65.（沔陽）縣北有丙穴。（《後漢書·郡國志五·漢中郡》劉昭注引《博物記》。）

66.（南安）縣西百里有牙門山。（《後漢書·郡國志五·犍爲郡》劉昭注引《博物記》。）

67.（高都）縣南地名即垂。（《後漢書·郡國志五·上黨郡》劉昭注引《博物記》。）

68. 中興以來，都官從事多出之河内，掊擊貴族。（《後漢書·百官志四》劉昭注引《博物記》）

69. 漢世安平崔瑗、瑗子實，弘農張芝、芝弟昶，并善草書，而太祖亞之。桓譚、蔡邕善音樂，馮翊山子道、王九真、郭凱等善圍棋，太祖皆與埒能。（《三國志·魏·太祖紀》裴松之注，又見《藝文類聚》卷七十四、《太平御覽》卷九十。）

70. 魏武帝習啖野葛，至一尺，亦得少多飲鴆酒。（《三國志·魏·太祖紀》裴松之注。“少多”，《御覽》卷九十三引作“少少”，又卷九九〇引作“多飲”，《海録碎事》卷十四引作“少”。孔本《北堂書鈔》卷二十引作“啖冶葛，飲鴆酒”。鄭樵《通志略·昆蟲草木略》一“雍菜”下引張司空云：“魏武帝啖野葛，至一赤。”）

71. 帝善彈棋，能用手巾角。時有一書生，又能低頭以所冠著葛巾角撇棋。(《三國志・魏・文帝紀》裴松之注。《太平御覽》卷九十引“帝”上有“魏文”二字，“手巾角”下有“揮之黄門跪授”六字。)

72. 繈，織縷爲之，廣八寸，長尺二，以約小兒於背上，負之而行。(《三國志・魏・涼茂傳》裴注。《一切經音義》卷六十二引“繈”下有“褓”字。“尺二”，《一切經音義》卷六十二引作“丈二尺”，《資治通鑒・西漢紀》胡三省注引作“二尺”。)

73. 果下馬高三尺，乘之可於果樹下行，故謂果下。(《三國志・魏・烏丸鮮卑東夷傳》裴松之注。)

74. 舒仲膺，名邵。初，伯膺親友爲人所殺，伯膺爲報怨。事覺，兄弟爭死，皆得免。袁術時，邵爲阜陵長。(《三國志・吴・孫賁傳》裴松之注。)

75. 酒泉延壽縣南山出泉水，大如筥，注地爲溝。水有肥如肉汁，取著器中，始黄後黑，如凝膏。然極明，與膏無異，不可食。膏車及碓缸甚佳，彼方謂之石漆。(《水經注》卷一《河水一》。《後漢書・郡國志》劉昭注引“然”下有“之”字，“彼方”作“縣人”。)

76. 東方朔《神異經》曰：“昆侖有銅柱焉，其高入天，所謂天柱也，圍三千里，圓周如削。下有回屋，仙人九府治。上有大鳥，名曰希有，南向，張左翼覆東王公，右翼覆西王母，背上小處無羽，一萬九千里，西王母歲登翼上，之東王公也。故其柱銘曰：‘昆侖銅柱，其高入天，圓周如削，膚體美焉。’其鳥銘曰：‘有鳥希有，緑赤煌煌，不鳴不食，東覆東王公，西覆西王母。王母欲东，登之自通。陰陽相须，惟会益工。’”(《水經注》卷一《河水一》。)

77. 温水出鳥鼠山，下注漢水。（《水經注》卷二十《漾水丹水》。）

78. 泗出陪尾，蓋斯阜也。石穴吐水，五泉俱導，泉穴各徑尺餘。水源南側有一廟，栝柏成林，時人謂之原泉祠，非所究也。（《水經注》卷二十五《泗水》。）

79. 曹著傳，其神自云姓徐，受封廬山。後吴猛經過，山神迎猛，猛語曰："君王此山，近六百年，符命已盡，不宜久居非據。"猛又贈詩云："仰矚列仙館，俯察王神宅，曠載暢幽懷，傾蓋付三益。"（《水經注》卷三十九《廬江水》。）

80. 張騫使西域，得大蒜、胡荽。（賈思勰《齊民要術》卷三《種蒜》。）

81. 櫻桃者，或如彈丸，或如手指。春秋冬夏，花實竟歲。（賈思勰《齊民要術》卷四《櫻桃》。）

82. 平氏山之陽，紫草特好也。（賈思勰《齊民要術》卷五《種紫草》引。《神農本草經》"紫草"下陶弘景注引《博物志》及《太平御覽》卷九九六"紫草"引均作："平氏陽山，紫草特好。"）

83. 以好春酒五升；乾薑一兩，胡椒七十枚，皆擣末；好美安石榴五枚，押取汁。皆以薑、椒末，及安石榴汁，悉内著酒中，火暖取温。亦可冷飲，亦可熱飲之。温中下氣。若病酒，苦覺體中不調，飲之，能者四五升，不能者可二三升從意。若欲增薑、椒亦可；若嫌多，欲減亦可。欲多作者，當以此爲率。若飲不盡，可停數日。此胡人所謂蓽撥酒也。（賈思勰《齊民要術》卷七《笨曲並酒》。《藝文類聚》卷八十九"椒"引此條作："胡椒酒方：以好酒五升，乾薑一兩，胡椒七十枚，末；好石榴五枚，管收計，著中。下氣。""管收計"蓋係"笮取汁"

之誤。)

84. 張騫使西域還,得安石榴、胡桃、蒲桃。(賈思勰《齊民要術》卷十《果蓏》。)

85. 洛中有驅羊入蜀,胡葸子著羊毛,蜀人取種,因名“羊負來”。(賈思勰《齊民要術》卷十《胡菱》。又見《太平御覽》卷九九八、卷九〇二及《藝文類聚》卷九十四。)

86. 鑄銅之工不復可得,唯蜀地羌中時有解者。(《江文通集·銅劍贊序》。)

87. 石中黄子黄石脂。(《文選·張衡〈南都賦〉》李善注。)

88. 欲得好瑴玉,用合漿於襄鄉縣舊穴中鑿取,大者如魁斗,小者如雞子。(《文選·張衡〈南都賦〉》李善注。)

89. 王孫公子皆古人相推敬之辭。(《文選·張衡〈西京賦〉》李善注。)

90. 張騫使大夏,得石榴。李廣利爲貳師將軍伐大宛,得蒲陶。(《文選·潘岳〈閑居賦〉》李善注。)

91. 杜康作酒。(《文選·曹操〈短歌行〉》李善注。)

92. 石蕃,衛臣也,背負千二百斗沙。(《文選·張協〈七命〉》李善注。《御覽》卷七十四引“斗”作“斤”。)

93. 鑒胥號鐘,善琴名。(《文選·馬融〈長笛賦〉》李善注。)

94. 北方五狄:一曰匈奴,二曰穢貊,三曰密吉,四曰單于,五曰白屋。(《文選·潘勖〈册魏公九錫文〉》李善注。)

95. 西河郡鴻門縣亦有火井祠,火從地出。(《文選·謝惠連〈雪賦〉》李善注。)

96. 桃林在弘農湖城縣休牛之山,有石焉,曰帝臺之棋也。五色而文，狀如鶉卵。（《藝文類聚》卷六。《御覽》卷五十二引“椹”作“棋”。）

97. 三身國，一頭三身三手。昔容成氏有季子好淫，白日淫於市。帝放之西南，季子妻馬，生子人身有尾蹄。（《藝文類聚》卷三十五。又見《齊民要術》卷四、《太平御覽》卷九六九。）

98. 蒙恬造筆。（《藝文類聚》卷五十八。）

99. 摴蒲者，老子作之用卜，今人擲之爲戲。（《藝文類聚》卷七十四。《御覽》卷七二六引作“老子入西戎，造摴蒲。摴蒲，五木也。或云胡人亦爲摴蒲卜。後傳樓陰善其功”。）

100. 堯造圍棋而丹朱善圍棋。孔子曰：“不有博弈者乎，爲之猶賢乎？”案彈棋始自魏宫，文帝好之，每用手巾拂之，無不中者。（《藝文類聚》卷七十四。《御覽》卷七五三引“堯”作“舜”。《資治通鑒・晋紀三》胡三省注引作“堯造圍棋以教子丹朱，或曰舜以子商均愚，故作善圍棋以教之，其法非智莫能也”。）

101. 徐公時令人於西平、青山采取空青。（《藝文類聚》卷八十一。）

102. 石郭山上楊梅，常以貢御。（《藝文類聚》卷八十七。）

103. 葡萄即蘡薁。（《藝文類聚》卷八十七。）

104. 蟻知將雨。（《藝文類聚》卷九十七。又見《御覽》卷九四七。）

105. 漢舊事，綦國送鳶卵給太官。（《藝文類聚》卷九十二。又見《御覽》卷九二三。）

106. 外國得胡麻豆，或曰戎菽。（《藝文類聚》卷九十四。又見《御覽》卷九〇二。）

107. 鴻鵠千歲者皆胎産。（《藝文類聚》卷九十。又見《御覽》卷九一六。）

108. 祝雞公養雞法，今世人呼雞云祝祝，起此也。（《藝文類聚》卷九十一。）

109. 地有章名，則生楊梅。無章名亦有耳，有章名，無之也。（《藝文類聚》卷八十七。）

110. 唐房升仙，雞狗并去，唯以鼠惡不將去。鼠悔，一月三出腸也，謂之唐鼠。（《藝文類聚》卷九十五。）

111. 昔陽國侯溺水，因爲大海之神。（《初學記》卷六。）

112. 昔吴相伍子胥爲吴王夫差所殺，浮之於江，其神爲濤。（《初學記》卷六。）

113. 天地四方，皆海水相通。地在其中，蓋無幾也。七戎、六蠻、九夷、八狄，形類不同，總而言之，謂之四海，言皆近於海也。四海之外，皆復有海。云按東海之别有渤澥，故東海共稱渤海，又通謂之滄海。南海之别有漲海。（《初學記》卷六。"七戎"至"言近於海也"略見今本《博物志》1.23 條。《九家集注杜詩》卷三引"東海之别"作"東海之外"，當是。原文所無，據《事文類聚》前集卷十五、《淵海》卷七引"漲海"下有"西海之東有青海北海之别有瀚海"十四字。）

114. 不周山雲川之水，温如湯也。（《初學記》卷七。又見《御覽》卷七十一。）

115. 漢桓帝桂陽人蔡倫始擣故魚網造紙。（《初學記》卷二十一。《北堂書鈔》卷一〇四引"擣故魚網"作"煮樹皮"。）

116. 聖人製作曰經，賢者著述曰傳記，曰章句，曰解，曰論，曰注。(《北堂書鈔》卷九十五。“傳記”，《御覽》卷六〇八引作“記”，《御覽》卷六〇一引作“傳”。“注”，《御覽》卷六〇八引作“讀”。)

117. 扶風太守白事云：“先是有一老公，年七十餘，持五采幡，白色居多，指裴軍師門外。”(《北堂書鈔》卷一二〇。)

118. 魏明帝時京邑有一人，失其姓名，食啖兼十許人，遂肥不能動。其父曾作遠方長吏，官徒送彼縣，令故義共傳食之，一二年間，一鄉輒爲之儉。(《北堂書鈔》卷一四三。“遂肥”以下十五字據《三國志·魏·明帝紀》裴注、《御覽》卷三七八增補。)

119. 遼東赤粱，魏武帝以爲粥。(孔本《北堂書鈔》卷一四四。陳本、《初學記》卷二十六、《御覽》卷一四四引並云出《廣志》。)

120. 閩越江北山間，蠻夷啖丘蟓脯。(孔本《北堂書鈔》卷一四五。《御覽》卷九四七引云出“郭義恭《廣志》”。)

121. 鹽體同於水。又北胡有青松鹽，五原有紫鹽，内國河東有印成鹽。(孔本《北堂書鈔》卷一四六。陳本、《御覽》卷八六五引並云出《廣志》，“同於水”作“因於水”。)

122. 外國有豉法：以苦酒溲(“溲”孔本作“浸”。)豆，暴令極燥，以麻油蒸訖，復暴三過乃止。然後細搗椒屑篩下，隨多少合投之，中國謂之康伯以，是胡人姓名。傳此法者云：下氣調和。(《北堂書鈔》卷一四六。《藝文類聚》卷八十九引“三過”作“三日”。“然後”至“者云”，據《御覽》卷八五五補。)

123. 胡椒酒，古人於歲朝飲之。(《北堂書鈔》卷一四八。)

124. 代郡以北，五月山望陰，猶宿雪，六月盡末，八月復雪也。(孔本《北堂書鈔》卷一五二。《御覽》卷十二、《事類賦》卷三、《淵鑒類涵》卷九引云出《廣志》,引文略有不同。)

125. 北方地寒,冰厚三尺,氣出口爲淩。(《北堂書鈔》卷一五六。《御覽》卷三四引云出《廣志》。)

126. 雲南郡土特寒涼,四月五月猶積雪皓然。(《北堂書鈔》卷一五六。《御覽》卷十二、卷三十四、《事類賦》卷三引並云出《廣志》。引文略有不同。)

127. 豹死守窟。(《北堂書鈔》卷一五七。又見《埤雅·釋獸》。)

128. 流沙在玉門關外,有隴三斷,名三斷隴也。(孔本《北堂書鈔》卷一五七。陳本及《御覽》卷五十六引並云出《廣志》。《後漢書·李恂傳》李賢注、《史記·夏本紀》司馬貞《索隱》引亦云出自《廣志》。《廣志》曾避隋帝諱而改《博志》,孔本應是把兩書文字相混。)

129. 蹴踘黄帝所作,或曰起戰國時。(《説郛》卷十唐留存《事始》。)

130. 伯益作井。(《説郛》卷十唐留存《事始》。)

131. 海南有魚如鼉,斬其首幹之,椓去齒而更復生。(《説郛》卷一〇九下。)

132. 孔雀不匹偶,但音影相接便有孕,如白鶂,雄雌相視則孕,或曰雄鳴上風,雌鳴下風,亦孕。(《北户録》卷一。《格致鏡原》卷七十七引作:"孔雀不匹偶,但以音影相接便有孕,亦與蛇偶。又云因雷聲而孕。又云:雄鳴上風,雌鳴下風而孕。"此條可於今本 4.2 條參照。)

133. 嘉魚出於丙穴,魚鱗細似鱒魚。(《北户録》卷二。)

134. 紅鹽如印。(《北户録》卷二。)

135. 金魚腦中有麩金，出邛婆塞江。（《北户録》卷二。）

136. 張騫使西域，還，得大蒜、安石榴、胡桃、蒲桃、沙蔥、苜蓿、胡荽、黄藍，可作燕支也。紅花而出波斯，踈勒河禄國今梁漢最上，每歲貢二萬斤於織染署。（《北户録》卷三。“蒲桃”，《藝文類聚》卷八十七引作“蒲萄”。“沙蔥”，《御覽》卷九九六引作“胡蔥”。此條可與今本 6.43 條參照。）

137. 鴛鴦之瓦。（《白孔六帖》卷十。）

138. 鵂鶹鳥一名鵄鵂，晝日無所見，夜則目至明。《莊子》云：“鵄鵂，夜撮蚤察毫末，晝出瞑目而不見丘山，殊性也。”人截手爪棄露地，此鳥夜至人家，拾取視之，則知有吉凶。凶者輒更鳴，其家有殃也。所以人棄爪甲於門内者也。（《北户録》卷一。《御覽》卷九二七引“鵄鵂”作“鵋鵂”，“手爪”作“爪甲”，“拾取視之”作“拾取爪，分别視之”，“知有吉凶”作“知吉凶”，“更鳴”作“便鳴”。又“瞑目”，原文作“冥目”，據《御覽》卷九二七、《莊子·秋水》文改。“其家有殃”，《説文繫傳》卷七引作“鳴則其家有禍”。“所以人棄爪甲於門内者也”，原文無此句，據《説文繫傳》卷七所引補。《御覽》卷九二七所引“《莊子》云”别爲一條。）

139. 北胡青鹽但以味色浮雜爲不同耳。（《北户録》卷二。）

140. 君子國多蕣華之草，朝生夕死。（《北户録》卷三。“蕣華之草”，《爾雅翼》卷二引作“熏華之草”，《説文繫傳》卷二作“熏草華”。“朝生夕死”，《説文繫傳》卷二作“朝朝生華”。）

141. 燕戊己日不銜泥塗巢，此非才智，自然得之。（《事類賦》卷十九。）

142. 雲南郡出茶首,其音爲蔡茂,是兩頭鹿名也。獸似鹿兩頭,其腹中胎常以四月中取,可以治蛇虺毒,永昌亦有之也。(《事類賦》卷二十三。《御覽》卷九〇六引"茶首"下復有"茶首"二字。)

143. 小兒五歲曰鳩車之戲,七歲曰竹馬之戲。(《錦繡萬花谷》前集卷十六。王媛補正云:"《紺珠集》卷十三,《類説》卷二十三、卷六十,《談苑》卷四,《海録碎事》卷八引皆作'王元長曰'。故疑是《萬花谷》誤引。"范《佚文》輯之。)

144. 海南人謂龍眼爲荔枝奴。(《錦繡萬花谷》前集卷三十六。《類説》卷六引《海物異名記》亦有此條,"海南"作"嶺南"。)

145. 宋國有田夫,常衣緼黂以過冬。暨春東作,自曝於日,不知天下之有廣厦奥室、綿纊狐貉。顧謂其妻曰:"負日之暄,人莫知者,以獻吾君,將有重賞。"里之富者告之曰:"昔人有美戎菽、甘枲莖芹子者,對鄉豪稱之,鄉豪取而嘗之,苦於口,慘於腹,衆哂而怨之。"其人大慚而止。(《太平御覽》卷十九。又卷二十七引至"將有重賞"。又見《藝文類聚》卷三。)

146. 荒年暫辟穀法:但食蠟半斤,輒支十日不飢。東阿王嘗與甘始同寢處,百日不食而容貌自若,用此術也。(《太平御覽》卷三十五。又卷七六六。)

147. 君山,洞庭之山是也。帝之二女居之,曰湘夫人。帝女遣精衛至王母,取西山之玉印,印海北山。(《太平御覽》卷四十九。此條可與今本 6.22 條參照。)

148. 漢景帝三年,有白頸烏與黑烏群鬥於吕縣,白頸烏不勝,墮泗水中,死者數千。(《太平御覽》卷六十三。)

149. 黄帝仙去，其臣思戀罔極，或刻木立像而朝之，或取其衣冠而葬之，或立廟而四時祠之。（《太平御覽》卷七十九録《抱朴子》引張茂先《博物志》。）

150. 水有濁有清，河淮濁，江濟清，南陽有清泠之水、丹水、泉水，汝南有黄水，華山南有黑水，天下之水皆類五色。今載其名也，濘水不流。（《太平御覽》卷九十五。）

151. 河東平陽，堯所都；河東太陽，虞所都。（《太平御覽》卷一五五。）

152. 潁川、陽翟，夏禹國，弘農、陝，虢所都。（《太平御覽》卷一五五。）

153. 河南偃師尸鄉，湯所都。（《太平御覽》卷一五五。）

154. 魯國薛，奚仲所都。河南洛陽，周公遷殷民曰成周。河南武王遷九鼎，周公營之，以爲王城，平王所都。（《太平御覽》卷一五五。）

155. 河南鞏，東周所都。（《太平御覽》卷一五五。）

156. 扶風槐里，周懿王所都。（《太平御覽》卷一五五。）

157. 扶風郇邑幽鄉，公劉所封。（《太平御覽》卷一五五。）

158. 左馮翊榛陽，秦獻公所封。（《太平御覽》卷一五五。）

159. 扶風雍，秦惠王所都。（《太平御覽》卷一五五。）

160. 周在中樞，三河之分，風雨所起，四險之國。武王克殷，定鼎郟鄏，以爲東都。（《太平御覽》卷一五八。此條可與今本 1.7 條參照。）

161. 劍後擊鹿盧，名曰屬鏤。（《太平御覽》卷三四四。）

162. 朝廷都許時，上先人刀劍楯物及銅大盆、殿上四角鼎，皆先侯所賜得也。(《太平御覽》卷三五七。)

163. 鏐民其肺不朽，百年復生。(《太平御覽》卷三七六。)

164. 齊桓公獵得一鳴鵠，宰之，嗉中得一人，長三寸三分，著白圭之袍，帶劍持車，罵詈瞋目。後又得一折齒，方圓三尺，問群臣曰："天下有此及小兒否?"陳章答曰："昔秦胡充一舉渡海，與齊、魯交戰，傷折版齒。昔李子敖於鳴嗉中游，長三寸三分。"(《太平御覽》卷三七八。)

165. 賁育之勇。(《太平御覽》卷四三七。)

166. 周之正月受社牲之首以出種子，帝籍霾。又受社雍及祭以沐霾種，上辛乃射黑牲於帝郊，以祈來年之豐。二月司空開冰射，桃弧棘矢五發而御其災。(《太平御覽》卷五三二。)

167. 河内淇園張公老而無子，貲財累億，求没入官。死葬園中，於今供祀犧牲。(《太平御覽》卷五五六。)

168.《白雪》是天帝使素女鼓五十弦曲名，以其調高，人和遂寡。(《太平御覽》卷五九一。又見《唐會要》卷三十三。)

169. 王延壽，逸之子也。魯作靈光殿初成，逸語其子曰："汝寫狀歸，吾欲爲賦。"文考遂以韻寫簡，其父曰："此即好賦，吾固不及也。"(《太平御覽》卷五八七。)

170. 魯闍里蔡伯公死，求葬庭中，有二人行。頃還葬，二人復出，掘土得石槨，有銘曰："四體不勤孰爲作，生不遭遇長附託，賴得二人發吾宅。"閭里祠之。(《太平御覽》卷五九〇。)

171. 夏曰念室，殷曰動止，周曰稽留，三代之異名也。又狴犴者，亦獄别名。(《太平御覽》卷六四三。)

172. 光武嫌二千石綬不青而細，朱浮議更用青羽。(《太平御覽》卷六八二。又見《北堂書鈔》卷一三一。)

173. 太僕朱浮言："詔書曰：'百官皆帶王莽時綬，又不齊，因前袁安故綬工李涉等六家所織綬不能具丙丁文，能如組狀，募能爲丙丁文，謹圖畫一綬，丙丁制度，賜縑五十匹。'今王莽時六安都尉留應募能爲丙丁文，謹處武庫，給食，留晝夜思念，諷誦狂癡，三十日病瘉。今文以成，請賜縑五十匹。"(《太平御覽》卷六八二。)

174. 作燕支法：取藍藹搗以水，洮去黄汁，作十餅如手掌，著濕草卧一宿，便陰乾。欲用燕支，以水浸之，三四日，以水洮黄赤汁，盡得赤汁而止也。(《太平御覽》卷七一九。)

175. 虎知衝破，又能畫地卜。今人有畫物上下者，推其奇偶，謂之虎卜。(《太平御覽》卷七二六。《北户録》卷二引"衝"作"衡"，無"下"字，"推其"作"推爲"。)

176. 近世有田夫，至巧而不自覺也。其婦稱之，猶不自知。乃削木爲小麥，試糴之，糴者無疑，歸磨乃覺非麥。(《太平御覽》卷七五二。又卷八三八引"試糴"作"入市糴"，《藝文類聚》卷八十五同。)

177. 老子入西戎，造樗蒲蔔也。或云蕃人亦爲樗蒲蔔，後傳樓陰善其功。(《太平御覽》卷七二六。又卷七五四引"西戎"作"胡"，《藝文類聚》卷七十四同。"造樗蒲"，《類聚》卷七十四引作"作樗蒲"，《御覽》卷七五四引爲"日作摴蒱焉"。)

178. 黄孫天毒君之孫也，名貴負。躁而好自飲汁，父母笑之。愧而去，居此黄孫國，去九嶷二萬一千里。(《太平御覽》卷七九〇。)

179. 鮫人從水出，寓人家積日，賣絹。將去，從主人索一器，泣而成珠滿盤，以與主人。(《太平御覽》卷八〇三。《蒙求集注》卷上引“水”字下有“中”字，“寓人家”作“向人家寄住”，“絹”作“綃”，“將去”作“臨去”，“器”字上有“一”字，“成”字作“出”字。)

180. 得好鼓玉角。(《太平御覽》卷八〇五。)

181. 積艾草三年，燒之，津液下流成鉛錫。(《太平御覽》卷八一二。)

182. 蕪蘇子染法：蕪蘇子一升，可染一匹，直以水浸之耳。(《太平御覽》卷八一四。)

183. 蜀人以絮巾爲帽絮。(《太平御覽》卷八一九。)

184. 仲秋月，取折頭鯉子，去鱗破腹，使膂割爲漸米爛藻之，以赤秫米飯鹽酒令糝之，鎮不苦重，逾月乃熟，是謂秋鯖。(《太平御覽》卷八六二。《北堂書鈔》卷一四六引“仲秋月”上有“西羌”二字，“折頭”作“赤頭”，“是謂秋鯖”作“以爲鮨”，無“使膂割”及以下文字。“藻”，《天中記》卷四十六、《淵鑒類函》卷三八九引作“燥”。)

185. 酒暴熟者酢醢，酸者易臭。(《太平御覽》卷八六六。)

186. 燧人鑽木而造火。(《太平御覽》卷八六九。)

187. 化民食桑二十七年，以絲自裹，九年死。(《太平御覽》卷八八八。)

188. 江漢有貙人能爲虎。俗云貙虎化爲人，好著紫葛衣，其足無踵。有五指者，皆貙也。越巂國之老者，時化爲虎。寧州南見有此物。(《太平御覽》卷八八八。此條可與今本2.23條參照。“江漢有貙人能爲虎”，《御覽》卷八九二引作“江陵有人化爲虎”。)

189. 穢貊國南與辰韓,北與句麗沃沮接,東窮大海。海中出斑魚皮,陸出紋豹,又出果下馬,漢時獻之,駕輦車。正始六年樂浪太守劉茂,帶朔方太守弓遵,領東穢屬句麗伐之,舉邑降之。(《太平御覽》卷八九七。)

190. 介葛盧聞牛鳴,知生三犢,盡爲犧牲。嵇叔夜以爲無比,皆先儒妄説。(《太平御覽》卷八九九。)

191. 陰夷山有淫羊,一日百遍。脯不可食,但著床席間,已自驚人。又有作淫羊脯法:取羖羜各以一,别繫令裁相近而不使獻接,食之以地黄、竹葉,飲之以麥汁、米瀋。百餘日後,解放之,欲交未成,便牽兩殺之,膞以爲脯。男食羖,女食羜,則並如狂,好醜亦無所避,其勢數日乃歇。治之方:煮茱萸、菖蒲汁飲之。又以水銀宫脂塗陰,男子即痿。宫脂,鹿脂也。(《太平御覽》卷九〇二。)

192. 商邱子有《養豬法》,卜式有《養豬法注》。(《太平御覽》卷九〇三。)

193. 儒者言月中兔。夫月水也,兔在水中無不死者。夫兔月氣也。(《太平御覽》卷九〇七。)

194. 蜀牛不施繩,右前曰排,左側曰促,而牛解人語。(《太平御覽》卷八九九。)

195. 兹白若白烏,踞牙食虎豹,其狀如鵲耳,身若虎豹,尾長參其身,食虎豹。(《太平御覽》卷九一三。)

196. 逢伯雲所説,有獸緣木,緣文似豹,名虎僕。毛可爲筆。(《太平御覽》卷九一三。)

197. 丹里之山有獸焉,狀如鼠,名曰聆,以其尾飛也。(《太平御覽》卷九一三。)

198. 稽山之陰，禹葬焉。聖人化感鳥獸，故象爲民佃。春耕銜拔草根，秋啄除其穢。故縣官禁民不得殺傷此鳥，犯者刑之無赦。(《太平御覽》卷九一四。)

199. 鴻雁三同三異：秋來賓一同也，鳴如家鵝二同也，進有漸而飛有序三同也；雁色蒼而鴻色白一異也，雁多群而鴻寡侶二異也，雁飛不過高山而鴻薄雲漢三異也。(庫本《太平御覽》卷九一六，影宋本無。又見《陸氏詩疏廣要》卷下之上。)

200. 中諸毒藥已死者，取生鴨斷頭，以鴨項内病者口中，得血三兩滴入喉中，即蘇也。(《太平御覽》卷九一九。)

201. 崇吾之山有鳥焉，一足一翼一目，相得乃飛，名曰鶼鶼，見則天下大水。(《御覽》卷九二七。此條可與今本《博物志》3.11 條參照。)

202. 燕太子丹質於秦，見遣，而爲機橋於渭，將殺之。蛟龍夾舉，機不得發。(《御覽》卷九三〇。此條可與今本《博物志》8.14 條參照。)

203. 河陰岫穴出鮪魚焉。(《太平御覽》卷九三六。)

204. 江陽縣北，有魚穴二所，常以二月八日出魚，曰丙穴。(《太平御覽》卷九三七。"三月八日"作"二月八月"，《後漢書・郡國志・南陽郡》劉昭注、《北户録》卷二"江陽"作"漢中沔陽"，"二月"作"三月"。)

205. 東海有蛤，鳥常啖之。其肉消盡，殼起浮出。更泊在沙中岸邊，潮水往來，碏薄蕩白如雪。入藥最精，勝采取自死者。(《太平御覽》卷九四二。)

206. 秋蟹毒者，無藥可療，目相向者尤甚。(《太平御覽》卷九四二。)

207. 南海有水蟲,名蒯,蛤之類也。其中有小蟹,大如榆莢,蒯開甲食則蟹亦出食,蒯合甲蟹亦還入,爲蒯取以歸。始終死不相離。(《太平御覽》卷九四二。又見《北户録》卷一注,文字略異。)

208. 蟹漆相合成水。(《太平御覽》卷九四二,下有注文"《神仙服食方》云"。此條可與今本4.53條參照。)

209. 深山窮谷多毒虐之物,氣則有瘴癘,人則有工蠱,獸則有虎,鳥則有鴆,蛇則有蝮,蟲則有射工、沙虱,草則有鈎吻、野葛,其餘則蛟蟒之屬生焉。(《太平御覽》卷九五〇。)

210. 交州南有蟲長一寸,大小如指,有廉棱,形如白石英,不知其名。視之無定色,在陰地色多緗緑,出日光中變易,或青或緑,或丹或黄,或紅或赤,女人取以爲首飾。宗岱每深以爲物無定色,引雲霞以爲喻。故托此以助成其説。今孔雀毛亦隨光色變易,或黄或赤,但不能如此蟲耳。(《太平御覽》卷九五〇。)

211. 諸遠方山郡僻處出蜜蠟。蜜蠟所着皆绝巖石壁,非攀援所及,唯於山頂以檻輿自懸掛下,遂乃得取采。蜂遂去不還,餘窠及蠟着石不盡者,有鳥,形小於雀,群飛千數,來啄之,至春都盡,其處皆如磨洗。至春蜂皆還,洗處結窠如故。年年如此,物無錯亂者。人亦各各占其平處,謂之蠟塞。鳥謂之靈雀,捕搏終不可得也。(《太平御覽》卷九五〇。"非攀援"原作"飛攀援",據《事類賦》卷二十三引改。又《事類賦》卷二十三引無"僻處"二字。)

212. 水蛭三段而成三物。(《太平御覽》卷九五〇。又見《續一切經音義》卷五。)

213. 荒亂不得食,可細切松柏葉,水送令下,隨能否以不飢爲度。粥清送爲佳。當用柏葉五合、松葉三合,不可過度。(《太平御覽》卷九五〇。)

214. 蜀中有樹名桄榔,皮裏出屑如麵。用作餅食之,謂之桄榔麵。(《太平御覽》卷九六〇。)

215. 梨類甚多,楂、杜、樸皆是,有大小甜酢之異耳。(《太平御覽》卷九六九。)

216. 橙似橘而非,若柚而有芬香。成都、廣成、郫、繁、江原、臨邛六縣生金。(《太平御覽》卷九七一。《文選·張協〈七命〉》李善注引無"成都"及以下十四字。)

217. 成都、廣都、郫、繁、江原、臨邛六縣生給橙,似橘而非,若柚而芬香。夏秋冬或華或實,大如櫻桃,小者或如彈丸。或有年,春秋冬夏華實竟歲。(《太平御覽》卷九七一。"繁",《淵海》卷九十二引作"新繁"。"給橙",《淵海》卷九十二引作"金橙"。《史記·司馬相如列傳》裴駰《集解》引郭璞作"給客橙"。)

218. 橘柚類甚多,甘、橙、枳皆是,豫章郡出真者。(《太平御覽》卷九七三。《文選·潘岳〈爲賈謐作贈陸機〉詩》李善注引無"豫章郡出真者"六字。)

219. 伏波將軍唐資傳蜀人煞薑法:先灑掃,別粗細爲三輩,盛著籠中。作沸湯,没籠著湯中。須臾,取一片横截斷視其熟否。裏既熟訖,便内著甖中,細擣米末以覆上,令薑不見。訖,以向湯,令復沸,使相淹消。息視甖中,當自沸,沸便陰乾之。(《太平御覽》卷九七七。)

220. 夫性之所以和,病之所以愈,是當其藥,應其病則生,違其藥,失其應則死。(《太平御覽》卷九八四。)

221. 平氏陽山縣,紫石英特好。其他者色淺。紫石英,舊出胡陽縣。(《太平御覽》卷九八七。)

222. 地有蓼名則禹餘糧生,亦有蓼名無者矣。今藥中有禹餘糧者,世傳昔禹治水棄其所餘於江中而爲藥也。(《太平御覽》卷九八八。)

223. 天門冬,莖間有逆刺。若葉滑者曰郤休,一名顛蕀。挼根入湯,可以浣缣素,白如絨紵,越人名爲浣草,勝於用灰,此非天門冬,乃相似耳。凡服此,先試浣衣,如法者便非天門冬。(《太平御覽》卷九八九。)

224. 類草也,其根名爲弱頭,大者如升,其外理白,可以灰汁煮則凝,成熟可以苦酒醃食之。不以灰煮則不成熟。蜀人珍貴之。(《太平御覽》卷九九四。)

225. 晋武帝喻邀書,司空張華撰《博物志》進武帝。帝嫌煩,令削之。賜側理紙萬張。(《太平御覽》卷一〇〇〇。《佩文韻府》卷一〇二之五亦引"南越以海苔爲紙其理倒側,故名側理"。《御覽》卷六〇五引略同,題作《拾遺記》。馬國翰亦輯之,注云:"按此條疑盧氏或周氏序文。")

226. 凡諸飲水療疾,皆取新汲清泉,不用停污濁暖,非直無效,固亦損人。(王媛補正云:"按:此條見《政和新修經史證類備用本草》卷五引,是明清人新補。《本草綱目》卷五亦引,作'禹錫云'。")

227. 芸蒿葉似邪蒿,春秋有白蒻、青蒻,長四五寸,香美可食。長安及河内並有之。(宋唐慎微撰《政和新修經史證類備用本草》卷六。)

228. 平氏陽山紫草特好,魏國以染色,殊黑。比年東山亦種,色小淺於北者。(《政和新修經史證類備用本草》卷八。平氏陽山,《齊民要術》卷五引作"平民山之陽",《農政全書》

卷四十引作“平氏山之陽”。“魏國”以下,《御覽》卷九九六引作“其他者色淺”。)

229. 鈎吻葉似亮葵,並非黄精之類。毛茛是有毛,石龍芮何千鈎吻。(《政和新修經史證類備用本草》卷十。)

230. 鈎吻毒,桂心、葱葉沸解之。(《政和新修經史證類備用本草》卷十。)

231. 郝晦行華草於太行山北,得紫葳華。(《政和新修經史證類備用本草》卷十二。范氏校證云“華草”二字疑衍。)

232. 桓葉似柳子,核堅正黑,如鑿,可作香纓,用辟惡氣、浣垢。(《政和新修經史證類備用本草》卷十四。“柳子”,《本草綱目》卷三十五引作“欅柳葉”。又原文無“如鑿”,據《本草綱目》卷三十五所引補。)

233. 桓葉似椰子。(《政和新修經史證類備用本草》卷十四。)

234. 飼豬以梓臼皮,使豬肥。(《政和新修經史證類備用本草》卷十四。)

235. 酸桶七月出穗,蜀人謂之主音穗。上有鹽著可爲羹,亦謂之酢桶矣。吴人謂之爲鹽也。(《政和新修經史證類備用本草》卷十四。)

236. 楓樹上生菌,人食即令人笑不止,飲土漿屎汁愈。(《政和新修經史證類備用本草》卷十五。)

237. 蔡佘義獸似鹿,兩頭,其胎中屎四時取之,未知今有此物否。(《政和新修經史證類備用本草》卷十六。)

238. 鵁鶄巢於高樹,生子穴中,銜其母翅飛下。(《政和新修經史證類備用本草》卷十九。《藝文類聚》卷九十二、《御覽》卷九二五引皆作《異物志》,王媛補正云:“此條疑是《政和新修經史證類備用本草》誤引，而後《本草綱目》卷四十七沿襲之。周《補》、范《佚文》皆輯之，誤。”）

239. 食人死膚，令人患惡瘡，多是此蟲。食主之法，當以狸膏之，及食狸肉。凡正月食鼠殘，多爲鼠瘻，小孔下血者是此病也。（《政和新修經史證類備用本草》卷二十一陳藏器録。王媛補正云：“‘多是此蟲’以下皆非《博物志》之文，而范《佚文》輯之，誤也。”）

240. 合玉漿，用穀玉，正縹白色，不夾石者，大如升，小如雞子，取穴中者，非今作器物玉也。出襄鄉縣舊穴中，黄初中，詔征南將軍夏侯尚求之。（王媛補正云：“按：此條見《政和新修經史證類備用本草》卷三十引。此條及下條，《政類本草》引自陶弘景之言，但云‘張華云’，疑是《博物志》内容，不能確定，故列於此。”）

241. 劉褒，漢桓帝時人，曾畫《雲漢圖》，人見之覺熱；又畫《北風圖》，人見之覺涼。官至蜀郡太守。（《太平廣記》卷二一〇。“雲漢圖”，原作“雲台閣”，據明抄本及《歷代名畫記》卷四、《類説》卷七改。“涼”，《六帖補》卷十三、《類説》卷七引作“寒”。）

242. 沈釀川者，漢鄭弘靈帝時爲鄉嗇夫，從宦入京，未至，夜宿於此。逢故人，四顧荒郊，村落绝遠，沽酒無處，情抱不申。乃投錢於水中而共飲，盡夕酣暢，皆得大醉，因名爲沈釀川。明旦分首而去，弘仕至尚書。（《太平廣記》卷三九九。又見崔豹《古今注》引，文字略異。）

243. 酒樹出典遜國，名梶酒。（《太平廣記》卷四〇六録《撫南志》引《博物志》。）

244. 巴蛇食象，三歲而出其骨，食之無心腹之疾。（《太平廣記》卷四五六。又見徐鍇《説文繫傳》卷二十八,"食之"上有"君子"二字。)

245. 西北荒中有小人,長一寸,其君朱衣玄冠,乘輅車馬,引爲威儀居處。人遇其乘車,抵而食之,其味辛,終年不爲物所咋。并識萬物名字,又殺腹中三蟲。三蟲死,便可食仙藥也。(《太平廣記》卷四八二。)

246. 蹄羌之國,其人自膝以下有毛如水蹄,常自鞭其脛,日行百里。(《太平廣記》卷四八二。)

247. 鴻毛爲囊,可以渡江,不漏。(《埤雅》卷六。)

248. 孔雀尾多變色,或紅或黄,喻如雲霞,其色無定。人拍其尾則舞,尾有金翠,五年而後成。始生三年,金翠尚小,初春乃生,三四月後復凋,與花萼俱衰榮。雌者不冠,尾短無金翠,人采其尾以飾扇拂,生取則金翠之色不減。南人取其尾者,握刀蔽於叢竹潛隱之處,伺過,急斬其尾,若不即斷。回首一顧,金翠無復光彩。性頗妬忌,自矜其尾,雖馴養已久,遇婦人童子服錦彩者,必逐而啄之。每欲山棲,先擇置尾之地,故欲生捕者,候雨甚往擒之,尾沾而重,不能高翔。人雖至,且愛其尾,不復騫也。(《埤雅》卷七。)

249. 紅藍花生梁漢及西域,一名黄藍,張騫所得也。(《圖經衍義本草》卷十七。又見《雲麓漫鈔》卷七。)

250. (峨眉山《博物志》以爲)牙門山。(《太平寰宇記》卷七十四。)

251. 蜀南沈黎,高山中有物似猴,長七尺,能人行,名曰玃。路見婦人,輒盜之入穴,俗呼爲夜叉穴。西蕃部落輒畏之。(《太平寰宇記》卷七十七。《元豐九域志》卷七所引"沈黎"下有"郡"字。此條可與今本 3.8 條參照。)

252. 石羊山上有蘭若溪,溪口有一穴,莫知淺深。穴口有大樹,色如黛赭,形如鳥翼,或如刀劍,仰觀如羊。千歲木也。(《太平寰宇記》卷九十六。)

253. 杜鵑生子,寄之他巢,百鳥爲飼之也。(《韻語陽秋》卷十六。又見《東坡志林》卷九。)

254. 營與青同,海東有青邱,齊有營邱,豈是名乎?(《爾雅·釋地》釋文。)

255. 食桑者有蛹而蛾,蛾類皆先孕而後交。(宋蔡元度《毛詩名物解》卷十二。)

256. 凡水源有石硫黄,其泉則温。或云神人所暖,主療人疾。(《海録碎事》卷三下。)

257. 鯨魚大者數十里,小者猶數十丈。(郭知達《九家注杜詩》卷二。)

258. 東海之外有渤澥,故與東海共稱渤海。(郭知達《九家注杜詩》卷三。)

259. 燒燕肉而致龍。(施元之、顧禧編《施注蘇詩》卷三。)

260. 龍抱寶而眠,謂之癡龍。(施元之、顧禧編《施注蘇詩》卷十四。)

261. 殷名獄曰羑里,湯陰在亳州。(徐鍇《說文繫傳》卷七。)

262. 虞,林氏國之珍獸也。(《說文繫傳》卷九。)

263. 東夷有國,謂國爲邦,行酒爲行觴,秦之遺也。(徐鍇《說文繫傳》卷十二。)

264. 郟瞞長二丈也。(《說文繫傳》卷十二。)

265. 有通儒、碩儒、腐儒、愚儒、豎儒、鄙儒。(徐鍇《說文繫傳》卷十四。）

266. 山有水，有石，有金、木、火，故名山含魄，五行具也。（徐鍇《説文繫傳》卷十八。）

267. 黄帝臣相土作乘馬。（《説文繫傳》卷十九引）

268. 停水東方曰都，一名沆也。（徐鍇《説文繫傳》卷二十一。）

269. 凡土三尺已上爲壤，三尺以下爲土。（《説文繫傳》卷三十七。）

270. 祝融造市，高辛臣也。蚩尤造兵，炎帝臣也。揮造弧，牟夷（"夷"字據藍格鈔本補）造矢，倉頡造書，容成造曆，伶倫造律，隸首造數，皆黄帝臣也。儀狄造酒，禹時人。綿駒善歌，齊人。（曾慥《類説》卷二十三。《紺珠集》卷四引作"捷剟病，忽恍善忘，皆黄帝臣也。儀狄造酒，禹時人。綿駒善歌，即齊人也"。）

271. 昭華玉者，律琯也，又曰昭華管，秦府庫中玉笛也。長二尺三寸，六孔，吹之，則見車馬山林隱轔相次。息，並不復見。其上銘曰"昭華之管"。（高似孫《緯略》卷十。）

272. 四海之外皆復有海，南海之外有漲海，北海之外有瀚海。（周祈《名義考》卷四。）

273. 白民國，今之白州。（吴任臣《山海經廣注》卷十四。）

274. 鶹鶝鸛䳌，其抱以聒。（吴任臣《山海經廣注》卷十五。）

275. 海中有蜃，能吐氣成樓臺。蜃，蚌屬。（鄧士龍《事類捷録》卷一。）

276. 服玉用藍田穀玉，白色者平常服之則應神仙。有人臨死服五斤,死經三年,其色不變。古來發冢見屍如生者,其身腹内外無不大有金玉。漢制,王公皆用珠玉匣,是使不朽故也。煉服之法,水屑隨宜,雖曰性平而服玉者,亦多發熱如寒食散狀。金玉既天地重寶,不比餘石,若未深解節度,勿輕用之。(李時珍《本草綱目》卷八。)

277. 九真一種草,似百部,但長大爾。懸火上令乾,夜取四五寸,切短含嚥,汁主暴嗽,甚良,名爲嗽藥。(《本草綱目》卷十八。)

278. 石髮生海中者長尺餘,大小如韭菜。以肉雜蒸食,極美。(《本草綱目》卷二十一。王媛補正云:"《御覽》卷一〇〇〇、《唐詩鼓吹》卷三引自《異物志》,故疑是《本草綱目》誤引。")

279. 桃根爲印,可以召鬼。(《本草綱目》卷二十九,又卷三十八。王媛補正云:"(此條)出李石《續博物志》卷九,李時珍誤入《博物志》。周《補》、范《佚文》輯之,誤。"此條見今本《續博物志》卷九,無"以"字。)

280. 鼉謂之土龍。(《本草綱目》卷四十三,又見《山海經廣注》卷五。《埤雅》卷二引云"出《續博物志》"。王媛補正云"李時珍誤入《博物志》。周《補》、范《佚文》輯之,誤。"此條不見於今本《續博物志》。)

281. 枳首蛇,馬鱉食牛血所化。(《本草綱目》卷四十三。此條見李石《續博物志》卷九,"枳首蛇"作"兩頭蛇"。王媛補正云:"李時珍誤入《博物志》,范《佚文》輯之,誤。")

282. 鷄生關西,飛則雌前雄後,隨其行止。(《本草綱目》卷四十八。)

283. 行止閑暇故曰鷴。(《本草綱目》卷四十八引云"張華云”。《蘇詩補注》卷三十引云“《博物志》云”。）

284.（啄木鳥）此鳥能以嘴畫字，令蟲自出。（《本草綱目》卷四十九。此條見《續博物志》卷六。王媛補正云：“李時珍誤入《博物志》，范《佚文》輯之，誤。”）

285. 駝屎燒煙殺蚊蝨。（《本草綱目》卷五十。此條見《續博物志》卷二。王媛補正云：“李時珍誤入《博物志》，周《補》、范《佚文》輯之，誤。”）

286. 以狗肝和土泥竈，令婦女孝順。（《本草綱目》卷五十。此條見《説郛》卷一〇九引吴僧贊寧《感應類從志》。王媛補正云：“李時珍誤入《博物志》，周《補》、范《佚文》輯之，誤。”）

287. 海獱頭如馬，自腰以下似蝙蝠，其毛似獺，大者五六十斤，亦可烹食。（《本草綱目》卷五十一。《説文繫傳》卷十九引作“猵頭如馬頭，腰已下似蝙蝠，毛嫩，犬可五斤，俗作獱”。王媛補正云：“今按《御覽》卷九一二引如淳注《博物志》云：‘獱如馬，自腰以下似蝙蝠，毛似獺，大可五六斤。淳同鄉人吉武，景福中征遼東時，運船至於海中，有猵獺跳上船，船人皆謂海神，共叩頭敬禮。船左武令人云：“但魚獺耳，可烹而食之。”’可知此條應是如淳注《博物志》之文。周《補》、范《佚文》輯之，誤。”）

288. 令婦不妬：取婦人月水布裹蝦蟆，於厠前一尺入地五寸埋之。（《本草綱目》卷五十二。此條見《説郛》卷一〇九引吴僧贊寧《感應類從志》。王媛補正云：“李時珍誤入《博物志》，周《補》、范《佚文》輯之，誤。”）

289. 扶南國有奇術，能令刀砍不入。惟以月水塗刀便死。此是穢液，壞人神氣，故合藥忌觸之。（《本草綱目》卷五十二。王媛補正云:“《政和新修經史證類備用本草》卷十五有《博物志》‘交州夷人’條,其下接此條,注引自陶隱居言,故此條應是《本草綱目》誤引。范《佚文》輯之,誤。”)

290. 陳成初生十女,使妻繞井三匝,祝曰:“女爲陰,男爲陽;女多災,男多祥。”繞井三日,果生一男。(褚人獲《堅瓠集》秘集卷三。)

291. 月布在户,婦人留連。注謂:“以月布埋户限下,婦女入户則自淹留不去。”(褚人獲《堅瓠集》廣集卷一。王媛補正云:“《説郛》卷一〇九下引吴僧贊寧《感應類從志》中載,明人引《感應類從志》,多誤作張華《博物志》。故此條列於‘疑僞’。范《佚文》輯之,誤。”)

292. 朝鮮有泉水、洌水、汕水,三水合爲洌水。(杜佑《通典》卷一八五。)

293. 伏羲造八卦,神農造五穀,貨狄造舟,維父造臼杵,蚩尤造兵,黄帝造冠冕,容成造曆,歧伯造醫,正首造數。(《紺珠集》卷四、《類説》卷二十三引“正首”作“隸首”。)捷剟病,忽恍善忘,皆黄帝臣也;儀狄造酒,禹時人;綿駒善歌,即齊人也。皋陶造獄,稽仲造車,伯益造井,蒙恬造筆,蔡倫造紙。(唐釋湛然《法華玄義釋籤》卷十五。)

294. 嵩高爲中岳,屬豫州;華山爲西岳,屬同州;泰山爲東岳,屬兖州;恒山爲北岳,屬冀州;衡山爲南岳,屬荆州。(唐釋湛然《輔行記》卷一之一。)

295. 東九夷,南六蠻,西七戎,北八狄,次荒之國也。(唐釋湛然《輔行記》卷一之三。)

296. 南方炎洲有火林山,生不夷之木。其山晝夜大火常然,猛風不盛,暴雨不滅。其木皮花皆堪爲布。而皮布粗,花布細。又有火浣獸，其形似鼠，可重百斤。毛長三四寸，色白細如絲。常居火中，烔赤如火。時時出外，夷人以水逐而沃之，得水即死，取其毛績以爲布。彼夷人皆衣其衣。經有垢污，若以灰水洗，終日仍舊不能淨。若置於火中燒之，與火同赤。經二食須出而振之，塵去，潔白如新，因名火浣。（唐釋慧琳《一切經音義》卷十五。）

297. 安都縣有樹兩株，並生爲一樹。明年，枯者更榮，榮者更枯，號曰交讓之木。（智圓《涅槃經疏三德指歸》卷一引。"安都"，唐道暹《涅盤經疏私記》卷一引作"安孝"。任昉《述異記》卷上："黄金山有楠樹，一年東邊榮，西邊枯；後年西邊榮，東邊枯。年年如此。張華云：交讓樹也。"）

298. 昆侖墟，赤水出東南陬，河水出其東北陬，洋水出其西北陬，弱水出其西南陬，河水之入東海，三水入南海。張騫渡西海，至大秦，大秦之西烏遲國，烏國之西復有海。西海之濱有小昆侖，高萬仞，方八百里。（《雲麓漫鈔》卷九。原文云出《博雅》。王媛補正云："隋以後《廣雅》因避諱多稱《博雅》，考《楚辭補注》卷一引《博物志》：'漢張騫渡西海，至大秦。大秦之西烏遲國，烏遲國之西復言有海。西海之濱有小昆侖，高萬仞，方八百里。'可知《雲麓漫抄》所引之《博雅》並非《廣雅》，而是《博物志》。"此條可與今本 1. 29 條參照。）

299. 孟勞，寶刀。（《紺珠集》卷四。）

300. 辟閭、巨闕，寶劍。（《紺珠集》卷四。此條可與今本 6. 32 條參照。）

301. 繁弱之弓、屈盧之矛、溪子之弩、孤父之戈，皆古之寶器。（《紺珠集》卷四。"溪子"，《類説》卷二十三引作"雞子"，《玉海》卷一五一引作"豯子"。）

302. 搏穀,《爾雅》:鳩名。(《紺珠集》卷四。)

303. 田鶺,鵖鴔别名。(《紺珠集》卷四。)

304. 庸渠,相如賦:水鳥名。(《紺珠集》卷四。)

305. 姊歸,《高唐賦》:子歸别名。(《紺珠集》卷四。王媛補正云:"《類説》卷二十三引出《續博物志》,故疑是誤引。")

306. 太行而北去亦不知山所限極處,亦如東海不知所窮。(《淵海》卷四十三。)

307. 戚夫人善爲翹袖折腰之舞,歌《出塞》《入塞》《望歸》之曲。(《淵海》卷七十八。又見《西京雜記》卷一。"望歸",原文作"望雲",據《西京雜記》卷一所載改。)

308. 管仲嘗爲圉人。(《四書逸箋》卷六。)

309. 聖駕出時,常有此二種物也。(後唐景霄《四分律行事鈔簡正記》卷十五。)

310. 綸似宛轉繩。(《爾雅注疏》卷一《考證》。)

311. 夔形如鼓而知禮。(《爾雅翼》卷十八。)

312. 鶯曰搏黍。(孫奕《示兒編》卷十五。)

313. 羿與鑿齒戰於壽華之野。羿持弓,鑿齒持矛,羿殺之。(《通志》卷三上。)

314. 大宛馬嗜苜蓿,漢使張騫因采葡萄、苜蓿種歸。(南宋陳景沂《全芳備祖集》後集卷二十六。)

315. 拜時之婦,盡恭於舅姑;三日之婚,成吉於夫氏。准于古義,可爲成婦。(《通典》卷五十九。)

316. 龍生九子,不成龍,各有所好。鴟吻,蚆蠟之類也。贔屭其形似龜,性好負重,故用載石碑。螭其形似獸,性好望,故立屋角上。蒲牢其形似龍而小,性好吼叫,有神力,故懸於鐘之上。憲章其形似獸,有威,性似囚,故立於獄門上。饕餮性好水,故立橋所。蟋蜴形似鬼頭,性好腥,故用於刀柄上。蒲牢其形似龍,性好風雨,故用於殿脊上。螭虎其形似龍,性好文彩,故立於碑文上。金猊其形似獅,性好火煙,故立香爐蓋上。椒圖其形似螺螄,性好閉口,故立於門上,今呼鼓了,非也。虭蛥其形似龍而小,性好立險,故立於護朽上。鼇魚其形似龍,性好吞火,故立於屋脊上。獸吻其形似獅子,性好食陰邪,故立門環上。金吾其形似美人首,魚尾,有兩翼,其性通靈,不睡,故用巡警。(《説略》卷三十引作“《博物志》逸篇云”。《菽園雜記》卷二亦云“出《山海經》、《博物志》”。“龍生”至“各有所好”原文無,據楊慎《詞品》引陸文量《菽園雜記》所引《博物志》逸篇補。)

317. 條支國西海有獅子大雀。(《通雅》卷四十五。)

318. 占斯,李當之云是樟樹上寄生。(《通雅》卷四十三。)

319. 戎鹽累卵,即青鹽之大顆者也。(《通雅》卷四十八。)

320. 之乎爲諸。(《論語集注考證》卷四。)

321. 紂創物之智,在古爲難,後因而加捷耳。(《物理小識》卷七。)

322. 剡溪藤可造紙。(《格致鏡原》卷六十九。)

323. 羊而不角曰羖羊。(《格致鏡原》卷八十六。《天中記》卷五十四:“羊而不角曰羖羊,一名髯鬚郎,又名青烏。蛟羊似羊而無角,啖之毒。”未引書名。)

324. 蛟羊似羊而無角,啖之毒。(《格致鏡原》卷八十六。《天中記》卷五十四:“羊而不角曰羖羊,一名髯鬚郎,又名青鳥。蛟羊似羊而無角,啖之毒。”未引書名。《淵鑒類函》卷四三六亦引。王媛補正云:“檢《述異記》卷上有此條,恐是清人誤引爲《博物志》。”)

325. 鯼鮂即石首魚,常以三月八月出。(《格致鏡原》卷九十二。)

326. 九河之水起於黄河,黄河上通於天。源出星宿,初出甚清,帶赤色,後以諸羌之水注之而濁。(《欽定河源紀略》卷三十五。)

327. 河水至積石山始有草木。(《欽定河源紀略》卷三十五引)

328. 秦蒙恬爲筆,以狐狸爲心,兔毛爲副。(《墨池編》卷六。“狐狸”,《韻語陽秋》卷十七引作“狐狸毛”。)

329. 昆侖,赤水出其東南陬,河水出其東北陬,黑水出其西北陬,刺水出其西南陬。河水入東海,三水入南海。(《識遺》卷二。)

330. 松曰蒼官。(《淵鑒類函》卷四一二。)

331. 沃諸之野有甘露,食之人壽千歲。(《明文海》卷二十三。)

332. 濤神曰靈胥。(明任胥《書敘指南》卷十四。《山堂肆考》卷二十二引出自《淮南子》。王媛補正云:“今本《淮南子》無,不知何據。”)

333. 黄帝問師曠曰:“吾欲知苦惡,可知乎?”對曰:“歲欲豐,甘草先生。甘草,薺也。歲欲苦,苦草先生。苦草,葶藶也。歲欲惡,惡草先生。惡草,水藻也。歲欲旱,旱草先生。旱草,蒺藜也。歲欲疫,疾病草先生。疾病草,艾也。”(南宋陳景沂《全芳備祖集》後集卷十,又見《古今合璧事類備要》別集卷五十五、《山堂肆考》卷二〇二。《類聚》卷八十一、《御覽》卷九九四皆引作《師曠占》。王媛補正云："《類聚》卷八十一引此條之後，又引《博物志》'黄帝問天老'條，《全芳備祖集》引此條之下也是接'黄帝問天老'條，可能正是從《類聚》轉引而來，並誤引《師曠占》爲《博物志》。")

334. 堯時土階三等，有草生庭，名曰蓂莢草。十五日已前日生一葉，十五日已後日落一葉，若小盡則一葉厭而不落。堯觀之以知旬朔。(《山堂肆考》卷二〇二。王媛補正云："《古今事文類聚》後集卷三十二'蓂莢草'條題引自《馬總曆》，《淵海》卷四引出自《帝王世紀》，《全芳備祖集》後集卷十引出於《通志》。檢《大戴禮記・明堂篇》：'朱草日生一葉，至十五日生十五葉。十六日一葉落，終而複始也。'又《孝經援神契》曰：'朱草生蓂莢，孳嘉禾，成蓮莆。生蓂莢，堯時夾階而生，以記朔也。'可知此條應是兩條合爲一。又見《宋書》卷二十九載，引書不詳。以明前書引未見出《博物志》者，故列於'疑僞'。")

335. 《漢舊史》，儺立桃人，葦索滄耳虎等漸蓋滄耳也。(《通雅》卷二十一。王媛補正云："《事物紀原》卷八：'段成式《讀漢舊儀》説：儺逐疫鬼，立桃人，葦索滄耳虎等蠹蓋滄耳也。然則其説漢事也。'《酉陽雜俎》續集卷四：'予讀漢舊儀，説儺逐疫鬼，又立桃人葦索滄耳虎等，蠹爲合滄耳也。'故此條應出《酉陽雜俎》。李石《續博物志》亦引，見卷八。後《通雅》誤爲《博物志》。")

336. 潮繫日月，若鼎之沸。(方以智《物理小識》卷二。王媛補正云："今檢《緯略》卷十一有'潮繫日月'條，下引《海潮志》云'若釜鼎之沸'，故疑爲方以智誤引也。")

337. 野芋狀小於家芋，食之殺人，蓋薟也。家芋種之三年不收，旅生，亦不可食。（《天中記》卷五十三。《格致鏡原》卷六十三亦引，作“野芋食之利人，蓋薟也”。此條可與今本《博物志》4.32條參照。王媛補正云：“此兩條應是一條。”）

338. 蠶，陽物也，惡水濕。（《格致鏡原》卷九十六。王媛補正云：“《齊民要術》卷五引《春秋考異郵》曰：‘蠶，陽物，惡水，故蠶食而不飲。’可知此條爲《格致鏡原》誤引。”

339. 躡影，秦良馬。（《康熙字典》卷九。王媛補正云：“《廣博物志》卷四十六‘秦始皇有七名馬’條中有‘躡影’，故知此條是清人誤引。”）

340. 肅慎氏有樹名雒常，若中國有聖人代立，則其樹生皮可爲衣。周武王、成王時曾遣使入貢。（《竹書統箋》卷七。王媛補正云：“《晋書》卷九十七《東夷傳》亦載，而引書不詳。《韻府群玉》卷六引亦出自《晋書·東夷傳》。《欽定盛京通志》卷一〇六，《御定淵鑒類函》卷二三一，《佩文韻府》卷四之二、卷二十二之六、卷九十五之二所引亦出《晋書》。故疑此條是徐文靖誤引。”）

341. 文帝爲太子立思賢苑以招賓客，中有堂隍六所，客館皆廣廡高軒，屏風、幃褥甚麗。（《陝西通志》卷七十三引。原文出《三輔黄圖》卷四，《玉海》卷一七一引之。《西京雜記》卷三亦載。《初學記》卷十七，《御覽》卷一九六、卷四〇二、卷四七四，《錦繡萬花谷》後集卷二十五所引皆出《西京雜記》。王媛補正云：“《廣博物志》卷三十六亦引，《陝西通志》所引疑是將《廣博物志》誤爲《博物志》。”）

342. 驃國並不養蠶，收娑羅木子，破其殼，中柔白如柳絮，細織服之，曰娑羅籠緞。（《雲南通志》卷三十。《蠻書》卷七有載,《御覽》卷九六一引出自《南蠻志》,以上兩條所載"驃國"分別作"西南蠻種"和"南詔"。王媛補正云:"宋李石《續博物志》卷七所載與此條同,故疑是《雲南通志》作者誤引。")

343. 名山神物不可議。(《河南通志》卷七十三。王媛補正云:"諸本不載,不知何據。")

344. 櫻桃,一名牛桃,一名英桃。(《欽定授時通考》卷六十三、《廣群芳譜》卷五十六。王媛補正云:"檢《長物志》卷十一'櫻桃'條云:'櫻桃……一名朱桃,一名英桃。'故此處應是誤《長物志》爲《博物志》,'牛'字乃'朱'字之誤。")

345.《河圖記》曰:百代之後地高天下,千代之後天下倚杵。(南宋末陰幼遇《韻府群玉》卷九。王媛補正云:"《類説》卷二十三引出自《續博物志》,故疑是《韻府》誤引。")

346. 司空圖謂鏡曰"容成侯"。(南宋末陰幼遇《韻府群玉》卷十六。王媛補正云:"《類説》卷二十三引出自《續博物志》。故疑是《韻府》誤引。")

347. 潘岳謂斗曰金柝。(《韻府群玉》卷十九。王媛補正云:"《類説》卷二十三引出自《續博物志》。故疑是《韻府》誤引。'潘岳',《佩文韻府》卷九十九之十引作'番兵'。")

348. 鵲名飛駮。(《韻府群玉》卷十七。王媛補正云:"《政類本草》卷十九引作'陶隱居云',《古今合璧事類備要》别集卷七十二引出自《格物總論》,《山堂肆考》卷十四引出自《格物論》。故疑是《韻府》誤引。")

349. 有佷子者,家貲萬金,而自少小不從父語。臨亡,意欲葬山上,恐兒不從,例言葬落渚下召磧上。佷子曰:"我由來不奉教令,今當從此一語。"遂盡散家財,積土繞之成一洲,長數百步,元康中始爲水所壞。佷子,前漢人也。(《天中記》卷十七。王媛補正云:"《水經注》卷二十八《沔水注》有載,《御覽》卷五五六亦引此條出自《襄陽耆舊記》。")

350. 商丘子有養猪法,好吹竽,牧猪七十不娶。(《淵鑒類函》卷四三六。王媛補正云:"《山堂肆考》卷一六三亦引此條,引書不詳。《御覽》卷九〇三引云'商丘子有養猪法,卜式有養猪羊法','好吹竽'以下無。故此條應是清人誤引。")

351. 蟾蜍一名蝳蝑。(《佩文韻府》卷六之四及《御定駢字類編》卷二二四。王媛補正云:"《欽定音韻述微》卷三引《南越志》:'蜛蝫,一名蝳蝑。'《欽定續通志》卷一七八引《事物紺珠》亦作'蜛蝫'。故疑此條是清人誤引。")

352. 清角,黄帝之琴。(《駢字類編》卷二三四,又見《御定分類字錦》卷三十、《佩文韻府》卷九十二之一。王媛補正云:"《御覽》卷五七九、《淵海》卷七十八引出《大周正樂》,《初學記》卷十六、《樂府詩集》卷五十七、《玉海》卷一一〇引出自《梁元帝纂要》。故疑此條是清人誤引。")

353. 月中仙人宋無忌。(《分類字錦》卷一。王媛補正云:"《史記三家注》卷九《天官書索隱》云'樂彦引老子《戒經》云:月中仙人宋無忌',《廣博物志》卷一中亦引此條作'樂彦引老子《道德經》云',又出自《史記·封禪書注》。故此條應是清人誤引。")

354. 峰鋭而高,嶠卑而大。(《佩文韻府》卷四之七。王媛補正云:"《淵海》卷六'傳記山者土之聚'條亦載,同條中有'土山多雲,鐵山多石'是引自《博物志》,而此條諸本並未見載,故疑是清人誤引。")

355. 豫章城南門有樟樹,高七丈五尺,大二十五圍。(《佩文韻府》卷五之一。王媛補正云:"檢《續博物志》卷四載有此條,故應是清人誤引。")

356. 月中有黄炁大如目瞳,名曰飛黄。(《佩文韻府》卷二十二之八。王媛補正云:"《雲笈七籤》卷十二、《韻府群玉》卷六引《黄庭内景經》中亦載。故疑是清人誤引。")

357. 雷焕掘豐城縣獄得石函,有寶劍曰龍泉、太阿。(《佩文韻府》卷三十。王媛補正云:"此條見《晋書》卷三十六《張華傳》載,應是清人誤引。")

358. 雷焕得雙劍,以西山北岩下土拭之,光彩華豔。張華以華陰赤土送焕拭劍,倍益精明。(《佩文韻府》卷三十七之四。王媛補正云:"《書鈔》卷一二二、《御覽》卷三四三引《雷焕别傳》、《晋書》卷三十六《張華傳》載此事,此條應是清人誤引。")

359. 廣州押衙崔慶成抵皇華驛,夜見美人擲書云:"川中狗,百姓眼,馬撲兒,御廚飯。"慶成不對。後丁晋公見曰:"川中狗,蜀犬也。百姓眼,民目也。馬撲兒,瓜子也。御廚飯,官食也。"乃"獨眠孤館"。(《佩文韻府》卷四十四之一、卷四十五。王媛補正云"此條《韻府群玉》卷十引自《博異志》,《佩文韻府》卷十六之四、卷五十五之三、卷七十三之二亦引自《博異志》,故引爲《博物志》者疑是誤載。")

360. 許漢陽舟行洪饒間,夜泊小浦。見一青衣引至一閣,有女郎六七人,揖坐命酒。其中有一樹高數丈,幹如梧桐,葉如芭蕉,紅花滿樹,未吐,大如斗盎,正對飲所。(《佩文韻府》卷五十二之四。王媛補正云:"《玉芝堂談薈》卷三十五、《御定淵鑒類函》卷一八四、《佩文韻府》卷九十四之二亦載此條,引自《博異記》。故引爲《博物志》者疑是誤載。")

361. 雲五色爲慶,三色爲霱。(《佩文韻府》卷九十三之八。王媛補正云:“此條見《續博物志》卷一載,疑是清人誤引。”)

362. 服天門冬,禁食鯉魚。(《傷寒論條辨》卷九。王媛補正云:“《政和新修經史證類備用本草》卷六亦載,引自《藥録》;《本草綱目》卷十八上引爲《别録》,可知非《博物志》内容。”)

363. 大抵南方遐阻,人強吏懦。(《御定韻府拾遺》卷八十。王媛補正云:“今檢《通典》卷一八四、《文獻通考》卷三二三有載,引書不詳。《太平寰宇記》卷一五七所引載出《通典》。清前書中所引未見出《博物志》者,故疑爲誤引。”)

364. 四游之極,謂之四表。(《讀書紀數略》卷五引。王媛補正云:“《玉海》卷一、卷四,《小學紺珠》卷一云出《月令正義》引《考靈曜》,《續博物志》卷一引《尚書考靈曜》中有載。故疑是誤引。”)

365. 翠山鳥兩首四足,可以禦火。(《山海經廣注》卷二。王媛補正云:“原文出自《山海經》卷二《西山經》,《駢志》卷十八、《格致鏡原》卷八十一亦作引自《山海經》。《廣博物志》卷四十八亦載,故疑是誤引。”)

366. 辟惡必栗香,取其木爲書軸,白魚不損,書之能殺蟲。(《陳檢討四六》卷六。王媛補正云:“《證類本草》卷十三有載,《格致鏡原》卷三十九引自《本草》;《香譜》卷上引自《海藥本草》。諸本並云出自《博物志》,故疑是誤引。”)

367. 兔葵苗如龍芮花,白莖紫葉。燕麥草似麥,亦曰雀麥。(《陳檢討四六》卷十八。王媛補正云:“考此條最早見於《海録碎事》卷二十二下,然未標出處。《通雅》卷四十四、《古樂苑》衍録卷四引此則皆謂出《海録碎事》,故疑《陳檢討四六》注爲誤引。”)

368. 𪂹鳺,即杜鵑也;姊歸,子規別名也。(《淵海》卷九十七。王媛補正云:“《類説》卷二十三引出《續博物志》,故疑是誤引。”)

369. 鵂鶹鸛鵲,其抱以聒。(《山海經廣注》卷十五。王媛補正云:“《本草綱目》卷四十九引作出‘《續博物志》’,檢李石《續博物志》卷二有‘聒抱者,鵂鶹鸛鵲也’,故知此條是吴任臣誤引。范《佚文》亦輯,誤。”)

370. 金魚其形似美人首,尾有兩翼,其性通靈不睡。(程良儒《讀書考定》。)

371. 芸蒿,葉似邪蒿。春秋有白蒻,長四五寸,香美可食。長安及河内並有之。(《本草經》“茈胡”陶弘景注。)

372. 蜀文翁名黨,字仲翁。(楊彦齡《楊公筆録》。)

四庫全書總目提要(附余嘉錫《辨證》)

《博物志》十卷

舊本題晋張華撰。考王嘉《拾遺記》稱:“華好觀秘異圖緯之部,捃采天下遺逸,自書契之始,考驗神怪及世間閭里所説,造《博物志》四百卷,奏於武帝。帝詔詰問:‘卿才綜萬代,博識無倫,然記事采言,亦多浮妄。可更芟截浮疑,分爲十卷。’云云。”是其書作於武帝時,今第四卷物性類中稱武帝泰始中武庫火,則武帝以後語矣。周亮工《書影》謂《藝文類聚》引《博物志》“子貢説社樹”一條,今本不載。案此條實在第八卷中,亮工蓋偶然未檢。然考裴松之《三國志》注《魏志·太祖紀》、《文帝紀》、《濊傳》、《吴志·孫賁傳》引《博物志》四條,今本惟有《太祖紀》所引一條，而佚其前半，餘三條皆無之。又江淹《古銅劍贊》引張華《博物志》曰："鑄銅之工，不可復得，惟蜀地羌中時有解者。"今本無此語，足證非宋齊梁時所見之本。又《唐會要》載顯慶三年太常丞吕才奏："按張華《博物志》曰：'《白雪》是泰帝使素女鼓五弦曲名，以其調高，人遂和寡。'"又張彦遠《歷代名畫記》引張華《博物志》曰："劉褒，漢桓帝時人。曾畫雲漢圖，人見之覺熱；又畫北風圖，人見之覺涼。"今本皆無此語。李善注《文選》引張華《博物志》十二條，見今本者九條。其《西京賦》注引"王孫公子皆古人相推敬之詞"一條，《閑居賦》注引"張騫使大夏得石榴，李廣利爲貳師將軍伐大宛得蒲陶"一條，《七命》注引"橙似橘而非，若柚而有芬香"一條，則今本皆無此語。段公路《北户録》引《博物志》五條，見今本者三條。其"鵂鶹一名鵋鵂"一條，"金魚腦中有麸金，出功婆塞江"一條，則今本皆無此語。足證亦非唐人所見之本。《太平廣記》引《博物志》"鄭宏沈釀川"一條，趙彦衛《雲麓漫鈔》引《博物志》"黄藍張騫得自西域"一條，今本皆無之。晁公武《讀書志》稱"卷首有理略，後有贊文"，今本卷首第一條爲地理，稱"地理略自魏氏日以前"云云，無所謂理略，贊文惟地理有之，亦不在卷後。又趙與時《賓退録》稱張華《博物志》卷末載湘夫人事，亦誤以爲堯女。今本此條乃在八卷之首，不在卷末，皆相矛盾，則併非宋人所見之本。或原書散佚，好事者掇取諸書所引《博物志》而雜采他小説以足之，故證以《藝文類聚》《太平御覽》所引，亦往往相符。其餘爲他書所未引者，則大抵剽掇《大戴禮》《春秋繁露》《孔子家語》《本草經》《山海經》《拾遺記》《搜神記》《異苑》《西京雜記》《漢武内傳》《列子》諸書，餖飣成帙，不盡華之原文也。

【辨證】提要此篇，旁徵博引，用力頗爲勤至，與他篇之偶閲數條便加論斷者殊科。然其所考，亦尚有未盡然者。王嘉《拾遺記》所記之事，杜撰無稽，殆無一語實録。提要亦謂"其言荒誕，證以史傳皆不合"（見《總目》本卷），故用入詞賦，取增華藻，固無不可，若竟認爲信史，資以論古，則未免爲有識所譏。《提要》譏朱彝尊采《洞冥記》"伏生受《尚書》於李克"一條入《經義考》爲嗜博貪奇，有失别擇，非著書之體例（見《總目》卷一百四十二《洞冥記》提要）。今方考論古書正僞，忽引荒誕之小説，殆於尤而效之矣。且黄氏士禮居所刻影宋本並無"泰始中武庫火"一條。至謂晁公武稱"卷首有理略，後有贊文"，考宋淳祐袁州本《讀書志》卷三下作"首卷有地理略，後有贊文"，《玉海》卷五十七晋《博物志》條下引晁氏曰亦同。然則今本《博物志》卷首之地理略，正與晁公武所見者相合。《提要》所據之《讀書志》乃傳刻之本，偶脱一"地"字耳。通行本《博物志》之贊文，雖在首卷之中，影宋本實在第一卷末，與《讀書志》並無不合。"湘夫人堯之二女"一條，影宋本實在卷十，於《賓退録》亦無矛盾，特修《提要》時，未見宋本，僅就通行本立論，尚爲未足深訝耳。至《提要》他所指摘，則皆深中要害，此書之非張華原本，殆無疑義。而近人丁國鈞《補晋書藝文志》（卷三）乃曰："考《北史·常景傳》有删正《博物志》語，是世所傳本已非張氏之舊。段公路《北户録》及《文選注》所引各條，多出今本之外，疑據景未删之本。"其言亦似足以解紛。然何以解於其文與《拾遺記》《漢武内傳》諸僞書相暗合乎？（書中明引《列子》，近人多疑《列子》晋人僞作，則未必在張華之前。）黄丕烈刻《博物志》序云：“予家有汲古閣影鈔宋本《博物志》，末題云連江葉氏，與今世所行本敻然不同。嘗取而讀之，乃知茂先此書大略撮取載籍所爲，故自來目録皆入之雜家。其體例之獨創者，則隨所撮取之書，分別部居，不相雜厠。如卷首《括地象》畢，方繼以《考靈耀》是也。以下雖不能條舉所出，然《列子》《山海經》《逸周書》等皆顯然可驗。今本強立門類，割裂遷就，遂使蕩析離居，失其指趣，致爲巨謬矣。（案通行本分三十八類，黄本止卷一爲地理略，以後不分門類。）考《讀書志》及《通考》皆載周日用注十卷，即是此本。晁云‘首卷地理略，後有贊文’，實爲吻合，遂刻之以正今本之失。”“若夫《通考》所云，《博物》四百，非有成書，而劉昭《郡國志注》、小司馬《索隱》、李崇賢《文選》注及《藝文類聚》《初學記》《太平御覽》所引，多出今本之外。《隋志》云：《博物志》十卷，張華撰。又云：《張公雜記》一卷，張華撰，梁有五卷，與《博物志》相似，小小不同。又云《雜記》十一卷，張華撰。然則所引或出二書歟？”周中孚《鄭堂讀書記》卷六十七亦謂諸書所引有出今本之外者，或即《張公雜記》之文。且以士禮居刊本爲張氏原書，實則均之想當然耳。較丁氏以今本爲常景所删正者，尤無根據。考據之學，貴於徵實，臆斷之説，未敢雷同。

又劉昭《續漢志注·律曆志》引《博物記》一條，《輿服志》引《博物記》一條，《五行志》引《博物記》二條，《郡國志》引《博物記》二十九條，《齊東野語》引其中“日南野女”一條，謂《博物記》當是秦漢間古書,張華取其名而爲志。楊慎《丹鉛録》亦稱據《後漢書注》,《博物記》乃唐蒙所作。今觀裴松之《三國志注》引《博物志》四條,又於《魏志·涼茂傳》中引《博物記》一條,灼然二書,更無疑義。此本惟載"江河水赤"一條,又載"漢末關中女子"及"范明友奴發冢重生"一條,而分爲兩條。又載"日南野女"一條,訛"群行不見夫"句爲"群行見丈夫"。訛"其狀皛且白"句爲"狀皛目"。其餘三十一條則悉遺漏,豈非偶於他書見此三條,以"博物"二字相同,不辨爲兩書而貿貿采入乎?至於《雜説下》所載"豫章衣冠人有數婦"一條,乃《隋書·地理志》之文,唐人所撰,華何自見之?尤雜合成編之明證矣。

【辨證】楊慎以《博物記》爲唐蒙作,後之輯録古書者,大抵從之。惟孫志祖《讀書脞録》卷四云:"楊升庵《丹鉛録》云:'漢有《博物記》,非張華《博物志》也。周公謹云不知誰著。考《後漢注》始知《博物記》爲唐蒙作。'志祖案:張華《博物志》亦稱《博物記》,無二書也。但今世所行《博物志》,本非完書,後人見劉昭注引有佚文,遂疑别一書爾。《續漢書·郡國志》犍爲郡下有《蜀都賦》注:'斬鑿之迹今存。昔唐蒙所造。'本謂唐蒙開道事也。其下乃引《博物記》'縣西百里有牙門山'。升庵誤以'唐蒙所造'連以'博物記'爲讀,云唐蒙作《博物記》,鹵莽甚矣。胡元瑞《丹鉛新録》亦未加駁正。"其語極爲精核,然則是書之同於《博物記》,自是原書所有,非由後人貿然采入也。

書中間有附注,或稱盧氏,或稱周日用。案《文獻通考》

載周、盧注《博物志》十卷，又盧氏注《博物志》六卷，此所載寥寥數條，殆非完本，或亦後人偶爲摘附歟？

【辨證】各本所載盧氏及周日用注均甚寥寥，提要疑爲後人摘附。考《玉海》卷五十七引《中興書目》云："有周日用、盧氏注釋，間見於下。"謂之"間見"，可見注之不詳。南宋之初，傳本已然，非宋以後人之所摘附也。孫志祖疑爲明季人刻書删去，亦失之不考。

前人刻本序跋

弘治乙丑賀志同刻本都穆跋

張茂先嘗采歷代四方奇物異事，著《博物志》四百，晋武帝以其太繁，俾删爲十卷，今所傳本是也。茂先讀書三十車，其辨龍鮓，識劍氣，以爲博物所致，是書固君子之不可廢歟？第未知武帝之俾删者何説，而所存止於是也。夫覆載之間，何所不有？人以耳目之不接，一切疑之而不信，非也。《論語》記子不語怪，怪固未嘗無也，聖人特不語以示人耳。予同年賀君志同爲衢州推官，寶愛是書，刻梓以傳。夫仕與學一道，君子之好古若是，推之於政，殆必有過人者，而不俟予之言也。弘治乙丑春二月工部主事姑蘇都穆記。

湖廣楚府刻本崔世節跋

余曾見《事文類聚》及諸家注中有引《博物志》者，思欲一見全書以廣見聞者久矣。歲戊子冬，以賀正朝天，朝行至北海，賈以張華、李石兩志來賣者，遂購得之。萬里行邁，無暇寓目,挈而東歸,居閑處獨,披覽再三。天地之高厚,日月之晦明,四方人物之不同,昆蟲草木之淑妙者,無不備載。其昔物理之難究者,盡在胸中,開豁無礙,正如披雲霧睹青天,可樂也。然尚以未獲廣布,未與人共之爲嫌。今年春謬膺朝命,出按湖南。巡行帝方,乃與主倅共論幽頤,語及《博物志》,遂以兩帙囑之,俾鋟諸梓。閱數月功訖,倩工印之。從容藴繹,前日未盡料理者融會無餘,不知我爲張、李,張、李爲我也。世之博雅君子,如以沈之《筆談》、段之《雜俎》參而考之,則其於研察衆理何多哉! 嘉靖辛卯良月下浣鏡湖居士崔世節介之跋。

唐琳刻快閣本《博物志》序

昔稱張華讀書三十車,作《博物志》四百,武帝以爲繁,存十卷。今讀其書,雖多奇聞異事,而簡略不成大觀,豈書傳既久,殘缺處多耶? 抑或繁非能博、博不在繁耶? 辨龍鮓,識劍氣,定有一段不經人見之學問,附於書以傳,一讀再讀,令人悔武帝之芟除,而思以睹其全也。新都唐琳玉父識。

汪士漢刻秘書二十一種本《博物志》序

按張華字茂先,挺生聰慧之德,好觀秘異圖緯之部。捃采天下遺逸,自書契之始,考驗神怪及世間閭里所說,造《博物志》四百卷。奏於武帝,帝詔詰問:"卿才綜萬代,博識無倫,遠冠羲皇,近次夫子,然記事采言亦多浮妄,宜更删剪,無以冗長成文。昔仲尼删《詩》,尚不及鬼神幽昧之事以言怪力亂神,今卿《博物志》驚所未聞,異所未見,將恐惑亂於後生,繁蕪於耳目,更芟截浮疑,分爲十卷。"即於御前賜青鐵硯,此鐵是于闐國所出,獻而鑄爲硯也;賜麟角筆,以麟角爲筆管,此遼西國所獻;側理紙可番,此南越所獻。後人言陟理與側里相亂,南人以海苔爲紙,其理縱横邪側,因以爲名。帝常以《博物志》十卷置於函中,暇日覽焉。康熙戊申一陽月望日新安汪士漢考述。

王謨刻漢魏叢書本跋

右張華《博物志》十卷,《晋書》本傳及隋、唐《志》所載並同。按王子年《拾遺記》載:張華造《博物志》四百卷,"奏於武帝,帝詔詰問:'卿才綜萬代,博識無倫,遠冠羲皇,近次夫子,然記事采言亦多浮妄。宜更删剪,無以冗長成文。昔仲尼删《詩》,尚不及鬼神幽昧之事以言怪力亂神。今卿《博物志》驚所未聞,異所未見,將恐惑亂於後生,繁蕪於耳目,更芟截浮疑,分爲十卷。'"即於御前賜青鐵硯、麟角筆、側理紙。而以《博物志》十卷置於函中,暇日覽焉。是則此十卷即武帝所删定也。自後行世,惟此十卷。其軼猶時時散見他書,而《後漢書·郡國志》注所引《博物記》,遂至有四十六條之多,由張氏鑒省《禹貢》、《山海經》、《地志》而作是志,故於地理特詳。既已《地理略》冠卷首矣,第六卷又有《地理考》,如《郡國志》注所引,殆即本卷所删。又裴駰《史記集解》於公冶長、望諸君、趙奢、武涉墓所,亦引張華説。今第六卷猶載有趙鞅、盜跖冢,不知當日又何以不删?其他如裴松之《三國志注》、酈道元《水經注》、李善《文選注》,以及唐宋人類書中所引爲今志所不載者猶多。裒而輯之，尚可數卷，此則王嘉所説未爲虚也。汝上王謨識。

稗海本廣寧郎極序

是書纂於鈕黄門石溪，其甥商景哲雕之梨棗，蓋距今百五十年矣。予之得其板於襄平府蔣（國祚）氏，乃從釐其亥豕。其卷帙不全者，復證之《津逮》本中而補其一二云。

黄丕烈刻連江葉氏本《博物志》序

予家有汲古閣影鈔宋本《博物志》，末題云“連江葉氏”，與今世所行本夐然不同。嘗取而讀之，乃知茂先此書大略撮取載籍所爲，故自來目録皆入之雜家。其體例之獨創者，則隨所撮取之書，分别部居，不相雜厠。如卷首《括地象》畢，方繼以《考靈耀》是也。以下雖不能條舉所出，然《列子》《山海經》《逸周書》等，皆顯然可驗。今本强立門類，割裂遷就，遂使蕩析離居，失其指趣，致爲巨謬矣。考晁氏《讀書志》及《文獻通考》皆載周日用注十卷，即是此本。晁云“首卷地理略，後有贊文”，實爲吻合，遂刻之以正今本之失。於中仍不免訛錯，如：“《時含神霧》”，“時”是“詩”之誤；“毋丘儉遣王領”，“領”是“頎”之誤；“右詹山帝女化爲詹草”，“右詹山”是“古沯山”之誤，（《山海經》作“姑媱”。）“詹草”是“沯草”之誤；（《山海經》作“䔄”。）“取伏卵段”，“段”是“鍜”之誤；“東阿王（《韓詩外傳》無“王”字）勇士有蕃丘訢”，“東阿”是“東海”之誤，“蕃”是“菑”之誤；“射窮石以爲伏虎”，“窮”是“寢”之誤；“今見狗蘡”，“蘡”是“豔”之誤；（《初學記》引作“豔”。）“師雨妻黑色”，“師雨妻”是“雨師妾”之誤；“樹之於闕聞”，“聞”是“間”之誤。（此《周書·程寤》逸文也。）又如：“莖必沐浴”，“昔夏后莖乘飛龍”，“昔夏啓莖徙九鼎”，“昔舜莖登天爲神”，“桀莖伐唐”，“昔鯀莖注洪水”，“莖”皆“筮”之誤；“盡似仙人”（兩見），“形盡似猿猴”，“盡”皆“畫”之誤；“西夏云有巢以民”，“云”“民”二字皆“亡”之誤。又如“始皇陵”一條略不可讀，及以宋敏求《長安志》（在十五卷）引《關中記》訂之，乃得通其闕佚處。（附録《關中記》曰：秦始皇陵在驪山之北，高數十丈，周六里，今在陰盤縣界。此陵雖高大，不足以消六十萬人積年之功，其用功力或隱不見。不見者，驪山水泉本北流者，陂障使東西流。又此山無石，於渭北諸山運取大石，故其歌曰：運石甘泉口，渭水爲不流，千人一唱，萬人相鈎，今陵下餘石大如藍[土屋。]其銷功力皆此類也。）此等皆不難校正，今悉仍其舊者，恐失真也。略標數端，以待善讀者引伸焉。若夫《通考》所云：“《博物》四百，本非有成書。而劉昭《郡國志注》、小司馬《索隱》、李崇賢《文選注》及《藝文類聚》《初學記》《太平御覽》所引，多出今本外。”《隋志》云：“《博物志》十卷，張華撰。”又云：“《張公雜記》一卷，張華撰，梁有五卷，與《博物志》相似，小小不同。”又云：“《雜記》十一卷，張華撰。”然則所引或出二書歟？倘好事者搜輯纂録，不妨别存梗概，苟欲執彼以補此，則恐取無事自擾之誚，有所未可也。嘉慶八年正月吴縣黄丕烈書。

又後跋

去歲謀刻是書，命兒子玉堂依影宋鈔者録一帙，與粤東賈人往古藥洲開雕。洎成寄歸，復命之用原書纖悉校正，因撿予緗所刻汲古閣《秘本書目》中有北宋版《博物志》一本，估價四兩云，其次序與南宋版不同，係蜀本大字，真奇物也。影鈔當出於此，自是一重公案。予前序略而不及，謂宜作後序表出之，碌碌未果也。今年修版方畢，而玉堂遽病，病二十許日，以二月七日死矣。子夏號咷（漢碑語），千載同痛，擬屬我友顧君千里爲撰小傳。並搜其篋中一二讀殘之書，倘係秘笈，即付剞劂，用希附驥。乃憶及前事，輒跋是書之尾，從此印行有日，而玉堂竟不逮見也，可悲也夫！時嘉慶九年三月丕烈又書。

周心如重刻《博物志》序

晋司空張華撰《博物志》四百卷，進武帝，以其太繁，令削爲十卷，本傳稱《博物志》十卷是也。宋裴松之注《三國志》多引《博物志》，而陳泰、鍾會傳注又引《博物記》，考其所引與志皆合。梁劉昭注《後漢志》亦采《博物記》，所云河東少有名人及麇畯事，具見志中，似爲一書。後魏酈道元注《水經》，唐太子賢注《後漢書》，李善注《文選》，多述《博物志》，未有稱爲“記”者。宋《太平御覽》摭拾群書至一千六百餘種，引《博物志》最詳，亦無引《博物記》者。宋周草窗稱《博物記》秦漢古書，爲唐蒙所造，茂先增改爲志，又謂爲記，未知何本。案《後漢書・郡國志》“魚泣津”注：“塹鑿之迹今存，昔唐蒙所造。”

下接引《博物記》。或草窗以此誤爲唐蒙所造耶？今世傳《博物志》以明胡文焕校刻本爲最，而字涉陰陶，卷多缺略，绝非完書。余欲讎校付梓，雜以簿書，未遑卒業。壬午歲來刺裕州，幸俗尚皐和。公餘手輒校録，今秋始得蕆事。以胡氏刊本爲主，諸書徵引附録於左。又爲《補遺》二卷，凡所徵引互異者，備録原文，間附鄙見，案列於下，不敢竄易，以存其舊。竊嘗論之，形過鏡而照窮，智遍物而識定。鏡亦物也，故雖能物物，而不能以窮物。人則物之靈者也，故不惟不物於物，而且足就見聞所及之物并窮其見聞所不及之物，是所謂格致之學也。茂先建策伐吴，運籌決勝，雖當闇主虐后之朝，而能彌縫補缺，使海内晏然，亦足徵其格致之所得力矣。後之人以成敗論，不能窺其格致之學，并其格致之緒餘而亦束而不觀，何異畫地以自限歟！若徒以其辨龍鮓，識劍氣，競詡爲博物君子，亦淺之乎窺茂先矣。余之窮年矻矻，獨有志於此，以公同好者，蓋欲知茂先之博物有所博乎物者在耳。書成，因識此於端。道光七年七月既望浦江周心如撰。

錢熙祚刻《博物志》跋

今世相傳《博物志》十卷，凡三十八類。分析處都無義理。惟士禮居刻仿宋連江葉氏本，不分門類，段目次序與俗本大異。然以唐宋類書所引校之，脱簡自一二字至數行不等。其他前後復見雜出不倫者甚夥。至太姒夢見商之庭産棘條，掇拾《周書・程寤》《大聚》《武順》《度邑》四篇文，連合爲一，尤屬巨謬。竊意宋初原書尚存，故《御覽》《廣記》引《博物志》往往出今本外。此係葉氏删節之本，未免移易改竄。

逮全帙既亡,後人覺葉本不安,輒以意強析門類,卒不知其愈失愈遠也。黄蕘圃謂此書大略撮取載籍所爲,故自來目録皆入雜家。其説至確。乃遽以葉本爲全書,而疑散見於他所稱引者爲《張公雜記》,亦執持太過矣。予既主葉本,雜采宋以前諸書,補正其脱誤,並輯逸文,附箸卷末。惟《太平廣記》引蕭思遇、崔書生、趙平原三事,皆在茂先後,斷非《博物志》文,今置不録云。庚子季夏(道光二十年)錫之甫識。

薛壽《博物志疏證》序

吾邑藏書之家,當乾隆時如玲瓏山館馬氏、休園鄭氏。著録宏富,聞於海内。厥後如讀騷樓陳氏,收藏典籍幾與之埒。且世濟其美,樓即穆堂先生幼時所署齋名。先生少承庭訓,長篤交游,凡碩彦名儒,咸捧手受教。以故所著書如《竹書紀年集證》《逸周書補注》《穆天子傳補注》,久已風行傳播矣。壽幼聞之而未卒讀。庚子夏,先生介書賈馮賡輝過訪,因得悉曩日藏書之室,今已他售。兼之四方奔走,頗多散失,特所著稿本輒自随焉。由是往来商榷,不以壽爲不肖,折節引爲忘年。且曰生平用力勤而閱時最久者,惟《博物志疏證》十卷,屬爲撰序。余辭不獲已,因受而讀之。先生嘗謂著書以治經爲要,近今諸儒搜考已無餘藴,故不敢復有撰述。余讀是書而知先生正深於經也。其據《左氏襄四年傳》"臧紇侵邾敗於狐駘",注"邾地,魯國番縣東有目台亭"。又《十二年傳》"莒圍台",注"琅琊費縣南有台亭",辨本書"沔出月台"爲"目台"之誤。又據《淮南子》辨"沔"爲"淄"之誤(見《地理》水部)。據《毛詩》舜華證本書"薰華"爲"蕣華"之音轉(見《外國》)。據《太平御覽》《北堂書鈔》《初學記》《文選》注搜輯《連山》《歸藏》之逸文(見《文籍考》)。據服虔《左傳》注謂八佾當從天子八八,諸侯六八,大夫四八,士二八之舊説(見《典籍考》)。據古人深衣白布服蓋純之以采,證本書男子皆衣絲,有故乃素服,云有故者,則純之以素,與純之以麻,與深衣夕服之緣飾不同(見《服飾考》)。據《爾雅》"緒,業也",證本書王粲族子名"葉"之誤。業字長緒,定當作"業"爲正。《御覽》引作"景",舊本作"葉",俱非(見《人名考》)。據《玉篇》"鼷鼠今之甘鼠也",證《釋文》引作"耳鼠"之誤(見《雜説上》)。凡若此類,非深究經訓,未能如此詳核也。況是書原本久佚,其散見於唐宋傳記所引者與今本頗多參錯,得先生旁搜博證,參校異同,且不惜煩言以引申者,亦雜説家之例應爾也。末附《補遺》一卷,較金山錢氏新刊《指海》本增多數倍,信惟藏書之多,故著書之博如此。是書行而曩日所藏者特其糟粕耳。彼瑯環福地,茂先尚不能久居,是則藏書之亡,不足爲先生惜,而著書之傳,有足爲先生信也。爰綴其説經之略,以爲之序。